KB139125

태권, 그 무극無極의 길

2022 무예소설문학상 대상 수상작

태권, 그 무극無極의 길

이충호 장편소설

사단법인 한국소설가협회

선구자들께 바치는 작은 헌사

사료를 발굴해서 한 줄 한 줄 역사서를 쓰는 마음으로 쓴 소설입니다. 부족한 점이 많지만 최선을 다했다는 말을 하지 않을 수 없습니다. K팝에서 K뷰티에 이르기까지 세계는 온통 K컬처에 열광하고 있습니다. 그러나 따지고 보면 태권도만큼 세계에 우뚝 선 K문화는 없을 것입니다.

무예란 자연의 이치를 배우고 그것을 이용하는 방식입니다. 자연에 거스르지 않는 데 그 길이 있습니다. 알지 못했던 자연의 이치를 터득해 가는 길이라고 말할 수 있습니다. 우리의 전통무예인 태견의 뿌리에서 싹을 틔워 세계 마샬아츠의 정상에 우뚝 선 위대한 태권도의 역사를 오래 전부터 소설로 쓰고 싶었습니다. 어린 시절부터 무예의 세계에 관심을 가져왔던 결실이라고도 할 수 있겠습니다만, 한 줄 한 줄 쓰는 동안 때로는 떨리는 가슴으로, 때로는 무예의 초인적인 힘이 빙의된 듯 나도 알 수 없는 힘에 이끌리어 숨 가쁘게 쓴 부분도 있습니다.

그 어느 것이든 위대한 성취의 그 밑자리에 한 알 한 알 밑알이

된 선구자들이 있고, 그분들의 보이지 않는 헌신이 있습니다. 이 글이, 뿌리조차 유실되어 가는 태견의 철학과 기예를 재정립하여 태권도로 세계 정상의 자리에 세우는 데 헌신하신 분들에게 바치는 작은 헌사가 될 수 있다면 더 바랄 것이 없겠습니다.

한국 전통무예의 역사적인 정립과, 우리 역사와 문화의 보고이자 뿌리와 같은 그 무예의 세계를 소설로 융성할 수 있는 길을 열어 준 충청북도와 한국소설가협회에 깊은 감사를 드립니다. 부족한 글에 손을 들어 주신 심사위원 선생님들께도 깊이 감사드리며, 앞으로 우리 전통 무예의 깊은 세계를 더 탐구하고 새로운 글을 쓰는 데 노력하는 것으로 그 뜻에 보답하고자 합니다.

2022년 12월

이충호

차 례

작가의 말

태권, 그 무극無極의 길

나 하나의 작은 나무

'국방부 육군성에 무술사범이 필요하니 내방해 주시기 바랍니다.'

1962년 5월 텍사스주립대학 오스틴 한국인 유학생 이준구에게 날아든 전문이었다. 그 전문을 전해준 대학 사무처 여직원은 놀라운 표정을 감추지 못하며 축하한다는 말을 거듭했다. 그때 이준구는 텍사스대학 오스틴에서 토목공학을 전공하며 졸업을 한 학기 앞두고 있었다.

그는 그 말이 믿어지지 않아 뭐라고 해야 할지 대답할 말이 떠오르지 않았다. 그저 현실인 것 같지 않아 가슴만 두근거렸다. 그렇지 않아도 졸업 후 진로 문제로 고민하고 있던 중이었지만, 마지막 한 학기를 어떻게 할까 생각하면서 며칠을 보냈다. 그는 마침내 생각을 정리하고 워싱턴으로 떠나기로 했다.

교통편을 수소문하던 중 같은 과에 워싱턴에 집이 있는 학생이 한 명 있었다. 이름이 윌슨인 그는 평소 잘 아는 사이었는데, 어렵게 말을 꺼냈더니 마침 집에 가는 일이 있어 태워주겠다고 했다.

텍사스 오스틴에서 워싱턴D.C까지 길은 멀었다. 그 친구는 하이웨이 통행요금을 아끼느라 지방 국도를 택했다. 아직 포장이 채 안 된 구간이 많아서 차가 덜컹거리며 제대로 속도를 내지 못했다. 먼지를 뽀얗게 날리며 달리는 그 길은, 불과 30년 전인 1920년대 말 세기적 공황과 대기근으로 수만 명의 사람들이 희망의 땅 서부로 대이동을 하던 바로 그 길이었다. 그때 많은 사람들이 가는 도중에 비참하게 굶어 죽었던 66번 도로의 일부였다.

가도 가도 끝없는 광활한 대지를 가로질러 달려가는 차 안에서 이준구는 미국이란 나라의 거대함에 입이 다물어지지 않았다. 시속 60마일로 꼬박 3일을 달려도 길은 끝이 보이지 않았다. 4일 만에 워싱턴에 들어섰을 때 친구도 그도 지쳐 있었다.

그러나 그가 잡으려 달려왔던 그 꿈은 이루어지지 않았다. 그 다음날 펜타콘으로 제임스 잭슨이란 담당자를 찾아갔을 때, 그 사람은 백악관 안보담당관으로 승진하여 자리를 옮기도 없었다. 불과 며칠만의 인사라고 했다. 허탈했다. 그렇다고 그를 찾아갈 수도 없었다. 곧 하원의원 선거가 있고, 거기에 쿠바사태가 겹쳐 있어서 그를 찾아가서 면담한다는 것은 어려운 일이었다. 갑자기 미아가 된 기분이었다.

풀죽은 모습으로 무작정 포토맥강을 따라서 걸었다. 웰링턴 국
립묘지를 거쳐 국회의사당까지 길을 따라 걸었다. 광장 중심에 미
국독립을 상징하는 조지 워싱턴 기념탑이 하늘을 찌를 듯이 솟아
있었다. 걷다가 보니 곧 밤이 되었다.

손가락 크기의 시꺼먼 바퀴벌레가 기어 다니는 싸구려 여행자
숙소에서 텍사스로 돌아가야 할 일을 걱정하면서 자리에 누웠다.
그러나 잠이 오지 않았다. 돌아가기엔 길이 너무 멀었고 돈도 없
었다. 그러나 텍사스로 돌아가지 않을 수도 없었다. 돌아가기로
하고 마지막 밤을 보내는 마음은 착잡했다. 많은 생각들이 머리를
스치고 지나갔다.

육군 소위로 텍사스 에드워드 공군기지에서 6개월간 항공기 정
비교육을 받은 것을 계기로 미국 유학을 꿈꾸었고, 천신만고 끝
에 유학을 결정하여 4년 전 텍사스대학에 입학하였다. 그리고 학
교 내 태권도클럽을 만들려 했을 때, 어려움이 많았던 일들이 떠
올랐다. 그때 그의 나이 25세였다. 학교 당국에서는 그들에게 이
름조차 생소한 동양무술 클럽을 세우는 것을 허가해 주지 않았다.
체육관을 빌려 태권도가 어떤 것인지 시범을 보이려 할 때도 쉽게
허가해 주지 않았다.

몇 번을 찾아가서 간청한 끝에 겨우 체육관을 빌려서 태권도 시

범을 보였을 때 많은 학생들이 모였고 반응이 좋았다. 단정히 도복을 입은 모습에서부터 동작 하나하나에 이르기까지 그들은 신기하게 바라보았다. 기본동작과 발차기의 여러 기술, 그리고 송판격파시범을 보여주었을 그들은 놀라워했다.

20세가 되기 전에 이미 청도관에서 2단 승단을 마칠 정도로 뛰어난 기량을 갖추었던 그의 무술시범에 참석자들은 입을 다물지 못했다. 며칠 뒤 학교 사무처에서 그를 불렀다.

"미스터 리, 학교에서 태권도클럽 개설을 허가해 주기로 했어요. 좋은 성과가 있기를 바라요."

대학 체육부의 여자부장이 마음이 변해 밝은 미소까지 지으며 말했다.

"감사합니다. 감사합니다!"

이준구는 이 말 이외에는 할 말이 없었다.

게시판에 모집 광고지를 붙이고 난 다음 날 6명이 찾아왔다. 그리고 다다음 날 7명이 더 찾아왔다. 그렇게 해서 교내 레슨은 시작되었다.

"나도 태권도를 배우고 싶어요."

한 달이 지나고 무용과 클라라 갬블 교수가 태권도를 배우겠다고 찾아왔다. 그 동안 현장을 지켜보던 그는 태권도 동작의 유연성에 깊은 관심을 보였다. 갬블 교수의 태권도 수련은 학교 내에서 하나의 작은 사건이었다. 그는 자기가 가르치는 학생들에게도 태권도를 추천해 주었다. 그 사실은 입소문을 타고 퍼져서 학생들이 모였다. 이야기를 전해들은 프라워 총장도 물심양면으로 도와주기 시작했다.

텍사스대학 4년을 되돌아볼 때 은인 같은 사람들이 많았다. 지난 기억들이 꼬리에 꼬리를 물고 지나가면서 밤은 더 깊어만 갔다. 이제 텍사스로 돌아가야 할 시간만이 자신을 기다리고 있었다.

'그래, 세상일이란 알 수가 있나? 이곳 워싱턴에서도 그런 일이 일어나지 않으리라는 것을 누가 안다는 말인가?'

새벽까지 잠을 이루지 못하고 몸을 뒤척이던 그의 머리에 어찌 된 일인지, 이런 생각이 스쳐갔다.

충남 아산군 고향마을에 계신 부모님들이 힘을 내라고 그에게 뭔가를 말하고 있는 것 같기도 했다. 그는 자신도 모르게 온몸에 스쳐가는 전율을 느끼며 몸을 일으켰다. 그리고 자신의 주먹에 힘을 주었다.

"이 거대한 힘의 나라 심장부에 태권도란 나무를 심어 보자!"

그는 자신이 들어도 놀랄 정도의 큰소리로 말을 내뱉으며 자리에서 일어서서 창가로 갔다. 밝아오는 새벽의 미명 속에 도시는 그 장엄한 자태를 다시 드러내고 있었다.

포토맥강이 유유히 흐르고 세계사적인 의미를 가진 건물들이 줄줄이 늘어선 도시, 그 중심에 펜타콘 건물이 보였다. 포토맥강변에 위치한 펜타콘 건물은 그 크기나 외형이 참으로 웅장하고 아름다웠다. 미국의 국방력과 힘을 상징하는 그 건물을 보고 있다는 그 자체가 그에게는 하나의 놀라운 경험이었다. 5각형으로 된 그 건물 외형의 조화가 마치 태권도의 5가지 힘의 조화를 보여주는 것처럼 느껴졌다. 힘의 근원이 닮아 있다는 느낌이 들었다.

한번도 생각해본 적이 없는 생각이 머리를 스치고 지나갔다. 무슨 계시처럼, 운명처럼 그 건물을 바라보며 마음속에 치솟는 힘을 느낄 수 있었다.

대사관이 생각났다. 거기에 먼 인척 형이고 군에서 상관이었던 박보희 씨가 근무한다는 말을 들었던 기억이 났다. 망설임 끝에 밑져봐야 본전이라는 생각으로, 한 번 찾아가서 도움을 청해 보기로 했다. 다음날 한국대사관 박보희 무관을 찾아갔다.

"이곳에서 태권도를 가르치고 싶습니다."

아직 대인관계에서 꼭지가 덜 떨어진 이준구는 그 동안의 안부 인사도 채 끝나기 전에 본론부터 말했다.

"태권도라니?"

이준구의 단도직입적인 말에 박보희 무관은 다소 어리둥절한 표정을 지었다.

"사실은 펜타콘에서 무술사범이 필요하다고 해서 왔습니다만…"

일의 전말을 들은 박보희는 고개를 끄떡였다.

"그래, 내가 도와주마."

그는 역시 통이 큰 사람이었다. 그 자리에서 체육관을 열도록 4백 달러를 빌려 주겠다며, 자리를 알아보라고 했다. 그리고 YMCA에서도 태권도를 가르치는 기회를 마련해 주겠다고 하며 준구의 어깨를 두드렸다.

믿기 힘들 정도로 일이 순조롭게 진행되었다.

그렇게 해서 태권도 도장을 열게 되었다. 체육관을 얻고 남은 돈으로 워싱턴포스트지 모퉁이에 조그마하게 관원모집 광고까지 내었다.

일을 시작한 지 한 달 쯤 뒤인 6월 중순, 시내 중심부인 K스트리트에서 워싱턴 사상 최초로 태권도 도장을 열었다. 한국 전통무술의 정신과 당당한 기개를 미국의 심장부에 처음으로 심는 역사적인 날이었다. 박보희 무관이 말한 모양이었다. 정일권 대사가 찾아와서 격려해 주었다. 미국의 소리 방송도 여러 지역의 교포들에게 소식을 전해주었다. 한 신문사 특파원은 '미국에서의 태권도 도장 개설은 우리나라의 대미 기술수출의 제1호'라는 제목을 뽑아내어 본국에 타전했다.

개관식 행사 말미에 펼쳐진 시범을 보기 위해 많은 사람들이 몰려들었다. 20대 초반의 사람들이 많았다. 그들은 삼삼오오 몰려와서 호기심어린 표정으로 태권도란 생소한 무술시범을 지켜보았다. 그들은 그날 생전 처음부터 한국무술의 동작 하나하나에 감탄하며 신기해하는 표정을 감추지 못했다.

그날 이준구 사범이 보여 준 태권도 품새의 기본동작과 발차기 기술은 눈을 믿을 수 없을 정도로 현란했다. 벽을 타고 올라 회전을 하고, 공중에서 송판을 격파하는 것은 그들에게 새로운 경험이었다. 즉석에서 10명이 등록을 하고 갔다. 그리고 한 달이 지나자 30여 명이나 되는 사람들이 모였다.

그러던 중 찾아온 한 사람이 있었다. 도장을 개설하고 2개월 뒤였다. 주변의 무술도장에서 새로 들어선 한국인 태권도장에 곱지 않은 시선을 보내고 있다는 말을 듣고 나서였다. 덩치 큰 한 일본인이 유도복을 입고 찾아왔다. 도장 내부를 삥 둘러보고 수련생들이 연습하는 것을 잠시 지켜보더니 다가왔다.

"나는 요지야마까와라고 합니다."

그는 자신을 소개했다. 옅은 미소까지 띄고 상대를 얕잡아보는 듯한 그의 표정이 매우 유들유들해 보였다.

"한 수를 배워도 되겠습니까?"

대련을 신청하는 말이었다. 무례하고도 오만한 짓이었다.

그는 근처에서 유도장을 운영하고 있는 유도의 고수였다. 수련생들이 보는 앞에서 사범을 꺾어서, 자기가 먼저 선점한 지역에서 타 무술이 발붙이지 못하도록 하겠다는 의도가 분명해 보였다. 준구는 갑작스런 도전이 당혹스러웠다. 그러나 피해갈 수 없는 일이었다.

덩치가 두 배나 큰 유도 고수와의 대련을 수련생들은 숨을 죽이고 지켜보았다. 그는 유도의 고단자이면서도 가라테의 자세를 취했다. 가라테의 손 찌르기 자세를 취하며 접근해 왔다. 준구는 태권도의 정자세를 취하며 그의 공격을 막아냈다. 유도 선수에게는 몸이 잡히면 끝이란 것을 잘 알고 있는 터라, 그의 접근을 막기 위해서는 발차기가 가장 유효해 보였다.

이준구는 한 발 뒤로 물러서며 다시 공격 태세를 취하는 그를 향해 몸을 날리며 돌려차기를 했다. 비틀거리는 그를 향해 다시 한 번 발차기를 했다. 쿵하는 소리를 내며 그 큰 체구가 나가떨어졌다. 승부는 싱겁게 끝났다. 공격다운 공격도 못해 보고 그는 손을 들고 말았다. 그는 일어서서 인사를 하고는 멋쩍게 나가버렸다.

그날은 그렇게 물러갔지만 그가 가만히 있을 것 같지 않았다. 어떤 식으로든 앙갚음을 해 올 것 같아서 마음이 놓이지 않았다. 이미 그에게는 많은 문하생들이 있고 일본인 어깨들이 그의 밑에 있다는 말이 들렸다. 무엇보다 신경이 쓰이는 것은 그가 새로 생긴 태권도장에 방해를 하지 않을까 하는 점이었다. 며칠이 지나도록 그쪽에서 잠잠한 것이 더 불안했다. 그러나 그것은 기우였다. 그날 이후 그는 어떤 방해되는 일도 하지 않았다.

알고 보니 그는 꽤나 의리 있고 신사적인 사람이었다. 그는 무예인으로서 도를 아는 사람이었다. 그는 자신의 패배를 인정하고 상대를 치켜세워주기까지 했다는 말이 들렸다. 그는 자신의 도장에 무술을 배우러 오는 학생들 중에 유도보다는 가라테나 태권도가 더 잘 맞겠다 싶은 경우에는, 준 리(이준구) 태권도장을 소개해주는 일까지 있었다고 했다.

이준구는 그의 올바른 무도정신에 매우 감명받았다. 그래서 그에게 감사의 인사를 했고 둘은 친해지게 되었다. 같은 동양인으로서 무술의 참다운 자세를 보여주자는 약속을 주고받았다.

그 사건은 주변에서 가십거리가 되었고, 입소문을 타고 태권도와 준 리 사범이란 이름이 퍼져나가면서 많은 문하생들이 모여들었다. 배우겠다는 의지를 가지고 온 사람도 있었지만, 단순한 호기심으로 동양무술을 한번 쯤 경험해 보기 위해서 온 사람들도 있었다.

이 사람들을 어떻게 가르치고 태권도에 빠져들게 하느냐는 것이 중요했다.

"이들에게 태도권의 진면목을 보여주고, 바른 수련자가 되게 해야 한다. 그것이 무도인으로서 나의 책무며 길이다."

이준구 사범은 주문처럼 날마다 이 말은 되뇌었다. 무도의 길은 수도자의 길과 다르지 않다는 것을 잘 알고 있었기 때문이다. 일시적인 인기나 수련생을 현혹하는 행동은 스스로에 의해서 몰락하고 만다는 것을 그는 믿고 있었다.

하루의 일과가 끝나고 수련생들이 돌아가고 나면 이준구 사범은 자기훈련을 계속했다. 더 고도의 기술과 난이도가 높은 기술을 위해 노력했다. 그는 혹독하리만큼 자신에게 엄격했다.

"완벽한 기예가 아니면 무술이 아니다. 오늘의 무無가 내일의 유有가 되는 완벽한 기예를 그들에게 보여 주어야 한다."

마치 좌우명처럼, 그는 그렇게 되뇌었다.

늦은 밤까지 연습을 하고 문을 나서면 거리엔 하나 둘씩 가로등 불이 꺼져가고 있었다. 그의 작은 방이 있는 숙소로 돌아가는 길엔 이미 인적이 끊겨, 뚜벅뚜벅 걸어가는 발걸음 뒤로 그림자만 외롭게 그를 따라왔다.

운명적 만남

　　1963년 11월 22일 일어난 존 F. 케네디 대통령 암살사건은 세계적으로 충격적인 사건이었다. 포드 자동차사의 링컨 컨티넨털 오픈카를 타고 텍사스주 댈러스 시내를 퍼레이드 하던 중, 인근 건물 6층에 숨어있던 리 하비 오스월드가 쏜 3발의 총탄을 맞고 대통령은 그 자리에서 절명했다.

　　젊고 유능한 대통령을 흉탄에 잃은 미국인의 충격과 실의는 컸다. 불의와 비인간성에 대한 각성과 규탄이 이어졌다. 대통령의 머리를 관통한 총알은 다른 사람이 쏜 4번째 총알이라는 등, 온갖 새로운 소식과 음모론이 연일 쏟아지고 있었다.

　　해가 바뀌고 몇 개월이 지나도 그 충격은 가라앉지 않고 있었다. 세기의 지성과 미모를 갖춘 재클린에 대한 기사와 정치 명문가 그의 동생들에 대한 기사도 봇물을 이루고 있었다.

　새로운 국가 질서와 정의를 갈망하는 사회적 여론이 팽배했고, 그런 분위기 속에서 동양무예에 대한 관심이 자연스럽게 커지게 되었다. 특히 젊은이들 사이에서 새로운 용기와 힘을 가지고 싶어 하는 사람들이 늘어났다. 그런 분위기를 재빠르게 파악한 미국공수도연맹 에드 파커 총재가 '국제 가라테 선수권대회'를 열었다. 1964년 8월 2일 캘리포니아 로스엔젤러스 롱 비치에서였다.

　롱비치 해변은 태평양의 광활함과 미국 서부대륙의 힘이 맞닿아 있는 곳으로 그 풍광이 환상적일 정도로 웅장하고 아름다운 곳이다. 특히 서부 개척시대를 상징하는 그 전설적인 66번 도로의 종착점이 있는 곳이기도 하다.

　이준구 사범은 어느 날처럼 워싱턴 태권도 도장에서 문하생들을 훈련시키는 데 땀을 쏟고 있었다. 운 좋게도 그는 불과 2년 사이에 하이스빌과 베데스타, 그리고 버지니아 지역까지 4곳에 도장을 더 세우게 되어서 더 많은 열성과 노력을 쏟아야 했다.

　그날은 너무 시간이 빠듯해서 점심식사도 거른 채 오후 훈련을 시작하려고 할 때 한 사람이 서신을 들고 찾아왔다. 미국공수도연맹의 에드 파크 총재 명의로 보낸 초청장이 동봉된 공문이었다.

　'국제 가라테 선수권대회에 연무 시범자로 초청하니 참석해 주시기 바랍니다.'

　이준구는 뜻밖의 초청에 놀랐다.

요지야마까와 유도관장과의 일을 계기로 그의 이름이 많이 알려지게 되었지만 자신이 국제가라테 선수권대회에 시범자로 초청받은 것이 믿어지지 않았다. 요지아먀까와가 추천한 것인지, 아니면 그 소문을 들은 에드 파크 총재가 결정한 것인지는 알 수 없었지만 믿어지지 않는 일이었다.

　가라테 미국 진출의 역사는 그리 길지 않았지만 이미 미국 내에 뿌리를 내리고 상당한 세력을 형성하고 있었다. 1947년 전일본 공수도 선수권대회에서 우승한 제일교포 최영의가 1953년 미국 FBI 본부와 웨스트포인트, 육군사관학교에서 가라테 교관을 하면서 처음으로 미국에 진출했다. 그때 최영의는 듀크 무어와 돈 버크 등을 만나 이들을 지도하였고, 1961년 극진회를 창립하고 국제가라테연맹을 창설하였다. 그때 미국에는 이미 여러 가라테 유파가 생겨나서 아메리칸 가라테라는 한 유형을 이루고 있었다.

　대회를 개최한 에드 파커는 신장이 2미터나 되는 거구로, 슨도메 가라테와 초창기 풀 콘택트 가라테대회에 40이 다 된 나이로 출전하여 우승한 전적을 가진 뛰어난 무술가로, 중국무술을 접목한 가라테인 켄포(拳法) 가라테를 창시한 사람이었다.

　그런 그가 태권도 사범인 이준구를 국제선수권대회에 초청한 것은 예상 밖의 일이었다. 그러나 그것은 이준구 앞에 다가와 있는 가슴 설레는 현실이었다.

　댈러스공항을 출발해서 로스앤젤레스 공항까지 5시간이 걸렸다. 바로 인접해 있는 롱비치에 도착했을 때 모여 든 사람들을 보고 대화의 규모를 짐작할 수 있었다.

행사장은 규모도 크고 위엄 있게 꾸며져 있었다. 첫날만 3천여 명의 관객들이 모여 들 정도로 사람들의 호응이 대단하였다.

대회가 진행되면서 내노라 하는 미국내 가라테 고수들이 속속 모습을 드러내었다. 조 루이스와 척 노리스, 마이크 스톤, 윌리제이, 니시오까, 바비 로의 모습도 보였다. 그 자리에서 이소룡을 만났다.

"저, 브루스 리입니다."

그가 먼저 공손히 인사를 했다. 브루스 리는 이소룡의 미국식 이름이었다. 그는 검은 색 중국식 무도복을 입고 있었다. 첫 인상이 좋았다. 웃음기 머금은 표정이 밝았다. 이름은 들어 익히 알고 있었지만 초면이었다.

"듣던 대로 미남이십니다. 저는 준 리입니다."

준 리는 이준구의 미국식 이름이었다. 둘은 환하게 웃으며 악수를 했다. 표정이 유머스러해 보였다. 대회 장소는 대형 실내 체육관이었다. 경기가 시작되고 출전한 선수들 간의 치열한 격투가 계속되었다. 관중들의 반응이 대단했다. 경기 중간에 연무시범이 펼쳐졌다. 이소룡이 먼저 시범을 보였다.

그는 먼저 안대로 눈을 가린 상태의 접근 전에서 상대의 공격을 완벽하게 막아내는 손기술 시범을 보여주었다. 스파링 상대자는 자신의 일본인 제자였다. 오직 전완부의 느낌만으로 상대의 공격을 완벽하게 차단하고, 끝에는 발을 걸어 상대를 쓰러뜨리는 시연이 인상적이었다.

그리고 펀칭시범을 보였다. 그는 가라테 선수들을 대상으로 6인치와 1인치 펀칭 연무를 펼쳤고, 가슴에 보호 장구를 착용한 상대를 단 한 번의 펀치로 2미터 이상 밀려나가 쓰러지게 했다. 놀라운 스피드와 타격력을 보여 주었다. 손 찌르기 시범에서도 건장한 상대를 단 한 번에 뒤로 쓰러뜨리는 강력한 힘을 보여주었다. 그는 오른손 엄지와 인지만으로 몇 차례 푸시업을 가뿐히 하는 것으로 시연을 끝냈다.

놀라웠다. 그의 손기술은 눈에 보이지 않을 정도로 빠르고 펀치나 손가락 찌르기의 힘은 강력했다. 그의 손놀림이 너무나 빨라 감히 상대가 접근할 수도 없는 것 같았다.

이준구의 차례가 되었다. 그는 올 때부터 비장한 마음을 가지고 있었다. 그때는 미국에서 가라테 일색이었고, 이제 막 시작한 태권도에 대한 인식이 그다지 널리 퍼져 있지 않아서 태권도와 가라테, 쿵푸를 제대로 분간하지 못하는 사람들이 많았다. 그날 그는 '이번에야 말로 태권도가 가라테와 얼마나 다른가를 보여 주어야 겠다'고 다짐했다. 적수공권의 이 무술세계에서 어느 기술이 가장 강자가 될 수 있는가를 보여 주는 것이 그의 목표였다.

이준구는 도복을 차려 입고 맨발로 걸어 나갔다. 이소룡은 손기술 시범에서 목이 긴 신발을 신고 나왔었지만, 준구는 발차기 시범이었기 때문에 맨발이었다. 그는 자신의 제자로 제일 먼저 유단자가 된 20대 중반의 지미 마틴을 상대자로 해서 발차기의 기본동작을 보여 주었다. 앞차기과 옆차기, 그리고 뒤차기, 돌려차기 동작을 보여줄 때 관중석에서 첫 번째 박수가 터졌다. 뒤이어 내려차기와 후려차기, 뛰어차기, 몸돌려 차기 순으로 발차기의 동작을 보여 주었다. 앞차기로 7피터, 약 2미터 15센티 높이에 매달려 있는 1인치 두께의 송판 3장을 격파하였다.

그리고 연이어 공중으로 3단 뛰기 옆차기를 하고 사뿐히 착지하였다. 대련 상대자의 공격을 받고 뛰어올라 공중에 떠 있는 상대로 3연속 돌려차기로 쓰러뜨리는 연무에서 상대가 3미터나 밀려나 쓰러졌다. 화려한 몸놀림과 유연한 발차기를 융합해서 보여 주었다. 그것은 이준구의 주특기였다. 어쩌면 실제 대련에서 필살기라 할 만한 발차기 타격이었다. 생전 처음 보는 고난도 발차기 기술의 현란함에 관중들의 환호성이 터졌다. 대회 참가선수 중 일부는 일어서서 박수를 쳤다.

마틴의 상대 역활도 완벽했지만 준구는 자신이 가진 기술을 유감없이 보여준 것 같아서 마음이 놓였다. 허리 숙여 공손히 인사를 하고 본부석으로 나왔을 때, 파커 회장이 먼저 엄지를 치켜세웠고, 그 옆에 서 있던 이소룡이 다가오며 박수를 쳤다.

"파워풀 앤 스프렌디드(powerful and splendid)!"

그의 첫 마디는 강력하고 화려하다는 것이었다.

"당신의 손기술이 더 감동적이었습니다."

이준구의 말에 그는 눈을 찡긋하며 재미있는 표정을 지었다. 유머와 재치가 있어 보였다. 대회가 끝나고 함께 이야기를 하고 싶다고 해서 저녁에 행사장에서 멀지 않은 작은 중국식당에서 자리를 함께 했다.

거기에서 두 사람은 주로 서로의 무도의 경험에 대해서 이야기를 나누었다. 이소룡은 23세로 워싱턴주립대학인 워싱턴대학 철학과 4학년에 재학하면서 무도장에서 제자들을 가르치고 있다고 했다. 32세의 이준구보다 9살이 어렸다. 그러나 그의 말은 무게가 있고 무술의 경력도 나이에 비해 길어 보였다.

어릴 적에는 몸이 몹시 연약해서 잔병을 달고 살다시피 했으며, 일곱 살 되던 무렵 신체 단련을 위해 태극권을 연마하는 것을 시작으로 무술에 입문하게 됐다고 했다. 그의 아버지도 과거에 홍가권洪家拳을 했다는 말을 덧붙였다.

"철학과에 다녀서 그런지 무술에 어떤 철학이 들어 있는 것 같아요."

이준구는 농담 반, 진담 반의 말로 상대의 마음을 떠보았다.

"어떤 무술이든 다 철학이 들어 있기 마련입니다. 이 마스터의 동작엔 기계적인 정확함이 들어 있는 것 같았습니다."

그의 말은 대학에서 이준구의 전공이 토목 엔지니어링이란 것을 염두에 두고 하는 말 같았다.

두 사람은 같은 동양인이란 점에서 동질감과 무술이라는 공감대가 있어서 서로 친밀감을 느꼈다. 이소룡은 자신의 본 이름이 이진번李振藩이라고 말하며, 무술을 하는 동안 자신과 같은 이씨 성을 가진 사람을 만난 것이 처음이라며 친밀감을 보였다.

이소룡은 샌프란시스코에서 중국인 아버지인 경극배우 이해천과 독일계 혼혈인 중국인 어머니인 하애유 사이에서 태어나서 부모의 고향인 홍콩에서 어린 시절을 보내고 다시 미국으로 왔다고 했다.

"극진 가라데 고수 중의 한 사람인 내 친구 바비 로를 통해 극진 가라테에 대한 이야기를 들었으나 가라테에서 배운 것은 별로 없어요."

"왜 가라테를 배우지 않았어요?"

"나에게 크게 도움이 될 것 같지가 않았기 때문입니다. 가라테는 손기술 중심으로 마치 수영장에서 허우적거리는 것과도 같아 보여, 보다 더 실전적이고 실용적인 것이 필요했습니다."

이소룡의 말에 이준구는 고개를 끄덕였다. 그가 어려서부터 영춘권詠春拳을 배운 고수이니, 영춘권의 손기술이 가라테의 손기술에서 배울 것이 없다는 말이 맞는 것 같았다. 한참 어린 나이인데도 무술적 식견이 뛰어남에 놀랐다.

"이 마스터의 발차기를 배우고 싶어요. 사실 오늘 발차기를 보고 충격을 받았어요."

그는 매우 솔직했다.

"나도 당신의 수기手技를 배우고 싶어."

이준구도 자신의 생각을 숨김없이 말했다. 그래서 둘은 서로의 기술을 전수하고 그것을 통해 단점을 보완해 주기로 했다. 이소룡은 기꺼이 그러겠다며 기뻐했다.

"메이 아이 콜 유 디 엘더 브라더(May I call you the elder brother)?"

앞으로 형으로 부르고 싶다고 했다. 그 말에 준구는 크게 웃으며 그의 손을 덥석 잡았다.

다음날 둘은 롱비치 바닷가에서 다시 만났다. 각자의 무술기량을 더 보여 주기 위해서였다.

이소룡은 트레이닝이 자신을 완성시킨다는 확실한 믿음을 가지고 있었다. 그는 기초 트레이닝을 매우 중시하고 있었다.

"나는 손과 발뿐 아니라, 몸의 모든 것을 무술의 도구라고 생각해요. 따라서 내 자신의 신체 모든 것을 늘 단련합니다."

그는 이러한 단련을 위해서 다양한 도구를 사용하고 있었다. 그가 펀칭에 힘과 스피드를 기르기 위해 10종 이상의 바벨과, 복근 운동을 위한 특별한 방법 등을 모여 주었다.

이준구는 태권도의 품새와 다양한 발차기 자세를 보여주며 가르쳐 주었다. 이소룡은 어떤 형태의 기술이든 잘 이해하고 동작을 재현해 내었다.

"태권도는 순수한 무도정신과 바른 수련이 중요해요. 무엇보다 무술정신을 통해서 삶을 통찰하고, 몸과 마음을 수련해가는 과정에서 삶의 의미를 터득해 가는 무술이 바로 태권도입니다."

이준구의 말에 이소룡도 공감했다. 오랜 만에 무도의 깊은 뜻을 일깨워 주는 것 같아서 이소룡은 그윽한 눈길로 이준구를 쳐다보았다.

절권도의 탄생

이틀 뒤 이소룡이 이준구가 묵고 있는 숙소로 찾아왔다. 그가 원하는 태권도의 발차기 기술을 전수받기 위해서였다. 그는 대학에 재학하면서, 무도관에서 제자들도 가르치며 여러 가지 일을 겹쳐 하고 있어서 일정이 빠듯하다고 말하면서도, 여유 있는 모습으로 자신이 운영하는 무도관으로 이준구를 데려갔다.

태평양의 물결이 옆에 와 부딪히는 롱비치 해변 길로 차를 몰아가면서 이소룡은 마치 오래된 친구를 만난 것처럼 격의 없이 자신의 이야기를 쏟아냈다. 그는 영어를 능통하게 사용하고 있었지만, 발음은 어린 시절 홍콩에서 자란 탓에 홍콩식 발음이 섞여 있어서 어색하게 들리는 부분도 있었다.

"린다와 며칠 뒤 결혼해요."

그는 동양인의 피를 못 속이는지 그 말을 하면서 수줍은 표정을 지었다.

"오, 리얼리? 축하해!"

린다가 누구인가를 묻기도 전에 그가 먼저 그녀에 대한 말을 했다.

"풀 네임이 린다 C. 에머리(Linda C. Emery)에요. 나의 쿵푸 제자이고요."

"제자라니?"

"우연히 그녀가 다니는 고등학교에 쿵푸를 가르치러 갔는데, 그때 나를 보고는 쿵푸 제자가 되겠다고 찾아왔어요. 대학도 내가 다니는 대학에 따라 들어와서 친해지게 되었어요."

그의 말은 톤이 유쾌하고 한 마디마디가 솔직하게 들렸다.

"진번쿵푸 이전에 영춘권을 배웠다고 했는데?"

이준구 사범은 지금 그의 쿵푸가 영춘권에 어느 정도 뿌리를 두고 있는지 알고 싶었다. 태권도 발차기를 제대로 전수하려면 그가 터득한 무술의 원형을 알아야 했기 때문이다.

"제 무술의 기본이 된 영춘권을 엽문 노사에게서 배웠습니다. 노사의 제자인 황순량 사형에게도 배움을 받았습니다."

이소룡은 말을 하는 도중 엽문 노사에 대한 존경심을 드러냈다. 그리고 채리불권에 대한 말도 했다.

이해가 되는 말이었다. 채리불권은 남권계열로 광동성의 유명한 권법이었기 때문에 영춘권과 가까웠던 채리불권을 배웠다는 것은 자연스럽게 들렸다.

영춘권은 남방지역의 대표적인 무술이다. 청나라 초 소림사의 비구니 선사, 오매사태가 마을에서 아버지와 두부 장사를 하던 엄영춘이란 여인에게 전해주었다는 무술이다. 오매사태는 소림오로 少林五老 가운데 한 사람으로, 마을의 불량배가 엄영춘에게 자신과 결혼할 것을 강요하자 오매선사가 소림의 권법으로 불량배들을 물리치고, 영춘에게 일부 기술을 알려주었는데, 엄영춘이 부단한 수련으로 다시 찾아온 불량배들을 무찌르고 영춘권을 만들었다고 한다.

영춘권은 상대와의 공방원리가 상당히 독특하고 언제나 접근전을 택하여, 연타를 통해 손상을 가하기 때문에 일격이 아니더라도, 사각 또는 정면에서 연타로 확실하게 공격하면 타격이 큰 무술이다.

"영춘권은 애초에 무기를 사용하는 것을 전제로 하는 무술이었습니다. 무기로 상대를 공격하는 데는 단타이냐 연타이냐가 크게 중요하지 않지만, 상대방의 무기를 가장 효율적으로 사용할 수 있는 동작이 단거리에서의 연타이기 때문에 그런 동작을 바탕으로 발전해왔다고 할 수 있어요."

이소룡이 고개를 돌리며 말했다.

"그래서 손 공격도 정권을 쓰지 않고 손을 세우고 하삼지를 쓰는 것이 더 유리할 수 있다는 말 아닌가?"

"정확한 말입니다. 마스터답게 중국 전통 무술에 대한 식견도 대단하십니다."

이소룡은 놀라는 표정을 지었다.

"그런데 말이야, 거기에선 발차기가 보조적인 수단밖에 되지 않잖아."

이준구가 하려는 말을 브루스도 이해하고 있었다. 영춘권이 접근전과 중거리에서 발차기 기술도 갖추고 있지만, 그것은 상대를 직접적으로 타격하기보다는 상대의 발을 봉쇄하여 강력한 손기술로 상대를 쓰러뜨리는 것이기 때문에, 손 공격의 보조적인 역할밖에 안 된다는 말이었다. 롱비치 대회에서 보여 주었던 것은 바로 이 영춘권을 바탕으로 한 것이었다. 그가 터득하고 있는 발차기의 기술은 하단 공격에 중심이라는 말과 다르지 않았다.

이준구 사범은 이러한 영춘권의 원리를 이해하고 있었기 때문에 이소룡에게 태권도 발차기 기술을 전수할 방향이 머리에 잡혔다.

로스앤젤레스 외곽 무도관에 도착해서 곧 시범이 시작되었다.

"이봐 브루스, 태권도의 발차기는 무게의 중심이 아래가 아니야. 위에 있다는 것이 중요해. 태권도 타격의 폭발적인 힘은 바로 여기에서 나온다는 것을 기억해야 돼."

이준구는 후려차기와 뒤돌려차기, 그리고 뛰어옆차기, 올려차기, 날아차기 등 22가지 발차기의 기술을 먼저 보여주고 응용발차기 시범으로 나아갔다.

응용발차기는 기본발차기에서 몸의 이동방향이나 발 딛기와 뛰어차기 유무, 그리고 두발거듭차기 같은 요인들에 의해 여러 가지로 확장되는 것이다. 이준구는 두발 거듭앞차기와 두발 거듭돌려차기, 몸돌려 뛰어 앞돌려차기, 뛰어 360도 회전돌려차기 등을 보여주었다.

이소룡은 호기심어린 눈으로 발차기 하나하나를 지켜보았다. 영춘권이나 가라테와는 전혀 다른 발차기에 그는 매우 놀라워했다. 뒤이어 이준구의 히든카드이자 비장의 기술인의 두발 거듭뛰어 540도회전발차기 시범을 보였다. 공중에서 두 번을 돌아 뒤 후리기를 하는 차기로, 장애물 딛고 공중 뒤돌아 차기와 더불어 가장 난이도가 높은 기술이었다. 이소룡은 경탄하며 자신의 몸을 돌려차는 자세를 따라 해 보기도 했다.

"발차기는 원리를 잘 이해해야만 돼. 보라구, 이렇게. 최소의 힘으로 최대의 위력을 발휘하려면 끊어 차기의 원리를 이용해 돼."

이준구 동작은 날렵했다. 그는 원리에 따른 동작에 상세한 설명을 덧붙였다.

"그리고 말이야, 무릎반동의 원리를 알아야 돼. 끊어 차기의 원리는 무릎반동의 원리에 의해서 이루어지기 때문에 두 개의 원리를 통합적으로 이용해야 해. 이렇게 무릎을 접었다가 순간적으로 펴는 탄력을 이용하는 무릎의 반동은, 힘을 절약하면서 상대가 예측하기 어려운 변화무상한 기술을 구사할 수 있다는 장점이 있으니까 말이야.”

이준구의 시범은 계속되었다. 허리를 틀고 디딤발을 이동하여 체중을 실어서 강하게 차는 체중 이용의 원리와, 상대까지 최단거리로 움직여서 가장 빠르게 차는 단축된 반경의 원리까지 보여 주고 연무를 마쳤다. 시작한 지 2시간 30분이 넘어서 있었다.

“리스펙터블! 유 아 리얼 마셜 아츠 매스터!(respectable! You are the real martial arts master!)”

이소룡은 감탄을 감추지 못했다. 그는 이준구 앞에 와서 허리를 직각으로 굽히고 감사의 말을 했다.

이소룡은 학구적이었고 배움의 자세가 적극적이었다. 그는 자신의 무술 노트에 이준구 사범의 몸동작을 상세히 그리고 설명을 메모했다. 글을 쓰는 손놀림도 매우 빨랐고 달필이었다.

“이제 시작이야. 그 빠른 손기술처럼 발을 쓴다면 누가 감히 대적할 수 있겠어? 난 그걸 확신해.”

이준구의 말에 이소룡은 다시 한번 감사의 말을 했다. 다시 만나기로 하고 그날은 그렇게 헤어졌다.

이 사범은 워싱턴으로 돌아와서 발차기에 대한 자신의 교본과 자료들을 그에게 보냈다. 이소룡은 즉시 고맙다는 답장을 보냈다.

그리고 이해가 안 되는 점이 있으면 수시로 전화를 했다. 그래도 자세가 잘 잡히지 않으면 시애틀에서 워싱턴 준 리 태권도장까지 날아오기도 했다.

이소룡의 집념도 대단했지만 기술을 숙달하는 속도도 매우 빨랐다. 불과 몇 개월이 지나지 않아서 그의 발차기 기술은 놀라운 발전을 보여 주었다.

"마셜 아츠 지니어스(martial arts genius)!"

이준구는 그의 능력에 '무술의 천재'라는 말밖에 할 말이 없었다. 그는 신이 내린 스피드와 불세출의 재능을 가지고 있다고 생각했다.

"내가 늘 부족하다고 생각했던 것이 발차기인데, 마스터의 비기를 전수받고 나니 마치 어깨에 날개를 단 것처럼 느껴져요."

이소룡은 이준구에게 깊은 존경심을 나타냈다. 이준구 사범으로부터 태권도 발차기 기술을 전수받을 수 있은 것은 인생에 최고의 선물이라고 말하며 매우 만족스러워했다.

이준구 사범은 그런 그에게 커팅과 스톱핑, 레그훅과 같은 발차기를 방어하는 기술과 자신이 숨겨온 비법을 마지막으로 가르쳐 주었다.

몇 개월 뒤 이소룡이 태권도 승단심사의 명예 게스트로 초대받아 워싱턴 준 리 도장에 왔을 때, 그는 여러 유단자들이 지켜보는 앞에서 300파운드짜리 백을 옆차기로 천정까지 날리는 타격을 보여 주었다. 믿어지지 않는 스피드와 타격력이었다. 스피드에 강력한 타격의 힘까지 갖춘 그를 대적할 사람이 있을 것 같지 않았다. 그는 그만큼 발차기 기술을 전수받은 것을 매우 가슴 뿌듯하게 생각했다.

그로부터 1년 6개월이 좀 지나서 이소룡은 '그린호넷'이란 텔레비전 드라마에 가토 역으로 출연하게 되었다. 그의 명성을 듣고 그에게 도전을 신청했던 가라테 고수를 11초 만에 15번의 타격과 1번의 발차기로 제압해 버리는 강력함을 보여 주었다. 무술잡지 블랙 벨트는 그것을 매우 의미 있는 사건으로 기사를 다루었다. 그때부터 그는 최고의 경지에 이르렀다는 말을 듣기 시작했다.

"이 모든 것을 준 리 마스터에게서 태권도 발차기 기술을 전수받았기 때문입니다."

그는 정직했다. 그의 말은 겸손한 말 같았지만 겉치레의 말은 아닌 듯 했다. 그는 평소에 언행이 세련되고 성격이 유쾌했다. 다른 사람들 앞에서는 몸을 굽히는 일이 별로 없었지만, 이준구 사범 앞에서는 공손했다.

"엘더(elder)! 새로운 무술을 완성하려 합니다."

그는 엘더 브라더(형)를 그냥 그렇게 불렀다. 친밀감의 표시였다.

"새로운 무술이라니?"

이 사범은 그날 처음 듣는 말이라서 의아한 표정을 지으며 그를 처다보았다.

"절권도입니다."

"절권도라니?"

"모든 복잡함을 뚫고 핵심으로 돌진하는 무권법의 권법이라고 말해야 할까요, 실전에서 가장 빠르고 가장 강력하게 적을 제압하는 무형식의 무술을 만들고 싶었습니다."

그는 소년처럼 웃어 보이며 말을 이었다.

"무형식의 형식, 비어 있는 힘. 그런 무술을 생각해 왔었는데, 엘더 마스터의 발차기 가르침이 내 생각에 화룡점정이 되었어요."

그 말에는 그의 무술정신과 철학이 녹아 있는 듯했다.

"절권도란 단지 이름일 뿐이며, 강을 건너야 할 때 쓰는 배와 같은 것입니다. 강을 건너면 그 배는 버리는 것이니까요."

그는 점점 더 깊은 뜻의 말을 했다. 워싱턴주립대학 철학과 출신다운 말이었다. 그의 무술철학이 높은 경지에 있음을 보여 주는 말이었다. 어찌 보면 그에게 무술이란 인생 자체란 말처럼 들렸다.

"수많은 철인들이 인생에서 풀려했던 의문들은 무도에서 그 답을 찾고 있는 말 같아. 놀라울 뿐이야."

이준구의 말은 빈말이 아니었다. 그의 인간됨, 무술의 완결성과 탁월함, 그리고 정신적인 성숙함에 새삼 놀라움을 감출 수 없었다.

"무법無法으로 유법有法을 상대하고, 무한으로 유한을 상대한다면 거기엔 더 이상의 길이 없을 것 아니겠습니까."

그의 말은 간략 명쾌했다. 이소룡의 새로운 무술의 창시는 곧 세상에 알려졌다. 그는 언론의 인터뷰나 각종 무술대회에 초대받아 절권도 시연을 하면서 무술계를 흔들어 놓았다. 그러면서 태권도에 영향 받았다는 말을 솔직히 털어놓았고, 태권도의 우수성에 대한 말도 덧붙였다. 그것은 이준구 사범에 대한 존경의 표시이기도 했다.

대통령의 눈물

1964년 12월 7일 박정희 대통령은 서독을 방문했다. 대한민국 대통령으로서 첫 공식 방문이었다. 양국 간의 교류와 경제개발을 위한 지원을 받기 위해서였다.

그 당시 한국은 자본도 기술도 없는 세계 최빈국 중의 하나로 초라한 나라였다. 그나마 미국이 많은 원조를 해주고 있었지만 미국을 제외하고는 경제적 지원을 해줄 나라가 별로 없었다. 이러한 상황에서 박 대통령의 서독 방문은 새로운 돌파구를 찾기 위한 모색으로 최빈국에서 벗어나기 위한 경제개발에 명운은 건 방문이라고 할 수 있었다.

대통령은 홍콩과 태국을 거쳐 전세기를 타고 서독까지 가면서도 눈 한 번 붙이지 않고 일의 성사를 위해 고심했다. 마음이 무거울 수밖에 없었다.

전용기도 국내에 장거리 항공기도 없어서, 루프트한자 전세기를 타고 쾰른-본 국제공항에 도착했다. 북유럽의 겨울바람이 차가웠다. 하인리히 뤼프케 대통령은 바쁜 일정 중에도 정부요인들을 대동하고 공항까지 나와서 영접하였다. 뤼프케 대통령과 정부요인들은 비행기 트랩 바로 앞에까지 나와서 박대통령을 맞았다. 추운 날씨 탓으로 대부분의 사람들은 두툼한 검은색 코트를 입고 있었다. 그런데 그 환영객들 중에는 태권도 도복을 입은 한 무리의 청년들의 모습이 눈에 띄었다. 그들은 손에 든 태극기를 흔들며 열렬히 박 대통령 일행에 환호를 보내고 있었다. 아주 특이한 광경이었다.

대부분의 사람들도 이 색다른 광경에 놀랐지만, 박 대통령 일행은 더 놀라지 않을 수 없었다. 추운 날씨에 얇은 도복만 입은 채 태극기를 흔들며 열렬히 환영하는 그들이 너무나 감동적인 모습으로 다가왔다. 그 낯선 땅에서 가장 한국적인 모습을 본 대통령은 눈에 눈물이 핑 돌았다. 영부인도 감격해서 눈물을 흘렸다.

그 태권도 사범은 마이클 안다손(Michael Andson)이었다. 그는 미국에 유학할 때 텍사스대학 태권도 서클에서 이준구에게서 태권도를 배우고 졸업과 동시에 귀국해서, 1년 전 서독에서 최초로 태권도 도장을 연 사람이었다.

그는 태권도의 모태국 대통령이 서독을 방문한다는 소식을 듣고 자신이 태권도를 가르치는 학생들을 데리고 공항까지 달려 나와 영접한 것이었다.

박 대통령은 하인리히 뤼프케 대통령과 최초의 한독정상회담을 가졌다. 루트비히 에르하르트 서독 총리와 접견하며 장시간 환담하였다. 그리고 아우토반을 이용해서 우리 광부들이 많이 일하고 있는 뒤스부르크 루르 지방의 함보른 탄광을 방문했다. 한인광부 3백여 명과 간호원 5십여 명을 강당에서 만나 노고를 치하했다. 함께 애국가를 부르다가 간호사들이 목이 메어 훌쩍거리기 시작했고, 대통령도 눈물을 흘렸다. 식장은 곧 울음바다가 되었다.

"나는 대통령으로서 여러분 앞에 부끄럽습니다. 하지만 나에게 시간을 주십시오. 우리 후손들에게는 여러분처럼 이역만리에 팔려나와 고생하는 일이 없도록 하겠습니다."

동포에 대한 애정과 조국개발의 의지가 담긴 대통령의 연설은 감동적이었다. 많은 사람들이 연설을 듣고 눈물을 흘렸다. 영부인은 손수건으로 계속해서 눈물을 닦아냈다. 대통령은 노르트라인 베스트팔렌의 철강, 제철 공업단지를 시찰하면서 국내 제철공장 건설에 대한 의지를 굳혔다.

총액 1억5천9백만 마르크(약 4천만 달러)의 상업·재정 차관과 한독 근로자채용협정을 통해 더 많은 한국의 근로자들을 독일로 보낼 수 있도록 하였으며, 금속과 기계, 화학, 합성 고무, 비료, 시멘트와 같은 중공업산업에 대한 기술을 전수받는 전기를 마련했다.

귀국하는 비행기 속에서 박 대통령의 마음속에는 제철공장과 아우토반, 그리고 인상적이었던 태권도 사범의 모습이 머리를 떠나지 않았다. 대통령은 국내 제철공장 설립과 아우토반과 같은 고속도로 건설, 그리고 태권도의 진흥에 대한 의지를 더욱 굳건히 하며 서울에 돌아왔다.

대통령의 의지는 곧 현실로 나타났다. 많은 사람들이 시기 상조라고 반대하고, 야당지도자들이 공사 시작을 가로 막으며 도로에 드러누워 시위를 하는 가운데서도 경부고속도로를 착공하고, 동양 최대의 포항제철 설립에 대한 구체적인 방안 마련에 들어갔다. 그리고 태권도 진흥을 위한 구체적인 일들을 계획하도록 지시했다.

"태권도 진흥에 구체적인 계획을 세우고, 유럽과 동남아시아, 중동, 아프리카 등에 전파할 구체적인 방안을 모색해 보도록 하시오."

박 대통령은 국무총리와 외무부장관을 불러 지시했다.

"그렇게 하겠습니다. 미주지역에선 이미 진출한 사범들에 의해서 상당한 성과를 거두고 있고, 민간 외교관으로서 역할을 아주 훌륭히 해 내고 있습니다."

주미대사와 외무부장관을 거치고 국무총리직을 맡은 정일권 총리는 외국통이었다. 자신이 주미대사로 있을 시에 직접 보았던 태권도 사범들의 놀라운 활동을 소상히 말하며 대통령에게 적극적인 사례를 들며 이야기 했다.

"미국에서 일고 있는 동양에 대한 관심과 동양무술에 대한 붐을 타고 미전역에 태권도 도장이 세워지고 있습니다."

총리는 매우 소상하게 사례를 들며 이야기 했다. 그는 미국에 진출해 있는 태권도 사범들의 이름도 잘 기억하고 있었다.

"정말 자랑스러운 일이오. 서독의 그 태권도 사범을 가르친 사람이 누구라고 하였소?"

대통령은 마이클 안다손 사범을 떠올렸다.

"이준구라는 사범입니다. 바로 그 사람이 지금 미국에서 태권도 보급을 선도하고 있는 청년입니다."

정일권의 기억은 또렷하고 언행에 매우 절도가 있었다.

"이준구? 이름만 들어도 준수하고 꽉 찬 사람처럼 느껴집니다."

대통령은 흐뭇한 표정으로 잠시 환하게 웃었다.

"해외공관을 통해 이들 태권도 지도자를 격려하고 도움을 줄 수 있는 방안도 찾아보도록 하시오."

이동원 외무부장관을 보며 말했다.

"한 사람이 열 명의 외교관보다 더 큰 역할을 하고 있는 그들을 적극 지원하고, 해외에서 그들의 활동이 더 탄력을 받을 수 있도록 하겠습니다."

그는 미국 컬럼비아대학과 옥스퍼드대학을 졸업한 정치학 박사란 화려한 꼬리표를 달고 다니는 사람이었지만, 동양학에도 식견이 넓은 사람이었다.

"저와 개인적인 친분이 깊은 존슨 대통령에게도 태권도를 배워 보라고 권유해 보겠습니다."

그는 대통령 앞에서 농담까지 하며 적극적으로 노력하겠다는 다짐을 했다. 그의 조크에 총리와 대통령도 웃었다.

박정희 대통령이 태권도 해외선양을 적극 추진하게 된 데는 어려서부터 가져온 무술에 대한 신념이 바탕이 되었기 때문이었다.

대통령은 대구사범학교 시절 검도를 배웠고 이후 승마와 국궁을 익히면서 무술에 대한 깊은 신념을 가지게 되었다. 예로부터 활쏘기와 말 타기, 서예는 선비들이 정신수양 도구로 삼았다는 것을 인상 깊게 새기고 있었다. 그래서 일찍부터 승마와 활쏘기를 하고 서예를 배웠다.

검도를 배울 때는 가르치는 사범과 단독 대련에서도 지지 않을 정도로 무술에 매달리는 끈질긴 집념이 있었지만, 국궁을 하면서도 민족의 호연지기와 민족의 혼을 느끼게 되었다. 그는 그것들에 일상처럼 깊이 심취하였다.

그에게 국궁은 운동인 동시에 명상이자 정신의 기둥과 같았다. 가슴을 비우고 기를 가득 채워 쏘는 국궁의 정신이나, 태견의 정신이 서로 닿아 있다는 것을 일찍부터 알고 있었다.

국궁이나 씨름, 말 타기를 수련하는 그 정신이 바로 태견의 정신과 같은 것이고, 오늘날 태권도 정신으로 이어져 있다고 믿었다. 그와 같은 무술이 몸과 마음을 단련시켜 주고, 그것이 어떻게 마음속에서 인간의 의지를 형성하고 극기하는 강한 마음을 주는지를 직접 체험하였기 때문이다.

오랜 세월에 걸쳐 호국무술이 개인의 몸과 마음을 수련하고 결국엔 나라를 구하는 바탕이 되었다는 것을 대통령은 잘 알고 있었다. 삼국을 통일했던 화랑의 기백과 정신이 바로 호국무술에 바탕을 두고 있었다는 것도 잘 알고 있었다.

'무술이란 나의 부실함을 채워가는 것이고 건실함은 더 굳건히 하는 것이 아닌가. 내가 힘으로 남을 공격할 때 강한 힘이 앞으로 나가지만, 뒤에는 빈 공간이 생기게 된다. 이것을 예상하여 대비하는 것이 방어의 기초다. 병법과 다르지 않다. 따지고 보면, 현대전에서의 공격과 방어의 원리도 결국 거기에 다 있다. 그것이 바로 군인이 배워야 할 덕목이다.'

대통령은 그렇게 생각했다.

동양무술이 다 같은 뿌리를 가지고 있어서 그 정신이 비슷하겠지만 태권도의 정신은 자연의 길을 수용하고, 연속시키는 몸과 마음의 길이라 할 수 있다. 동양문명에서 스스로 그러한 자연과 스스로 그러하지 않은 인위는 연속적 관계 속에서 발전적으로 연계된다. 그것이 무술의 길이고, 몸의 움직임에는 그 길이 있어야 한다. 효율적인 몸의 길을 따라 걸을 수 있어야 한다. 이러한 몸의 길이 수 없이 반복되어 수련자의 몸 안에 축적되어 도가 되고 길이 된다는 것을, 대통령은 오랜 세월 동안 자신이 연마해온 무예를 통해서 알고 있었다.

"무예는 사상과 함께 흘러왔습니다. 몸이 가질 수 있는 최고의 경지이며 생각의 집합체라 할 수 있습니다. 거기에서 인간의 길을 찾을 수 있습니다. 우리 고유의 무술은 민족의 정신이며 나라의 기술입니다."

대통령은 국무회의를 주재하는 자리에서 무술에 대한 자신의 입장을 피력했다.

"국기 태권! 그렇습니다. 국기國技 태권으로 나라의 정신을 다시 세워야 합니다."

대통령은 회의가 끝나고 국무총리를 불러 다시 한 번 자신의 뜻을 강조했다.

해가 바뀌어 새해를 맞았다. 대통령과 장관들은 국정에 가장 어려운 한 해를 맞았다. 신년 벽두부터 월남전 파병 등 어려운 문제로 대통령은 밤잠을 설치는 날이 많았다. 그런 와중에도 대통령은 태권도 진흥문제를 소홀히 하지 않았다.

2월 27일 열린 국무회의에서 태권도 해외선양에 대한 구체적인 안이 올라왔다.

대통령은 국무총리와 외교부 장관 등 전 국무위원이 참석한 가운데 국무회의를 열어, 논의 끝에 동남아와 유럽, 아프리카 13개국을 순방하는 태권도 사절단을 파견하기로 의결했다.

서독방문 일정을 잡을 때 담당관이 "귀국길에 영국 런던을 둘러오는 것이 어떻겠습니까?"라는 건의를 했을 때, "가난한 나라의 대통령이 관광이나 하며 외화를 낭비해서 되겠느냐"며 핀잔을 주었던 대통령이었다. 모직과 가발을 수출하여 겨우 외화를 벌어들이던 어려운 시기에 해외 순방단을 보낸다는 것은 대통령의 의지가 그대로 드러나는 대단한 결정이었다.

시기는 3월로 정해졌다.

"사절단 단장은 누구로 하면 좋을 것 같습니까?"

이동원 외무부장관이 와서 물었다.

"최홍희 장군을 임명하는 것이 좋지 않겠소. 그가 군에서 태권도 보급에 공로가 많았고, 말레이시아 대사로 있으면서도 태권도 보급에 노력했다지 않습니까."

대통령은 마치 미리 마음속에 생각이라도 하고 있었다는 듯이 바로 말을 했다. 이미 최홍희 장군의 태권도 이력을 잘 알고 있었다.

육군 소장으로 예편해서 말레이시아 대사로 나가 있던 최홍희는 이승만 대통령 시절, 한국을 방문한 고딘 디엠 대통령의 요청으로 베트남에 국군 태권도 시범단을 파견할 때 인솔한 경험이 있었기 때문에, 장관들도 적절한 사람이라고 생각하고 있던 참이었다.

　준비는 시작되었고 사절단은 곧 파견되었다. 한국이란 나라 이름도 잘 모르는 나라를 돌며 펼친 성과는 컸다. 가는 나라마다 많은 사람들이 몰려들어 시범을 보며 탄성을 질렀다. 각국 정부에서도 깊은 관심을 보이고 순방단에 매우 우호적인 분위기를 만들어 주었다. 이것은 얼마 지나지 않아서 제3세계 외교 개척에 다리가 되었다.

태권 국군

　1965년 월남전에 전투부대 파병을 놓고 고심하고 있던 대통령은 하루 여섯 갑의 담배를 피우며 밤잠을 설치고 있었다.

　이미 비전투부대인 의료부대와 통신부대는 파병이 이루어진 상황에서 전투부대 파병에 대한 미국의 요청이 거듭되고 있었다. 세계는 다시 팽팽한 냉전의 힘겨루기가 이어졌고, 북한은 이 기회를 이용해 비무장지대에서 대남도발의 빈도를 더 높였다.

　대통령은 고민이었다. 경제적으로나 국방력에서 북한에 뒤지고 있던 상황이라서, 군인들의 의식도 북한을 이겨야 한다는 의지를 제대로 갖춘 사병들이 많지 않았다. 전쟁에서 아버지나 형제를 잃은 고통을 겪으며 자란 세대라 전쟁에 대한 두려움, 패배의식 같은 것이 마음속에 깔려 있었다.

아직도 보리고개의 어려운 상황을 겪고 있는 사람들이 많았다. 절대 빈곤을 면하기 위해서 나라를 산업 경제적인 면에서 발전시켜야 하는 것도 대통령의 무거운 책무였지만, 국방력을 향상시켜야 하는 것도 시급한 일이었다. 교육수준도 낮아 사병들 중에 중학교 이상을 졸업한 병사들이 10프로를 넘지 않았다. 대통령은 국군의 전투력 향상과 용맹함, 자신감을 심어 주기 위한 정신무장 교육이 필요하다고 생각했다.

박정희 대통령은 국방부 장관을 불렀다. 해병대사령관을 역임하고 국방장관의 직은 맡은 김은성 장관이었다. 그는 해병대 사령관 재임 시 귀신 잡는 용맹한 해병을 만든 장군이었다. 철저한 훈련과 정신교육으로 신화를 만든 사령관이었다.

"국군을 다 해병과 같이 용맹하게 만들 수는 없겠소?"

대통령의 뜬금없는 말에 장관은 어리둥절했다.

"체력이나 정신력도 그렇고 말이오….."

평소에도 말의 무게가 있는 대통령이었지만 그날따라 말이 더 무겁게 느껴졌다.

"사실 저도 거기에 대한 방안을 모색하고 있는 중입니다."

눈치 빠른 장관은 대통령의 마음을 읽고 있었다.

"화랑정신을 이어갈 훈련요목이 필요할 것 같소."

대통령의 말에 장관은 대답할 말이 떠오르지 않아 잠시 멈칫거렸다.

"전투부대 월남파병에 대비한 특단의 교육이 필요할 것 같소."

대통령이 걱정하고 있는 것은 월남파병에 대비한 국군의 전투력 강화였다. 고심이 묻어나는 말이었다.

"신속히 시행하도록 하겠습니다. 사실 태권도는 해병 훈련에서 큰 성과를 거두고 있습니다."

"내가 하려는 말도 그 말이오. 태권도를 전군의 훈련과정에 포함시켜 체계적이고 심도 있게 교육시키도록 해 보시오."

장관은 대통령의 식견에 놀랐다. 자신이 직접 해병대에서 병사들을 훈련시켰던 것보다 사안을 더 잘 파악하고 있었기 때문이다.

"장교들에게도 태권도 교관이 될 수 있는 실력을 갖추었을 때 승진에 혜택을 준다면 아마 더 큰 성과가 있을 것이오."

대통령은 이미 머릿속에 군에 태권도를 교육할 계획을 구체적으로 가지고 있었다. 김은성은 장관인 자신보다 대통령의 이미 세부적인 것까지 생각하고 있다는 데 놀랐다.

군에서 태권도 보급은 이미 있어왔다. 최홍희 장군의 노력이 컸다. 그는 함경북도 명천군 출신으로 일본 주오대학 법학과에 재학하면서 가라테를 익혔다. 해방 한 해 전 징용되어 평양의 42부대에서 근무하다가, 해방 후 군사영어학교에 입교하여 육군 창설에 참가하였다. 최홍희 장군은 1953년 9월, 제주도에 창설된 보병 제29사단 사단장을 맡으면서 군에 무술교육을 하기 시작했다.

그는 청도관 출신의 남태희 중위와 한차교 하사를 불러 사범으로 임명하고 장병들에게 무술을 가르쳤다.

그 이듬해 초 송요찬 장군이 지휘하는 제3군단에 배속된 그는 동부전선 일부의 작전을 맡아 있으면서, 제3군단에 배속되어 있는 용대리 본부에 군내 무도관인 오도관吾道館을 창설하여 무술 교육을 실시하였다. 이때 남태희 대위의 역할이 컸다. 그는 남태희 대위를 매우 신임했다. 오도관이란 이름을 지을 때도 먼저 남태희의 의사를 물어 보고 나서 결정하였다.

"부관, 교육사범으로 적합한 사람들을 더 물색해 봐."

정식 무도관 출신이 아니었던 그는 청도관 출신의 남태희에게 의존하지 않을 수 없었다.

"활용할 수 있는 재원들을 십여 명 확보할 수 있을 것 같습니다."

남태희는 자신 있게 말했다. 그리고는 한차교를 시켜 백준기, 고재천을 불러들이게 했다. 그렇게 해서 백준기, 고재천, 김석규, 우종림 등을 군 교관으로 확보하게 되었다.

"우리 청도관 출신들이 군내에 분관을 만드는 심정으로 최선을 다해 오도관을 돕도록 합시다."

남태희는 청도관 출신의 교관들에게 결의를 당부했다.

"군에서 무술교육이 어떤 제약이나 한계가 있지 않겠습니까?"

백준기가 말했다.

"그것은 걱정하지 마시오. 사단장께서 군에서 무술 보급에 매우 적극적이시고 그 일에 사명감을 가지고 계시는 분이기 때문에 무술특수단을 만들 것 같아요."

남태희는 최홍희 분신처럼 그가 할 말을 대신하듯 자신 있게 미래의 계획까지 말했다. 군 내부에서 상관이 시킨 일을 반대할 사람은 없었다. 이들은 모두 그 뜻에 동조하고 의기투합하여 열성을 다했다.

일이 순조롭게 되어가자 최홍희는 매우 만족했다. 그는 한차교에게도 특별한 신임을 갖고 무술 교육에 힘쓰도록 하고, 자신의 조카딸을 소개시켜 주겠다는 말까지 하며 어깨를 두드려 주었다.

최홍희는 오척 단신이었다. 그는 자신의 작은 키에 대해 다소 컴플렉스를 가지고 있었다. 그래서 그런지 남에게 지지 않으려 하는 고집을 드러내는 경우도 많았다.

"작은 몸이라도 과학적으로 수련하면 어마어마한 힘을 낼 수 있다는 점에서, 무술을 위해 나를 작은 체구로 태어나게 했는지도 모른다."

그는 그런 말을 자주했다. 그래서 그는 군 무도관을 오도관이라 지었는지도 모르는 일이었다. 주변에서, 오도吾道란 개인 수양의 도로서 무술을 강조하는 말로써, 군 무술관의 명칭으로는 어울리지 않고, 조국 수호나 군의 용기 같은 것을 나타내는 상징성이 결여되어 있다는 말까지 했으나, 그는 뜻을 굽히지 않았다.

하지만 해방 전후 태권도의 기원이 된 이른바 5대관 중 하나였던 '청도관' 출신 교관들은 그 명칭에 상관하지 않고 군 무도의 기틀을 하나씩 다져나갔다. 자연스럽게 품새나 기본 동작, 무술의 정신까지 청도관의 것을 교범으로 삼지 않을 수 없었다.

그러나 최홍희 장군에게는 자신을 당당히 드러낼 수 없는 치명적인 약점이 있었다. 그가 일본에서 가라테를 배운 것도 뚜렷한 적통이 없고, 국내 당수도의 5대관이라 할 수 있는 어디에서도 자신이 수련해서 얻은 공인된 자격증이 없다는 것이었다. 그는 그것에 늘 심리적 부담감을 가지고 있었다. 자신이 무술의 적통이 없다는 것이 큰 약점이었다.

그는 그 치명적 약점을 벗어버리기 위한 여러 가지 궁리를 해보았으니 뚜렷한 방안이 떠오르지 않았다. 결국엔 무자격자라는 비판이 쏟아지고 그것으로 인해 심한 상처를 입게 되리라는 것을 자신이 더 잘 알고 있었다. 그는 어떻게 해서라도 적통을 가진 무도관에서 단증을 획득해야 한다고 판단했다. 그는 남태희에게 의존하는 길밖에 없었다.

"부관, 오도관이 군영 밖의 다른 무도관과 같은 위치에 서기 위해선 보완해야 될 것이 있어서…."

그는 차마 바로 말하기엔 쑥스러웠던지 말꼬리를 흐렸다.

"뭘 말씀하시는 것입니까?"

남태희는 대충은 짐작이 갔지만 자신이 먼저 말하기엔 사안이 맞지 않는 것 같았다.

"진급과도 관련이 있고 해서 말이야, 청도관 단증을 하나 받고 싶은데 관장에게 한 번 부탁해 주겠어?"

최 장군은 부관이 청도관 관장 손덕성과 호형호제하는 사이인 것을 알고 하는 말이었다.

"예, 제가 적극 노력해 보겠습니다."

"군인의 답은 해보겠습니다가 아니고, 하겠습니다야."

그는 웃으며 말했지만 압박감이 느껴지는 말이었다.

남태희는 곧 손덕성 관장을 찾아갔다. 남태희의 말을 들은 손덕성은 선뜻 답을 할 수 없었다. 사리에 맞지 않는 부탁인 것 같아 난처한 표정을 지었다. 최 장군의 군에서 지위나 사회적 인맥 등을 볼 때 거절하기도 어려운 일이었다. 하지만 단증을 수여한다는 것은 어떤 면으로 보나 명분이 없는 일이었다.

"제가 생각해도 정식 단증을 받기엔 문제가 있을 것 같긴 합니다만 ⋯."

남태희도 잠시 멈칫거렸다.

"명예단증이라면 생각해 보겠는데 말이야."

"좋은 생각이신 것 같습니다."

남태희가 무릎을 치며 반색했다.

남태희가 달려가서 상황을 말했을 때 최홍희 장군은 만족스럽게 받아들였다. 그렇게 해서 최홍희에게 청도관 명예단증이 주어졌다. 그는 청도관에서 2대 관장 손덕성 명의로 명예 4단증도 받으면서 무도인으로서 정통성을 가지게 되었다. 그는 그것을 바탕으로 자신의 위치를 굳혀나갔다.

1955년 그의 노력으로 당수도란 명칭이 태견의 맥을 잇는 태권도로 정립되었다. 1958년 베트남 고딘 디엠 대통령이 방한했을 때, 그는 국군의 태권도 시범을 보고 매료되어서 태권도 시범단을 베트남에 파견해 달라고 이승만 대통령에게 간청했다. 이승만 대통령이 쾌히 승낙함으로써 국군태권도 시범단이 베트남에 파견되게 되었다.

최홍희는 군인의 신분을 이용하여 몇몇 민간단체를 만들었으나 일부 민간도장 사범들은 자신들과 큰 연관도 없는 군인 최홍희에게 반감을 가지게 되었다. 그 뒤에도 그는 자기중심적인 행동으로 한국 태권도 분열의 단초가 되는 오점을 남기면서 군을 떠나게 되었다.

1961년 대한태수도협회가 설립되고 그는 군에서 예편하여 말레이시아 대사로 떠나게 되었다.

박 대통령은 최홍희 장군의 오도관 설립과 군에서 태권도 교육의 공로를 손바닥처럼 알고 있었기 때문에, 태권도 발전을 위해서 그에게 역할을 하도록 최대한 기회를 주고 있었다.

대통령은 이제까지 부분적으로 이루어져왔던 군에서 무술교육을 새롭게 정립하여 장병들에게 교육해야 한다고 생각했다. 이제

까지 군 일부에서 행해졌던 특기식 훈련의 단계에서 벗어난 전반적이고 체계적이며 전문화된 군사교육 체계가 필요하다고 생각했다.

"이제 태권도를 특수부대의 교육 정도에서 벗어나 전군에 훈련시키도록 하시오. 품새도 장병들에게 부합하는 실전성을 갖춘 것으로 말이오."

오랫동안 군에서의 경험을 바탕한 말이었다.

그렇게 해서 전군에 한 바탕 태권도 비상령이 떨어졌다. 각 군에서 경쟁적으로 태권도 교육을 강도 높게 실시했다. 성과는 곧 나타났다. 요란한 기합소리와 함께 맨 주먹으로 기왓장을 깨고, 키 높이로 뛰어 담장을 넘어뜨리는 것이 군인의 상징처럼 되어갔다.

입대 전 작은 도랑도 하나 제대로 건너뛰지 못했던 사병이 키 높이를 뛰어올라 기왓장을 격파하고, 일곱 여덟 장이나 겹쳐 놓인 기왓장을 맨손으로 격파하는 자신을 발견하고 스스로 놀라게 되었다. 자신감 넘치는 용감한 군인이 되어 있는 자신의 모습을 사진으로 찍어 친구나 가족에게 보내기도 했다. 용맹한 국군은 그렇게 태어나고 있었다.

세계가 놀란 이유

1964년 9월 비전투부대인 제1이동병원 의료지원단 130명과 태권도 지원단 교관 10명으로 구성된 140명을 1차로 베트남에 파병하였다. 붕따우에 도착한 태권도 지원단은 3조로 나누어 베트남 육군사관학교와 해군사관학교, 육군보병학교에서 월남군에게 태권도 교육을 시작하였다.

태권도 지원단으로 파병된 교관들은 어깨가 무거웠다. 베트남 국민들과 군인들이 태권도에 대한 기대와 관심이 컸기 때문이다. 교관들은 베트남 장교와 사병들에게 실전에서 이용할 수 있는 전투형 태권도를 지도하였다. 베트남 대통령과 국방장관의 특별한 관심 속에 월남군 장병들을 대상으로 강도 높은 태권도 교육을 실시했다.

군사 원조단 비둘기부대의 2차 파병에 이어 전투부대의 파병이 본격적으로 이루어졌다. 해병2여단이 주축이 된 청룡부대 제1대대와 수도사단 제1연대가 주축이 된 맹호부대 제2대대가 파병되었다. 뒤이어 제9보병사단 백마부대와 공군지원단 은마부대, 그리고 제100군수사령 부대인 십자성부대가 파병되어 월남의 광범위한 지역에서 작전에 들어갔다.

주월한국군사령부에서는 한국군에게 태권도 교육을 강화했다. 밀림이 많고 게릴라전이라는 월남전의 특성상 병사 개인의 전투력이 매우 중요하다고 판단했기 때문이다. 더구나 월남인들의 태권도에 대한 관심이 대단해서 대외적으로 태권도의 용맹성을 보여 주는 효과도 컸기 때문이다.

채명신 사령관의 태권도에 대한 믿음이 컸다. 심리적 자신감과 용맹성을 가지게 하는 데는 태권도만한 것이 없다고 그는 믿고 있었다.

국내 각 부대에서도 파병을 앞둔 장병들을 위한 특별 교육기간 동안 태권도 훈련이 중요한 훈련 요목으로 지정되어, 심도 있게 훈련이 이루어졌다. 국방부의 특별지침이 각 군에 전달되었기 때문이었다.

월남에서 태권도의 관심은 고딘 디엠 대통령이 한국을 방문하는 동안 태권도 시범을 보고 간 이후였다. 디엠 대통령은 태권도를 매우 신기하게 생각했다. 군인이 맨몸으로 가질 수 있는 최고의 무기로 생각하고 있었다.

　1958년, 이승만 대통령의 초청으로 한국을 방문한 월남의 고딘 디엠 대통령은 국군의 태권도 시범이 있을 때, 그 동작 하나하나를 매우 진지하게 보며 감탄했다.

　"놀랍습니다! 1 대 10입니다."

　그는 눈이 휘둥그레지며 믿을 수 없다는 표정을 지으며 말했다. 한 명이 적 10명을 상대할 수 있다는 말이었다.

　디엠 대통령은 극찬에 극찬을 거듭했다.

　"저 태권도 시범단을 한 번만이라도 우리 베트남에 파견하여 주십시오."

　그는 이승만대통령에게 자국민에게 보여줄 선물로 태권도 시범단의 월남파견을 간청했다.

　"한국 고유의 무술을 군대 무술로 변용한 것입니다."

　노老 대통령은 흔쾌히 그러겠다고 했다.

　디엠 대통령이 돌아가고 바로 국방부 특별지시로 국군 태권도 시범단이 꾸려져서 준비에 들어갔다. 최초로 해외에 파견되는 시범단이었기 때문에 특별히 신경 쓰지 않을 수 없었다. 그래서 사전 훈련에 들어갔다.

　일정이 정해졌다. 다음해 3월 12일 최초의 국군 태권도 시범단은 여의도 비행장에서 공군 수송기 편으로 베트남을 향해 출발했다.

단장에 최홍희 육군소장을 임명했다. 지휘는 남태희가 맡고 단원으로 고재천과 백준기, 우종림, 곽근식, 한차교, 김복남, 김근택 등 21명으로 구성되었다. 단원들은 모두가 오도관 소속의 군인들이었다.

그날 저녁 사이공에 도착한 국군 태권도 시범단은 베트남 정부가 마련한 일정에 따라 그 다음날부터 3주일간 군부대와 경찰, 그리고 학교 등 전국을 돌면서 시범을 보였다. 단원들은 최선을 다했다. 국가를 대표한다는 사명감으로 자신들이 가진 기량보다 더한 기량을 보여 주려고 노력했다. 행동도 일사분란하게 움직였다. 단원들의 행동 하나하나를 베트남사람들이 신기한 눈으로 바라보고 있었기 때문이다.

사이공에서 해안선을 따라 개설된 국도를 타고 북으로 이동하며 시범을 펼쳤다. 짧은 기간에 월남 전 지역을 순회하였다.

시범을 지켜본 대부분의 사람들은 놀라워했다. 태권도의 놀라운 격파력과 공격력에 감탄했다. 체구가 작은 최홍희를 본 베트남인들은 자기들에게 매우 적합한 군대 무술이 될 수 있다고 생각하는 것 같았다. 민간인들과 학생들이 몰려와서 탄성을 지르며 따라다녔다. 단 순간에 월남 전역에 태권도라는 이미지를 크게 심어주는 계기가 되었다. 디엠 대통령은 상황을 보고 받고 매우 기뻐했다. 마지막 날 시범단을 위한 특별한 연회까지 마련해 주며 노고를 치하했다.

한국군의 파병이 완료되어, 사이공과 다낭, 그리고 깜란, 뚜이호아, 꿔년, 닌호아, 쭈리이, 호이안, 나트랑, 퀴논, 전 지역에 걸쳐 주둔하게 되었다. 남에서 북까지 전 지역에서 작전에 들어가면서 월남전의 판도를 바꾸어 놓았다.

상황을 쉽게 보고 뛰어들었던 미국은 막대한 군비와 무기를 투입했으나, 예상보다 강한 월맹군의 전투력과 월남 내부의 자생 공산당조직인 베트콩의 게릴라전에 쉽지 않은 전투를 하고 있었다. 민간인 속에 섞여 있는 베트콩에 대한 전투에 애를 먹고 있었다. 그러나 한국군이 파병되고 나서 상황은 달라졌다. 한국군은 수색이나 전투, 경계 어느 면에서도 치밀하며 강한 전투력을 보여주었다.

'한국군의 사상자 교환비율이 1대 25를 넘어서다.'

미군사령부 전략본부에서 분석해서 내놓은 수치였다.

사상자 교환비율이란 병사 1명 당 전투력을 나타내는 수치이다. 월맹군과의 대적에서 미군이 1 대 9인 반면, 한국군은 1 대 25로 나타났다. 디엠 대통령이 1대 10이라 했던 것을 배 이상을 넘어서는 전투 능력을 보여 주었다. 비공식적이긴 하지만 뒤로 가면서 이 수치는 1대 100이란 말이 나오기까지 했다.

월맹군과의 전투에서는 일방적이라 할 만큼의 높은 침투율과

살상력을 보여 주었다.

"가급적 한국군과의 전투를 피하라."

월맹군 사령부에서 내린 교전수칙이었다. 땅굴과 밀림을 이용하는 베트남 내 공산 지하조직으로 월맹의 지원을 받고 있는 베트콩의 게릴라전도 한국군에게는 통하지 않았다. 한국군의 위력에 눌린 베트콩 게릴라군이 스스로 투항해 오는 숫자도 늘어났다.

한국군은 두려움을 모르는 군대로 알려졌다. 미군이 작전에 실패한 지역의 작전에서 승리를 거두고, 난공불락의 요새지를 공격해서 탈환하는 일이 한두 번이 아니었다.

미군이 몇 년 동안 점령하지 못한 지역의 요새를 한국군이 작전 2시간 만에 점령하는 기적 같은 전공을 세우기도 했다. 지휘관들의 작전계획도 치밀했지만 장병 개개인의 체력과 전투력이 뛰어났기 때문이다.

미국정부에서는 더 많은 한국군을 파견해 줄 것을 한국정부에 요청했다. 미국 전술전략가들은 한국군의 이런 전투력을 분석하기 시작했다.

온화함과 강력함, 두 가지를 다 가진 군대였다. 교전에서는 강철 같은 전투력을 지닌 반면 민간인에게는 온화하기 이를 데 없는 군대가 바로 한국군이었다. 사령관의 전략은 강 대 온이었다. 적에게는 강하게, 민간인에게 온화하게 대하는 것이었다. 사령부는 각 군의 주둔지 인근지역 주민들의 생활에 필요한 것들은 마련해 주었다.

하천에 다리를 놓아 주고 의료시설과 학교를 지어 주었다. 그리고 그 학교에서 아이들에게 글을 가르치고 운동장에서 함께 공을 차며 태권도를 가르쳤다. 태권도는 아이들에게 대인기였다. 산 너머 멀리 떨어진 마을의 아이들까지 태권도를 배우러 몰려왔다. 어린이들에게 꿈과 희망을 심어 주기 위해 일 년에 한두 번씩 잔치를 열어 주기도 했다. 농업용수가 부족한 곳에 가서 댐을 만들어 용수를 마련해 주고 농사를 지어 주기도 했다.

"한국군은 백 명의 베트콩을 놓치는 한이 있더라도 한 명의 양민을 보호한다."

한국군이 내건 슬로건이었다. 그 표지를 만들어 마을마다에 세우고 그들을 보호하기 위해서 힘을 썼다. 주민들은 한국군이 주둔지를 옮길 때 그 지역으로 따라갈 정도로 한국군에 대한 믿음이 컸다. 영국 BBC 방송은 '한국군의 대민 정신을 배우면 미국은 무조건 승리한다'는 기사를 써서 세계에 알렸다.

해병부대의 전투력은 더 뛰어났다. 66년 미군 기갑사단의 파울리비아 작전을 측면에서 지원하기 위해 나섰던 맹호기갑연대가 두코전투의 백병전에서의 대승을 거두었다.

그 이듬해 짜빈동 지역에 주둔하고 있던 해병부대인 청룡 11중대 70여 명은 2천여 명으로 구성된 월맹군 3개 대대의 공격을 맞아 싸운 전투에서 믿을 수 없는 승리를 거두었다.

보급도 끊기고 지원군의 도움도 청할 수 없는 고립된 상황에서 막강한 화력을 앞세운 적의 공격으로, 궤멸당하기 직전의 전투에서 적과 맞붙어 5시간의 사투를 벌인 끝에 승리했다. 적 대부분을 사살하고 후퇴하는 적까지 사살하는 기적 같은 전과를 올린 짜빈동 전투는 세계 전투사상 최고의 전투 중에 하나가 되었다.

　　한국군의 신화 같은 승리는 계속되었다. 오작교 전투에서 현대 전쟁사에서 찾기 힘든 전설적인 승리를 거두었다. 단일 전투에서 적 사살 939명, 포로 425명이란 기적적인 전승을 거둔 오작교 작전의 승리는 전 세계 언론에 의해 온 세계인을 경탄케 했다. 미 해병 4상륙사령관 웰터 중장이 격전지 직접 찾아와서 경탄을 금치 못하고 미국정부에 보고했던 전투다.

　　미군 지휘부는 한국군의 전공을 경의를 표했고, 미국 대통령의 격려 전문이 도착하기도 했다. 미국 조야에서도 한국군에 대한 격찬이 쏟아져 나왔다. 이 전투는 미 보병학교 교리 연구과제로 채택되기도 했다.

　　"미군이 가진 최고의 병기는 한국군이다."

　　이 말은 그 무렵 미국 언론에서 터져 나온 말이었다. 이후 이 말은 미군들 사이에서 공공연한 말이 되었다. 미군들은 한국군과 인접해서 작전하는 것을 좋아했다. 한국군이 그 만큼 믿음직스러웠기 때문이다.

　　채명신 한국주월군사령관은 국군의 이러한 전투력의 근원은 지휘관들의 육이오 전쟁에서 쌓은 실전적 경험과 투지에 있다는 것을 잘 알고 있었다. 죽음을 두려워하지 않는 용맹한 정신력의 일부는 태권도에서 비롯되었다고 판단했다.

사령관은 각 부대에 태권도 교육을 더 강화하게 했다. 정기적으로 장병들의 태권도 연무시범을 외부인을 초청해 보여 주었다. 각 부대별로 돌아가면서 연무시범을 보였다. 청룡부대 시범이 있는 날에는 미군사령부에서 지휘관들이 대거 참관하였다. 6백여 명의 장병들이 태권도복을 입고 머리에는 태극 마크가 새겨진 붉은 띠를 두른 채 연병장에 모여 시범에 들어갔다.

기본동작과 품새, 겨누기, 격파 순으로 연무시범을 보였다. 6백여 명의 시범단이 일사분란하게 움직이며 기본 동작과 품새, 겨누기와 대련의 다양한 기술을 펼쳐 보일 때 박수가 그치지 않았다. 백여 명의 장병들이 한 줄로 서서 가지런히 쌓아 놓은 10장의 기왓장을 이마로 격파하고, 그 다음에 다시 주먹으로 격파할 때 지켜보는 사람들은 놀라움을 감추지 못했다. 마지막으로 높이뛰어 발차기로 송판 격파시범을 보여 주자, 모두는 일어서서 함성을 지르며 5분이 넘는 동안 박수를 보냈다.

태권도는 월남 전역에서 '민간 심리전'으로 활용되어 큰 성과를 올리고 있었다.

채명신 장군은 휘하 전 부대에 태권도 훈련으로 전력을 강화함으로써 베트콩의 접근을 막았고, 끊임없이 태권도 시범을 통해 대민 심리전에서 절대적인 성과를 거두었다. 미군 지휘부에서 한국군 태권도 교육현장을 들러보고 찬사를 아끼지 않았다.

태권도는 홍보적인 면에서도 국가 이미지를 높이는 일등 공신의 역할을 하고 있었다. 미국은 한국군의 전투력에 감탄했다. 전 세계의 언론은 한국군의 기적적인 승전과 놀라운 전투력을 앞 다투어 보도했다. 그 기사에는 대민지원 사례와 태권도 훈련 모습을 싣고 있었다.

미군 전략연구소에서는 한국군의 뛰어난 전투력을 분석하기 시작했다.

'한국군의 용맹함은 어디에 나오는가?'

이 물음을 놓고 여러 측면에서 심도 있게 분석하고 연구했다. 세계를 놀라게 하는 그 힘의 근원에는 한국군의 국가정신과 태권도정신이 있다는 것이 밝혀졌다. 태권도는 한국군의 또 하나 상징이 되어가고 있었다.

스승과의 해후

어느 날 이준구 사범에게 조선일보 워싱턴 특파원 문명자 기자의 전화가 왔다.

"이원국 사범이 미국에 오신다는데, 혹시 알고 있어요?"

늘 그러한 것처럼 문 특파원의 말은 어조가 분명하고 기계적이었다.

"처음 듣는 말입니다. 스승님이 오신다면 맨발로라도 달려 나가야지요."

이준구는 오랜 만에 듣는 스승의 이름이라서 반갑기도 하고 놀랍기도 했다.

"하하, 역시 스승에 대한 공경심이 대단하시군요."

문 기자의 웃음소리가 남자처럼 들렸다. 그녀는 평소 온화하면서도 사무적인 면에서는 맺고 끊음이 분명했다. 그녀의 성품이 웃음소리에 묻어나는 것 같았다.

"스승님이 오시면 내가 쓴 영어판 태권도 교본 원고를 보여 드려야겠습니다."

"아, 그래요? 대단하십니다. 벌써 영어로 책을 낼 준비도 하시고요."

문 기자는 책이 나오면 기사로 알리겠다는 말을 하고 전화를 끊었다. 이준구는 5권 분량으로 쓰고 있던 태권도 교본의 마지막 부분 원고를 좀 더 살펴보다가 자리에서 일어났다. 책 원고를 빨리 끝내는 것도 중요했지만, 자신의 스승이 미국으로 온다는 말에 활자가 제대로 눈에 들어오지 않았다.

"오시면 뭘 해드려야 하지?"

잠시 생각하는 사이 스승의 얼굴이 머리를 스쳐갔다.

'그래, 잘 되었다. 원고를 보여 드리고 감수를 부탁드려야지….'

그는 무릎을 쳤다.

이준구 사범은 이소룡의 소개로 무술 전문잡지 '블랙 벨트(The Black Belt)'지에 인터뷰 기사가 실린 것이 몇 개월 전이었다. 이소룡이 태권도 발차기를 전수받고 나서 자신이 고안한 절권도를 완성해 갈 무렵, 전화로 블랙 벨트지 발행인 미토 우에하라 사장을 소개해 주었다.

"제가 미토 발행인을 만나 마스터(master) 리의 태권도 관련 기사를 잡지에 실을 것을 권유했어요."

이소룡의 목소리가 경쾌하게 들렸다.

며칠 뒤 잡지사 담당자가 와서 자료를 취재해 갔다. 그냥 짤막하게 몇 줄 실릴 줄 알았는데 예상외로 기사가 크게 실렸다.

그것을 계기로 얼마 있지 않아서 '가라테 일러스트레이티드 매거진(The Karate Illustrated Magazine)'이란 무술잡지에도 '준 리 태권도'에 대한 기사를 다루었다. 얼떨결에 권위 있는 무술잡지에 연이어 실리게 되었다.

그 일로 이준구의 미국식 이름 '준 리'가 널리 알려지게 되었다. 그것은 이소룡이 이준구 사범에게 감사의 표시로 애써 준 덕택이었다. 이소룡은 이준구가 태권도의 대표자로서 널리 알려져야 한다는 말을 자신의 주변 사람들에게 많이 하고 다녔다. 그는 이준구에 대한 고마움의 표시를 그런 식으로 표현했다.

그런 인연으로 해서 이준구의 태권도 교본도 블랙 벨트지의 출판사인 오하라 퍼블리케이션에서 출간을 계약하게 되었다.

이제 이준구 사범은 자신이 써온 그 원고를 스승에게 보일 것을 생각하니 지나간 일들이 머리에 스쳐갔다.

이준구가 태권도를 배우기 시작한 것은 13살 때인 중학교 2학년 때였다. 그는 충청도 시골에서 서울로 올라와 삼촌 집에서 중학교를 다녔다. 그는 종로구 관훈동에 있는 청도관靑濤館에서 그 무도관의 설립자인 관장 이원국 사범을 만났다. 같은 충청도 사람이란 말을 듣고 인근 고향 분을 만난 것 같아 마음이 푸근하게 느껴졌다.

이원국 관장은 인상이 온화하고 인자한 기품이 넘쳐났다. 얼굴에 무술가의 강인한 이미지가 전혀 느껴지지 않았다. 그러나 일단 도복을 입고 도장에 서면 몸과 얼굴이 전혀 다른 사람처럼 느껴졌고 교육을 할 때 매우 엄격했다.

이원국 스승 아래, 제자 사범들이 있었다. 그 제자 사범들이 주로 수련생들을 가르쳤다. 그 제자 사범 중에 한 사람이 바로 엄운규 사범이었다. 엄운규 사범이 수련생들에게 지도를 많이 했다.

이원국 관장은 1907년 충북 영동에서 태어나 일본 주오대학 법학과 재학 당시 일본 공수도의 본관인 쇼토칸(松濤館)에 입문하여, 일본 공수도의 창시자로 일컬어지는 후나고시 기찐 문하에서 5년 동안 가라테를 배워 4단을 취득했다.

1944년 1월에 귀국하여 그해 8월에 서대문구 옥천동에 있던 당시 영신학교 강당을 빌려 한국 최초의 무술 도장을 열었다. 당수도 청도관이었다. 그 3년 뒤에는 서울 YMCA 시공관에서 연무대회를 열었다. 그것은 한국 최초의 근대적 무술대회였다.

"우리가 무술을 통해 이 민족을 구하는 길은 오직 자라나는 청소년들에게 심신을 단련하여 몸과 마음을 무장시키는 것이다. 무엇보다 중요한 것은 정신무장이다."

이준구가 청도관에 첫 입문하는 날 이원국 관장은 수련생들이 모인 자리에서 말했다.

"우리의 무술은 본래부터가 평화를 사랑하고, 정의인도正義人道를 수호하기 위해 항상 온공溫恭, 겸양의 미덕으로써 사람을 대하는 것을 수련의 바탕으로 삼았다. 이것이 곧 우리 무술의 올바른 정신으로, 이는 내가 새로 정립한 모든 동작 형태에 잘 드러나 있다. 기술이란 그 정신을 체득하는 데 필요한 시간적 과정에 지나지 않는 것이다. 모든 기술을 연마하는 것은 올바른 정신을 체득하는 데 있다."

이원국 관장의 말은 이준구에게 꽤나 어려운 말이었다. 그러나 그 말을 자주 들으면서 뜻을 이해하게 되었다. 수련지도 주무를 맡은 유응준 사범과 손덕성 사범이 수련생들에게 그 말의 뜻을 풀이해 주곤 했다.

그 당시에 한국에는 5개의 무도관이 설립되어 문하생들을 가르치고 있었다. 일본에서 이원국과 함께 쇼토칸 후나고시 기찐 문하에서 가라테를 익힌 노병직은 귀국하여 개성에서 송무관을 창설하였고, 만주에서 철도회사에 다니면서 중국의 태극권과 쿵푸를 배운 황기는 교통부 청사 한 칸을 빌려서 무덕관을 열었다. 만주에서 중국식 권법과 일본에서 슈토칸(修道館) 가라테를 배운 윤병인은 YMCA 권법부를 열었고, 역시 쇼토칸 출신인 전상섭은 조선 연무관을 열었다.

6·25 전쟁이 터지고 서울이 적의 수중에 들어가자, 이원국은 부산으로 피난했다가 일본으로 건너갔다. 전쟁 이후 최홍희가 군에 세운 오도관과 이용우의 정도관은 청도관에서 분파된 것이고, 조선연무관은 전상섭이 전쟁 중에 행방불명되자 윤쾌병이 맡은 지도관智導館과 한무관으로 분리되었다.

YMCA 권법부는 전쟁 중에 윤병인이 월북하자 분리되어 체신부 직원이었던 이남석이 창무관을, 박철희가 강덕원講德院을 세우면서 기간도장은 총 아홉 개, 9대관이 되었다. 그 이후 광주를 중심으로 한 고재천의 청룡관, 인천을 중심으로 한 강서종의 국무관도 다 청도관 출신들이 세운 것이었다.

그 중에서 가장 규모가 큰 도장은 청도관과 무덕관이었다. 중심은 당연코 청도관이었다. 그래서 그곳에서 배출된 뛰어난 문하생들이 많을 수밖에 없었다. 그 사람들이 바로 유응준과 손덕성, 그리고 엄운규, 이용우, 현종명, 민운식, 남태회, 백준기, 고재천, 우종림, 정영택, 이준구, 한인숙, 김서종, 곽근식, 김석규, 한차교, 조성일, 김봉식, 최기용, 이사만 같은 지도자들이었다. 이들이 한국 태권도의 중흥을 이룬 주역이며 선구자들이었다.

"나는 어려서부터 태견을 배웠다. 일본에 유학하면서 이 바탕 위에 공수도를 배웠다. 내 무술의 바탕은 우리 전통 무술인 태견이다."

이원국 관장은 기회 있을 때마다 제자들 앞에서 그렇게 말했다.

"가라테에서는 발차기 타격기술이 발달하지 않았기 때문에, 나는 우리의 전통 태견에서 발차기 기술을 많이 가져와서 이식시켰다. 실제로 쇼토칸에서 가라테를 배워서 그곳 후배 수련생을 가르쳤던 한국사범들은 가라테의 이런 점을 보완하기 위해서, 우리의 전통적 발차기를 가라테에 접목시켜 가르치는 일이 많았다."

그는 일본에서 가라테를 배우면서 한국 고유의 무술과 비슷한 동작의 형세가 많다는 것을 느꼈다고 했다. 그것은 동양무술이 같은 원류에서 발달했기 때문이라고 했다.

이원국의 제자들은 스승의 이러한 말을 깊이 있게 받아들였다. 이준구 사범이 미국에서 흔들림 없이 태권도의 정통 품새를 지켜간 것도 이러한 스승의 가르침이 바탕에 깔려 있었기 때문이다.

이원국이 전쟁 중에 피난하여 일본으로 간 것을 두고, "전쟁 중에 북한군에 부역한 것이 들통날까 두려워서 일본으로 갔다"는 말을 누군가 만들어 퍼뜨린 것은 선생을 음해하기 위한 저급한 짓이란 것을 이준구는 잘 알고 있었다.

스승이 일본으로 가서 17년 만인 68년 서울에 왔을 때, 청도관 출신의 수제자였던 최규식 종로경찰서장이, 청와대를 폭파하기 위해 침투한 김신조 일당의 무장공비를 막다가 순직했다는 것을 알고 그의 무덤부터 찾아가서 눈물을 흘렸다는 이야기를 듣고 이준구도 눈을 붉혔던 기억이 났다.

이원국 선생이 도착하는 날 이준구는 아침부터 스승을 맞을 준비로 마음이 들떴다. 거의 20년이 다 되어가는 시간이 흐르고 스승을 뵙는다는 기대에 아이처럼 가슴이 설렜다. 태권도장의 문하생 50명에게 협조를 요청했다.

밤 11시 반, 늠름하게 단복을 입은 문하생 50명을 차에 태우고 댈러스공항으로 달려갔다.

'한국 태권도의 원조 이원국 사범님을 환영합니다.'

커다란 현수막을 펼쳐 들고 로비에서 선생을 맞이했다. 이원국 사범은 환하게 웃으며 다가와서 이준구를 껴안았다. 단원 50명에게 일일이 악수를 하며 기쁘게 답례를 했다.

"미국에 태권도의 길을 성공적으로 개척하고 있다는 말을 들을 때마다 얼마나 자랑스러웠는지 몰라. 일본에까지 자네 이름이 파다해."

"과찬의 말씀입니다. 이제 출발 단계를 좀 넘어섰습니다."

"자네의 겸손함은 아직도 예나 마찬가지야. 허—허."

선생은 소리 내어 웃었다.

"무덕관을 세웠던 황기 선생이 미국으로 건너와서 산다는 데, 혹시 소식을 들었는가?"

다운타운으로 이동하는 차 안에서 물었다.

"뜻하고 건너왔던 일은 크게 그 뜻을 이루지 못하고, 몇몇 수련생을 가르치시고 있다는 말은 들었습니다."

"그런가, 그 사람이 우리 무술의 전통적인 것을 지키려 노력은 많이 했는데 말이야…."

"수박도를 말씀하시는 겁니까?"

"수박도를 처음 만든 것도 그렇지만, 다른 것에도 많은 노력을 했지. 무예도보통지란 것 알아? 거기에서 우리의 권법을 많이 가져와서 나에게도 도움을 주었어."

"저도 들은 적은 있습니다만, 조선시대 무술교본이란 것 정도밖에는 모릅니다."

이준구는 선생의 해박함에 다시 한 번 놀랐다.

무예도보통지武藝圖譜通志란 정조 때 규장각 검사관인 이덕무와 박제가가 무인 백동수의 도움을 받아 편찬한 책을 말한다. 그 책의 내용을 알고 있을 정도로 스승이 우리 고유무술을 깊이 이해하고 있다는 것에 준구는 놀랐다.

"그 사람 말이야, 나와 같이 태견을 배워서 내가 그를 잘 알지만 말이야, 전통무예에 대한 관심이 지나칠 정도였어. 늘 전통무예를 태권도와 결합시키려는 바람에 태권도를 통합하려는 후배들과 갈등은 있었지만, 그 노력은 이해해 줘야 돼."

스승은 제자 앞에서 옛 생각들을 떠올리고 있었다.

이준구로서는 대스승을 자신의 차에 모시고 이렇게 옛이야기를 듣고 있다는 것만으로도 감격스러운 일이었다. 따지고 보면 자신의 주특기인 발차기는 바로 스승에게서 비롯되었다는 것이 새삼 고맙게 느껴졌다.

스승은 태권도 보급의 전초기지 역할을 했던 청도관에서 발차기를 중심으로 꾸준히 기술을 개발하여, 그 제자들에 의해 뒤돌려차기와 같은 수많은 발차기의 기술체계가 이루어지게 해 놓았으니 머리를 조아려서라도 고마워하지 않을 수 없었다.

이야기를 나누는 사이 수많은 차량이 전조등 불빛을 켜고 달려가는 하이웨이를 벗어나서, 일반 국도에 가로 놓인 다리를 지나고 있었다. 그리고 얼마 뒤 차는 세넌도어강을 지나고 선생님의 목적지가 있는 버지니아 폴스처치로 들어섰다.

워싱턴에 부는 바람

1965년 7월 어느 날이었다. 이준구 사범은 아침 일찍 일어나 아침운동을 하고, 하루 일과를 준비하면서 여느 날처럼 텔레비전의 아침 뉴스를 챙겨 듣고 있었다.

케네디 대통령의 서거로 부통령에서 대통령이 된 존슨 대통령의 일정과 월남전 뉴스는 거의 날마다 보도되는 뉴스였다. 그날의 메인 뉴스 중에 하나는 뉴햄퍼스 출신 제임스 클레버랜드 하원의원 집에 강도가 들어서 의원이 부상을 입고 돈을 강탈당했다는 것이었다.

그렇지 않아도 케네디 대통령 암살의 사회적 충격이 채 아물지 않고 있는 상황에서, 세계 정치의 심장이라 할 수 있는 미국의회 하원의원 집에 무장 강도가 들어서 린치를 가하고, 돈을 강탈해

갔다는 것은 미국 사회에 또 하나의 충격적인 사건이었다. 이준구 사범에게도 충격적으로 들리는 소식이었다.

그 다음 날도 그 후속 뉴스가 보도되었다. 이준구는 K스트리트 자신의 태권도 도장으로 가면서 의회 의원들의 경호와 관련해서 태권도가 할 만한 일이 없겠는가를 생각해 보았다. 그런 생각 끝에 의원들에게 호신용 태권도를 가르쳐 보면 어떨까 하는 생각이 머리에 떠올랐다.

한번 생각을 하자, 그 생각이 머리를 떠나지 않았다. 그러나 다시 생각해 보니 가당치도 않은 일로 여겨졌다. 그래서 며칠을 그냥 지냈는데, 갑자기 그 생각이 다시 떠오르면서 용기가 생겼다. 밑져 봤자 본전이라는 생각으로, 그는 눈을 꾹 감고 전화기를 잡았다. 신호가 가는 동안 초조하고 가슴이 떨렸다.

"왓 캔 아이 두 포 유(What can I do for you)?"

'어떤 용무로 전화했느냐'는 보좌관의 음성이 퉁명스럽게 들렸다.

"의원님과 직접 통화를 하고 싶습니다."

이준구의 공손한 말에 전화를 바꾸어 주었다.

"저 이름은 준 리라고 합니다. 워싱턴 K스트리트에서 한국 전통무술인 태권도를 가르치고 있는 마샬 아츠 마스터입니다."

사건에 대한 몇 마디 위로의 말을 덧붙인 뒤 말을 이었다.

"호신용으로 태권도를 배우시면, 이번과 같은 봉변을 당하더라도 충분히 방어할 수 있습니다."

"요즘 한국 태권도에 관한 기사를 여러 차례 읽어서 태권도에 대해서 어렴풋이 알고 있습니다만, 내가 태권도를 배우기에는 맞지 않을 것 같습니다."

그의 대답은 분명했다.

"의원님이 운동하는 시간에 맞추어 간단하게 몇 가지 기술이라도 가르쳐 드리고 싶습니다. 대가 따위는 전혀 필요 없는, 제 선의의 권유입니다."

이준구의 부드러운 어투의 말을 듣고도 의원이 몇 번이나 사양했다.

"마셜 아츠가 다른 사람들 눈에 과격해 보일 수도 있을 것 같은 생각이 들어요…."

클레버랜드 의원은 말꼬리를 흐렸다.

"그렇게도 생각할 수 있습니다만, 태권도는 과격한 운동이 아닙니다. 제가 의원님께 간단히 소개만이라 들일 수 있다면 영광이겠습니다."

"글쎄요…. 호의는 고맙습니다만, 지금으로서는 여건이 여의치 않습니다."

앞의 말과는 어감이 다르게 느껴졌다. 몇 마디 말을 더 나눈 뒤 전화를 끊었다.

그런데 며칠 뒤 보좌관에게서 전화가 왔다.

"마스터 리의 선의와 열성에 감동해서 의원님이 일정을 한 번 마련해 보라고 했습니다. 의회 사무실로 한 번 들러주시기 바랍니다."

그리고 나서 며칠 뒤 다시 전화가 왔다.

"상원의원 한 명과 하원의원 두 명이 이야기를 듣고 함께 하겠다고 하니, 가능하다면 도복도 준비해 오시면 고맙겠습니다."

예상 밖의 일이었다.

이틀 뒤 약속한 시간에 국회의사당 의원사무실에 찾아가니 클레버랜드 의원이 환하게 웃으며 반겼다. 사무실 안에는 스무 명 정도의 사람들이 모여 있었다. 그 중에는 라이프와 워싱턴포스트 기자들도 와 있었다.

"태권도는 단지 격투나 호신만을 위한 마셜 아츠가 아닙니다. 몸과 마음을 트레이닝하고 디서플린(discipline)하여 궁극에는 가장 참된 마음의 인격을 형성하는 데 있습니다."

준비해 간 도복을 전달하고 태권도를 수련하는 목적에 대해 간략히 말했다.

"이번 일을 통해서 어떤 결과를 얻을 수 있을 것으로 생각하십니까?"

라이프 기자가 물었다.

"어떤 개인적인 목적을 가지고 시작하는 일은 아닙니다만, 가정 중요한 것은 참다운 인간관계의 형성이 아닐까 생각합니다."

두 기자는 이준구가 하는 말을 열심히 옮겨 적었다. 몇 마디 더 인터뷰를 하고 나서 의사당 내 레이번 빌딩 의원전용 체육관으로 자리를 옮겼다. 체육관 규모가 컸다. 운동 시설들도 많이 갖추어져 있고 내부가 아주 잘 꾸며져 있었다.

기자들 앞에서 간단한 데몬스트레이션(시범)이 필요할 것 같아서, 이준구는 준비해간 도복을 갈아입고 연무시범을 보였다. 기본 동작과 품새, 그리고 몇 가지 발차기 시범을 보였다. 2단연속발차기 시범을 보일 때 카메라 플래시가 연달아 터지며 지켜보는 사람들이 박수를 쳤다.

그 다음날 조간신문에 기사가 크게 실렸다. 라이프와 워싱턴 포스트의 사회면에 나란히 기사가 실렸다. 발차기 시범 사진이 아주 멋지게 나와 있었다.

미국연방의회 의원들이 태권도에 입문했다는 소식은 미국 전역에 화젯거리가 되었다. 워싱턴 포스트에 후속 기사가 이어지면서 워싱턴에서 준 리 태권도에 시선이 집중되었다.

멀리 시애틀에서 뉴스를 본 이소룡이 아침 일찍 전화를 해서 축하한다는 말을 했다. 미국에 진출해 있는 태권도 사범들에게서도 축하 전화가 왔다. 이준구 사범은, 의회 의원들의 태권도 수련이 미국 내에서 태권도 확산에 크게 도움이 될 것이라고 생각하면서 의원들을 가르치는 데 최선을 다하기로 마음먹었다.

신문의 효과는 컸다. 영향력 있는 신문에 기사가 나가고 나서,

태권도 도장을 찾아오는 사람들도 늘어났고 주변에서 알아보는 사람들도 많아졌다.

클레버랜드 의원은 성품이 좋고 성실한 사람이었다. 정해진 시간은 꼭 지키는 사람이었다. 다른 세 의원들도 마찬가지였다. 호기심을 가지고 매우 열심히 훈련에 임했다. 네 명의 의원들이 태권도복을 입고 기본동작과 품새를 익히는 것을 보러오는 의원들이 늘어났다. 한 달이 지나서 의원들의 품새가 갖추어져 멋진 자세를 가지게 되자, 다른 의원들이 모여 들기 시작했다. 몇 주가 지나고 스무 명이 넘는 의원들이 수련에 참가했다.

일주일에 세 번씩 아침 7시부터 한 시간씩 국회의사당 내 레이번 빌딩 국회의원 전용 체육관에는 태권도복을 입은 의원들이 수련을 시작했다. 그들은 도복을 무료로 받고 교습료조차 없는 것에 매우 감사하게 여겼다.

"마스터의 열성적인 지도로 우리의 기량이 이렇게 늘어 가는데, 레슨 피(fee)를 내지 않는다는 것은 도리가 아닌 것 같습니다."

그들은 자기들끼리 뜻을 모아 교습비를 내겠다고 했다.

"감사합니다만 그건 아닙니다. 그것은 지금 내가 하고 있는 일의 본질에서 벗어나는 것입니다. 교습비를 받는다면 나의 선의가 훼손됩니다."

이준구 사범은 특유의 겸손한 어투로 거절했다.

"강연이나 행사가 있을 시에 태권도를 소개해 주신다면 나에게 큰 선물이 될 것 같습니다."

이준구 사범의 말을 의원들은 매우 감명 깊게 받아들였다. 이준구는 훈련장 정면에 태극기를 걸어두고 운동을 시작하기 전에는 미국 국가와 한국 국가인 애국가를 부르는 것을 원칙으로 했다. 의원들은 이 마스터의 국가관과 애국심에 감동하였다. 좀 지나자 의원 중에 한국 국가를 선창해서 부를 수 없는 사람은 거의 없었다. 그들은 그것이 태권도를 배우는 기본정신이란 것을 잊지 않았다.

기본동작과 품새를 익히고 겨누기에 들어갈 때가 되자, 그들은 자신의 자세에 스스로 감탄했다. 어렵게만 보이던 마셜 아츠를 자신이 직접 할 수 있다는 데 매우 만족했다. 시간이 지나면서 그 만족감은 자신감으로 바뀌어 갔다.

"준 리 마스터에게서 태권도를 배우면서 성실한 품성이 어떤 것인가를 알았다."

이 말이 그들 사이에 퍼져 있었다. 그들은 성실함이란 것을 사범의 인품을 통해서 배우게 되었다고 말했다.

그들은 기회가 있을 때마다 자신들의 태권도 경험을 언급하며 입이 마르도록 격찬해 주었다. 그들은 자신들이 배우는 태권도의 모국에 대해 우호적이 아닐 수 없었다. 그들 스스로 한국을 깊이 있게 알아갔다.

국회의사당 레이번 빌딩 국회의원 전용 체육관에 있는 태권도 훈련장에서 단정하게 도복을 입고 태권도를 수련하는 모습이 여러 차례 흥미로운 소식으로 방영되었다. NBC와 CNN, ABC방송은 깊은 관심을 가지고 수련현장을 취재해 가곤했다.

그 무렵 방송들에는 베트남전쟁 상황이 가장 뜨거운 뉴스로 다루어지고 있었다. 사랑하는 아들이나 남편을 밀림의 전쟁터로 보낸 사람들은 피를 말리며 전선에서 전해지는 소식에 눈과 귀를 기울였다. 종군기자들이 생생하게 전해 주는 소식 중에는 한국군의 전투 상황도 심심찮게 포함되어 있었다. 가끔씩 전해지는 한국의 용맹성과 기적적인 전투 소식이 그들을 놀라게 했다.

지금까지 한국이 어디에 있는지 관심도 없었던 많은 사람들은 코리아, 코리언에 대한 관심을 갖기 시작했다. 한국군의 태권도 기사가 여러 번 신문에 다루어지고, 한국군이 태권도를 훈련하고 있는 영상들이 심심찮게 메인 뉴스 시간에 등장했다.

월남전에서 한국군의 태권도 기사는 미국 내에서 태권도에 대한 관심을 고조시켰다. 이러한 분위기와 맞물리면서 워싱턴 국회의사당에서 태권도를 배우겠다는 의원들이 늘어났다. 처음엔 호기심이나 운동 삼아 시작한 사람들이 본격적인 수련에 빠져들었다.

입문한 지 1년 반이 넘어서자 유단자로 승단하기에 충분한 기량을 가진 의원들이 늘어났다. 승단심사 일시를 정해 미리 공고하여 대비하게 했다. 처음 승단심사를 할 때는 뉴욕과 필라델피아에

도장을 열고 있는 한국인 사범 몇 분을 모셔와서 심사를 맡겼다. 뉴욕의 조시학 사범과 이승훈 사범도 심사위원에 합류해 주었다. 본부석 앞에는 태권도의 상징인 커다란 태극기를 내걸었다. 태극기가 새겨진 도복을 입고 검은 띠를 맨 심사위원들의 모습에서 위엄이 넘쳐 보였다.

그렇게 해서 탄생한 유단자들이 밥 리빙스턴과 팀휠리, 킹그리치, 마이클 애스피 의원이었다. 뒤이어 밀턴 영 상원의원과 아이코드 의원, 알래스카 출신 태드 스티븐스 의원 등이 승단심사를 통과해 유단자가 되었다.

그 뒤 밥 리빙스턴 의원은 국회의장이 되었고, 팀휠리 의원은 하원의장이 되었고, 마이클 애스피 의원은 농림부장관이 되었다. 두 명의 미녀 의원이었던 뉴욕출신 캐롤린 매로니 민주당 의원과 캐서린 해리스, 그리고 닉 스미스 하원의원은 3단까지 승단한 의원이 되었다. 자기 아들을 데리고 와서 함께 태권도를 배우는 의원도 있었다.

사회 전반에서 태권도에 대한 관심이 고조되기 시작했다. 미국이란 나라는 살아가기가 그렇게 호락호락한 나라가 아니다. 세계 어느 나라보다도 평화롭고, 치안이 잘 되어 있는 나라이지만, 땅이 넓은 만큼 치안의 사각지대도 많았다. 흑과 백이 공존하면서도 그 공존의 그늘이 너무 많은 나라인 것도 사실이다. 수많은 민족들이 모여 살다보니 그들의 타고난 성격과 생각이 달랐다.

일자리가 있어도 일하려 하지 않는 사람이 너무 많은 나라다. 낮에는 백인들의 세상이었다가 밤이 되면 흑인들의 세상으로 바뀌는 것 같다. 낮 동안 거리에 보이지 않던 흑인들이 밤이 되면 까맣게 몰려 나와 거리를 헤맨다.

법으로 총 소지를 금지하지 않는 것에는 이런 이유들이 있었다. 다시 말하면, 개인이 자신의 생존안전을 위한 방안을 가지고 있어야 한다는 것이다. 자기 호신이 필요한 나라다. 그들의 동양 무술에 대한 관심은 미국 사회에서 그러한 면을 잘 반영해 주고 있다. 가라테가 먼저 들어와서 미국이란 나라를 선점한 이유가 거기에 있다는 것을 이준구는 잘 알고 있었다. 그가 유학 시절부터 눈으로 보아 알게 된 것이다. 이미 그 조직이 거대해져 있는 가라테를 넘어서는 것은 어려운 일이었다. 그러나 그것을 넘어서려는 꿈은 의회를 태권도 중심지로 만들면서 실현의 가능성을 넓혀 가고 있었다.

"가라테를 넘어서야 진정한 강자가 되는 것이다."

이준구가 시간 날 때마다 혼자 되뇌는 말이었다.

나를 찾아 가는 길

미국의회 상·하원 의원 수련생들의 승단심사가 있는 날은 축제적인 분위기였다. 국회의사당 내 레이번 빌딩 국회의원 전용 체육관 앞에는 아침 일찍부터 가족과 친지들이 몰려와서 북적거렸다.

의원들이 태권도 도복을 입고 들어설 때 환호가 터졌다. 막중한 정치적 쟁점을 놓고 논쟁을 벌이기도 하고, 나라의 운명을 결정하는 정책을 결정하던 의원들이 태권도복을 입고 있는 것은 이색적인 모습으로 시민들에게 큰 관심거리가 아닐 수 없었다.

밥 리빙스턴과 킹그리치 하원의원의 승단심사가 있던 날에도 그러했지만, 두 명의 여성의원 캐롤린 매로니와 캐서린 해리스의 첫 유단자 승단심사가 있던 날에는 사람들의 관심이 대단했다. 아름다운 여성의원들이 태권도복을 입은 모습이 사람들에게 경이롭게 느껴지기에 충분할 정도로 특이한 모습이었다.

마이클 애스피와 팀휘리, 태드 스티븐스 의원도 응원을 나왔고, 밀링턴은 아내를 동반하여 나왔고, 닉 스미스 의원은 아들까지 데리고 나와서 응원에 열을 올렸다. 심사에 들어가기 전 선배 유단자인 킹그리치 하원의원의 연무시범이 있었다. 숙련된 기량으로 기본동작과 품새를 선보이고 나서 발차기 기술을 보여 주었다. 그는 노련한 3단 돌려차기로 2미터 높이에 매달린 2장의 송판을 격파했다.

외부에서 초대되어 온 한국인 사범들과 먼저 유단자가 된 선배 의원들이 심사위원을 맡았다. 킹그리치 의원은 연무시범을 보이고 나서 삼사위원에 합류했다. 심사는 태권도 기본동작의 품새와 겨누기, 그리고 격파를 대상으로 각 승단 규정에 정해진 레벨의 역량을 테스트 했다.

캐롤린 매로니가 보여주는 품새와 응용 동작은 마치 아름다운 무용의 선율을 보여주는 것처럼 절도가 있으면서 유연했다.

"품새는 보다 완벽함을 추구하는 심미적 과정으로 그 제약성을 벗어날 수 없다. 하지만 그 목적의 근원을 초월하는 새로운 목적이 발생할 때만 깨뜨려진다."

승단 단계에 있는 수련생들에게 준 리(이준구) 마스터가 강조하던 말이다. 그가 그것을 강조했던 것은 완벽함이 스스로 근간을 허물어 버릴 때, 변형이란 새로운 틀 속에 갇혀버리게 된다고 생각했기 때문이다.

하지만 겨루기에서는 품새의 완벽함도 깨뜨리고 나가게 되는 것을 제약하지 않았다. 비록 그것이 본래의 형태로 돌아올지라도 순간적인 깨뜨림이 또 하나의 실효적인 동작이 될 수 있다고 생각했기 때문이었다. 이런 자신의 실효적 동작을 실현시키려는 자신감이 때로는 자기만의 동작을 고착시키기도 한다고 생각했다.

준 리 사범은 기본동작이나 품새에 대해서 유연한 생각을 지녔지만 자신의 문하생들에게는 전형적인 품새에 변형을 허용하지 않았다. 그래서 그의 문하생들은 가장 정형의 품새를 수련하게 되었다.

그래서 캐롤린 매로니 의원의 품새는 정형에 가장 가까운 동작과 형세를 보여 주었다. 그녀의 겨루기 자세도 매우 안정되어 있었고 동작이 민첩했다. 당연히 심사위원 전부에게서 후한 점수를 받고 초단 승단에 성공했다.

캐서린 해리스 의원은 품새에서 약간의 실수는 있었지만, 겨루기와 격파에서 완벽한 기량을 보여 주어서 역시 승단심사를 통과했다. 결과가 발표되자 가족과 친지들이 뛰어나와 헹가래를 치며 축하했다. 두 의원은 껴안고 서로 축하의 인사를 나누었다. 축하의 분위기는 매우 고조되어 가라앉지 않았다.

대기하고 있던 기자들이 플래시를 터뜨리며 질문이 이어졌다.

"기분이 어떠냐?", "어떤 동기에서 시작했느냐?" 등등의 질문이 있었다.

"무엇 때문에 태권도를 배우시는 것입니까(Why do you train Taekwondo)?"

금발의 CBS 여기자가 매로니 의원에게 마이크를 갖다 대며 물었다.

"그것은 나를 찾아가는 길이기 때문입니다(Because it's the way to find myself)."

매로니는 다소 상기된 표정으로 답했다. 매우 간결하면서도 명료한 답이었다. 좀 흥미로운 답이 나올까 기대했던 기자는 의외라는 듯 묘한 표정을 지었다.

매로니 의원의 그 답은 준 리 사범이 말했던 수련의 철학이었다.

"태권도를 배우는 것은 육체의 수련을 통해 참된 용기와 인내를 배우고, 그것을 바탕으로 올바른 마음을 수양하는 것이며, 그 길은 결국 나를 찾아가는 길이다."

준 리가 수련생들에게 수없이 말해왔던 철학이었다. 매로니 의원은 그 철학을 잘 이해하고 있었다. 그래서 그렇게 명료하게 답할 수 있었던 것이다.

"고수가 된다는 것은 단지 동작이나 품새의 숙련만을 의미하는 것은 아니다. 외형의 수련만큼 마음의 수련을 의미한다. 진정한 고수는 적을 용서한다."

준 리가 강조하는 말은 수련생들의 과정과 정도에 따라서 달랐다. 유단자 승단을 앞 둔 수련생들에게는 겸양과 용서를 강조하는 이 말을 많이 했다. 그것은 그가 어려서 처음 태권도에 입문해서 배운 것이기 때문이다.

이준구가 청도관에서 태권도를 배울 때 사범들에게서 엄격한 여러 과정을 거쳐야 했다.

먼저 기본단계에서 팔과 다리에 힘을 기르는 훈련부터 해야 했다. 기본체력 수련법부터 익혀야 다음 단계로 넘어갈 수 있었다. 한 팔로 역기를 들고 돌리거나 뛰기를 하면서 체력을 기르는 훈련을 해야 했다.

"근육이 많으면 많을수록 몸은 더 빨라진다. 몸을 움직이는 것은 근력이라는 믿음으로 기초훈련을 중시해라. 그리고 자세다."

첫날은 선배 수련생들을 따라다니며 청소하는 것을 배우고, 그 다음날 들은 말이었다.

"기본자세가 가장 중요하다. 태권도의 기본자세는 주춤서기(騎馬姿勢)다. 그것은 신체의 상하가 움직일 때 그 탄성의 가운데서 몸의 중심을 잡아주는 자세이기 때문이다. 탄성이란 일어나게 될 운동에 대한 가능성을 가진 상태이기 때문에 모든 자세는 탄성을 유지하기 위해서 일정한 구부림을 유지해야 한다."

그 다다음 날 지도를 맡은 엄운규 사범은 이 말을 새겨들으라

했다. 그렇게 시작된 가르침은 힘의 이치, 힘의 허실에 대한 가르침으로 이어졌다.

"힘의 원리를 모르고 어찌 무술을 익힐 수 있겠느냐? 몸에 힘이 움직이는 반대편에 힘의 공백이 있게 된다. 나의 공백을 대비하고 상대방의 공백은 이용하는 원리가 기본자세에 있다. 힘을 힘으로 맞받아치기보다는 상대 힘의 공백을 이용하는 기술도 기본자세의 원리에 포함되어 있다는 것을 명심해라."

엄운규 사범은 형님처럼 자상했다.

"무술이란 자연의 이치를 배우고 그것을 이용하는 방식이다. 자연에 거스르지 않는 데 그 길이 있다. 인위가 자연의 힘을 넘어서려 할 때 스스로 쓰러진다. 자연과 인위는 대립적이면서도 순응하는 관계 속에서 연계되어야 한다. 이러한 깨달음이 집약된 것이 품새이다. 품새란 가장 이상적이며 정형화된 태권의 자세다."

이준구는 이 말의 깊은 뜻을 이해하기가 쉽지 않았다. 어려서 할아버지 밑에서 한문을 배웠기에 그나마 어렴풋이나마 그 뜻을 새겨들을 수 있었다.

연륜이 깊어지면서 그 말이 갖는 무궁히 깊은 뜻을 알 수 있게 되었다. 그래서 그때 그 가르침은 그의 무술인생에 버팀목이 되었고, 종교처럼 믿어온 철학이 되었다.

그는 자신이 배운 전통적인 태권도 수련방식과 가르침을 다시 그의 문하생들에게 전수하여 왔다. 그것이 그가 할 수 있는 최선이며, 해야 할 일로 믿고 있었기 때문이다. 그래서 문하생들에게 정신적 수련을 누구보다 강조했다. 어쩌면 그것이 그의 특징이었는지도 모른다. 문하생들에게 무술을 통해 동양철학의 깊은 세계를 전하게 한 것이, 그의 밑으로 문하생이 모여든 원인이었는지 모른다는 생각을 하곤 했다.

"형식을 중시하지 않는 내용도 없지만, 내용을 중시하지 않는 형식도 없다."

그는 품새에 대해서 말할 때 이 말로 시작했다. 품새란 실용적인 측면에서 보면, 막고, 지르고, 차고, 짓이기고, 꺾는 동작을 혼자서 수련할 수 있는 일련의 체계이지만, 품새와 겨루기를 가르칠 때 요약해서 하는 말이었다. 처음 이 말을 듣는 수련생들은 십중팔구가 반문했다. 캐롤린 매로니도 마찬가지였다.

"형식은 무엇이고 내용은 무엇입니까?"

캐롤린 매로니 의원이 입문해서 품새를 익히면서 처음 했던 질문이다. 그녀의 눈은 호기심과 탐구심으로 빛나는 것 같았다. 그러면서도 몸에 타고난 민첩성을 갖추고 있었다. 그녀의 자세는 매우 진지했다.

"품새는 형식이요 겨루기는 내용입니다. 이 두 가지 기량을 가장 조화롭게 운용할 수 있는 사람이 바로 길을 터득한 사람입니다. 길을 터득한 사람만이 마스터가 될 수 있습니다."

준 리 사범의 대답에 매로니는 고개를 갸우뚱했다.

"다시 말하면 품새란 정형화된 기법들의 틀이라 할 수 있고, 겨루기는 상대방의 공격을 예측하고, 거기에 대한 자신의 공방을 준비하는 기술이라 할 수 있습니다. 태권도는 상대를 쓰러뜨리기 이전에 자신을 지키는 데 이념적 목적이 있기 때문에 품새의 첫 동작에 공격적인 면이 없습니다."

동양적 사고를 영어로 표현하기가 쉽지 않았다.

"어큐머레이션 옵 테크닉스(accumulation of technics)? 기법들이 집적되어 이루어진 틀이란 뜻인가요?"

사범의 말뜻을 알아들은 매로니는 적절한 영어 표현을 찾아 반문했다. 핵심을 잘 표현한 말이었다.

"아주 적절한 표현입니다. 겨루기 수련을 하는 것은 바로 이 기법의 실질성을 높인 데 있습니다. 우리는 겨루기 수련을 통해 자신의 정신수련을 할 수 있게 되는데, 다시 말해 그것은 긴장이나 공포를 경험하게 되고, 판단착오나 자만으로 인한 대미지를 경험함으로써 자신을 돌아볼 수 있게 되는 것이지요."

준 리 사범의 말하는 습관은 유창성보다는 분명하게 하는 것이었다. 뜻을 이해시키는 데는 느리더라도 그것이 더 효율적이라 생각했기 때문이다.

어떤 수련생이라 하더라도 태권도의 기본적인 정신이나 철학을 이해시켜야 한다고 생각했다. 의원들 중에는 태권도 철학을 알아가면서 동양의 역사와 문화, 철학에 관심을 갖는 사람들이 늘어났다.

준 리 사범에게 태권도를 배우는 사람들은 그의 성실함과 겸손함에 인간적 매력을 느끼는 경우가 많았다. 그들은 마스터가 이룩한 무술의 높은 경지에 깊은 존경심을 가지고 있었지만. 그의 인격적인 면에서도 매력을 느꼈다. 그들의 사범이 무도인으로 갖추어야 자질을 아주 완벽할 정도로 갖추고 있다고 믿었다.

태권도를 통한 육체적인 기술의 발전은 가시적인 성과로 확인할 수 있지만, 정신적 성장은 불가시적인 내면적 문제이기 때문에 간과하고 넘어갈 수 있는 것이다. 준 리 사범의 가르침은 육체와 정신의 균형된 발전과 성숙을 지표로 삼았다.

한 시대의 최고의 자리에 있는 사람들이 조그만 체구의 동양인 아래 모여들어서 떠나지 않았던 것은 바로 이준구 자신이 추구해온 정신, 태권도 정신이자 삶의 철학이기도 한 바로 그 정신 때문일 것이라고 스스로 생각하고 있었다. 다시 말해, 태권도 수련이 자신이 가야할 길을 찾아가는 것이며 자신을 완성시켜가는 길이란 것을 그들이 알았기 때문일 것이라고 생각했다.

'그래서 저 사람들은 오늘 저렇게 기뻐하고 있는 것이리라. 단지 어려움을 인내하고 스스로를 가르치고 이겨낸 것에 대한 성취의 기쁨이 아니라, 자신을 찾아가는 길, 태권도라는 마샬 아츠를 통해 자신을 찾아가는 길을 알았기 때문일 것이다.'

그들을 보는 마음이 기뻤다.

'It's the way to find myself.' 오늘 그 말을 했던 캐롤린 매로니 의원은 아직도 동료들에 둘러싸여 환하게 웃고 있다. 도복에 검은 띠를 맨 그녀의 모습이 늠름하고 아름답다. 그녀는 환하게 웃으며 한 아름의 꽃을 들고 성큼성큼 자신의 스승에게로 다가왔다.

뿌리 없는 나무는 없다

전쟁이 끝나고 이준구 소위는 육군 항공대 비행훈련소에 입소했다. 그곳에서 6개월 간 정비교육을 받고 육군항공학교로 가서 조종사를 훈련시키는 교관이 되었다. 어느 날 그곳에서 청도관 엄운규 사범을 만났다. 청도관에서 이준구를 지도했던 그는 사병으로 입대해서 군 복무를 하고 있었다.

"이것 누구십니까? 엄운규 사범님 아니십니까?"

이준구 소위는 사병들 중에서 그를 발견하고는 반가운 마음에 뛰어가서 인사를 했다.

"이 소위님, 이게 어찌된 일입니까? 여기서 만나다니요."

그는 깍듯이 존댓말을 썼다. 군의 규율을 너무나 잘 알고 있는 그는 조금도 규율에 벗어나려 하지 않았다.

"이것 어색해서 어쩌지요. 둘이 있을 때는 말씀 놓으십시오. 사범님에 대한 저의 예의가 아닙니다."

이준구는 민망한 표정을 지었다.

"군은 계급사회인데, 그래도 되겠나? 아 참 고재천도 여기에서 만났어."

엄운규 병장은 밝은 표정이었다. 군에서의 힘든 기색이 전혀 느껴지지 않았다.

"고재천 선배도 와 있다고요. 이곳이 마치 청도관 분관이 된 것 같은 기분이 듭니다."

"맞아, 나도 그런 생각이 들어. 이렇게 만난 것이 무슨 운명 같은 생각이 들어."

"그러게나 말입니다. 인연치고 보통 인연이 아닙니다. 우리 셋이서 무슨 일을 하라는 계시 같기도 하고 말입니다."

이준구는 웃으며 말했다.

"우리 셋이 군 안에서 무도부를 만들어 훈련생들을 가르치면 어떻겠어?"

엄운규가 순간적으로 하는 말이었지만 아이디어가 뛰어나 보였다.

다음 날 이준구 소위는 고재천을 찾아가서 만났다. 그는 상병 계급장을 달고 있었다.

이준구는 고재천을 데리고 엄운규 병장에게 갔다. 세 사람이 의

논한 끝에 상무대 내에 상무관이란 무도관을 열어, 여가시간을 이용해 장병들에게 무술 지도를 시작했다. 군내 여유시설을 이용하여 마련한 도장이었지만 소식을 들은 장병들이 여럿 모여들었다.

그 무렵 엄운규 병장은 태견에 대한 것을 연구하고 있었다. 사회에 있을 때와 마찬가지로 군에서도 그의 학구적인 자세는 여전했다.

"뭐 하시려 태견을 연구하십니까?"

이준구는 궁금해서 물었다.

"실은 말이야, 이원국 스승께서 어려서부터 태견을 배우셔서 그것이 무술의 바탕이 되었다고 하셨잖아. 스승님은 태견에 대한 연구를 많이 하셨어. 내가 선생님의 어깨 너머로 많은 것을 얻어들을 수 있는 기회가 있었어. 그걸 어떻게든 좀 정리해 놓고 싶은 마음도 있고 해서 말이야."

이준구는 처음 듣는 말이었다.

"많은 사람들에게서 우리 청도관 무술이 가장 한국 전통무술의 맥을 이어오고 있다는 말을 듣고 있는 이유가 거기에 있어."

엄운규가 다시 말을 이었다.

"아, 그런 연유가 있었군요."

"그것 알아? 이원국 선생이 청도관을 처음 세우고 나서 우리 무술의 원류를 연구하시다가 송덕기 선생을 만나서 여러 가지 조언을 들었다는 것 말이야?"

"송덕기 선생이라뇨?"

"그분이 바로 태견의 달인이자 전통 태견의 맥을 지켜온 분이
야. 인왕산 일대에서 열셋 살 때부터 택견을 배우기 시작해서, 그
뒤 1911년 무렵에 임호林虎라는 대가로부터 본격적으로 태견을
전수받았다고 해."

이준구는 자신이 한국 전통 무술에 대해서 모르는 것이 많다는
것을 새삼 실감했다. 그래서 엄운규 사범을 만난 것이 자신에게
많은 도움이 될 것 같아 고맙게 여겨졌다.

"문헌에 전하기를 '수박手搏은 변卞이라고 하고 각력角力, 다시
말해, 힘겨루기는 무武라고 하는데 지금에는 이것을 탁견이라 한
다'고 했는데, 이 말이 바로 태견을 정의해 주는 말이야. 탁견이 바
로 택견이고, 택견의 올바른 표현이 태견이야."

"좀 어려운 말이긴 하지만 뭘 말하는지는 알겠습니다."

"무덕관을 세운 황기 관장이 수박도를 만들었잖아. 바로 이것
이 그 근거가 된 거야."

"수박도는 태견 이전에 것을 원류로 삼았다는 말 아닙니까?"

이준구 소위는 태견이 다리를 사용한 전신 타격과 손을 사용한
타격, 꺾기, 찌르기, 상대의 옷을 붙잡아 공격을 하고, 상대방을 쓰
러뜨리거나 무력화시키는 것을 목적으로 하는 무술이란 정도는
알고 있었지만, 그 내력을 상세히 듣기는 이번이 처음이었다.

"고려시대 중기부터 조선 초기까지 약 3백년간 문헌에 수박에

대한 기록이 있어. 조선 초 태종임금 때, 무사를 뽑을 때 수박을 잘 하는 사람 5십여 명을 미리 뽑았다는 기록도 있어. 그 기록으로 볼 때 그 이전부터 이 무술이 전승되어 왔다는 것을 알 수 있어."

"놀랍습니다. 언제 그렇게 많은 연구를 하셨습니까?"

이준구는 엄운규의 말을 들으며 놀라움을 감출 수 없었다. 전통 무술의 맥을 이어가려는 의지와 연구에 입이 다물어지지 않았다.

"이미 무도인으로 출발한 이상, 그 전통을 확실히 알고 우리 전통무술을 전승해 가는 것이 또한 우리의 책임이 아니겠어? 같이 한 번 연구해봐."

엄운규는 무술인으로서의 자세가 매우 확실해 보였다. 청도관에서 사범으로 후배들을 지도할 때도 그런 자세가 분명했다. 그 밑에서 수련 받은 제자들은 엄 사범의 자세를 본받아 대체로 자세가 분명했다. 그래서 이준구는 그를 따르고 존경했다.

"태견은 유연하고 율동적인 동작인 '품밟기'라는 우리 고유의 독창적 보법을 중심으로 상대를 발로 차거나 넘기는 기술을 보면, 우리 민족의 성격 같은 것을 알 수 있을 뿐만 아니라, 우리 민족 고유의 몸짓 특성이 잘 나타나고 있다는 것을 알 수 있어. 손과 발의 동작을 보면 무술로서 유순함을 느낄 수 있어. 사납지가 않아."

"무술로서 유순하다? 인상적인 말입니다. 사범님 성격 같기도 하고 말입니다."

"하─하 그래. 나 보고 유순한 무술인? 어떻든 재미있는 표현이야."

엄운규는 그 말이 우스운지 소리 내어 웃었다. 이준구도 따라 웃었다.

"우리 이러지 말고 언제 송덕기 선생을 한 번 찾아가 봅시다. 어차피 이원국 스승의 뜻을 제대로 이어가려면 태견의 고수를 찾아가서 눈으로 보고 오는 것이 어떨까요?"

이준구도 학구적인 데 있어서는 둘째가라면 서러워하는 사람이었다. 내친김에 눈으로 직접 연무를 한 번이라도 보고 싶었다.

"휴가 때까지는 기다릴 수 없고, 사병에게 외출을 허락해 주겠는가?"

엄운규가 반색을 하며 웃었다.

"염려 마십시오. 제가 중대장에게 잘 말해 보겠습니다. 고재천 선배도 같이 가도록 해 보겠습니다."

이준구 소위는 자신 있게 말했지만 중대장이 허가해 주지 않았다. 병영 내 기강 강화 훈련으로 인해 외출은 당분간 허용하지 말라는 대대장의 지시가 있었기 때문이었다.

그런데 세상일이란 참 알다가도 모를 일이었다. 신병 하나가 상무관에 무술을 가르쳐 주는 엄운규 사범이 있다는 말을 듣고, 무술을 배우러 왔다. 훈련소에서 훈련을 마치고 본대에 배치되어 온 지 3개월밖에 안 되는 신병이었다. 체격이 다부지고 패기가 있어 보였다.

"이름이 뭐냐?"

"예, 이병 김형술입니다."

"그래 환영한다. 열심히 배워 보도록 해."

엄운규 사범은 먼저 그가 들고 온 신상명세서를 훑어보았으나 별다른 결격사유는 없어 보였다.

"어떻게 무도에 관심을 가지게 되었어? 사회에서 다른 무술이라도 배워 본 적이 있어?"

엄운규 사범이 신병을 쳐다보며 물었다.

"없습니다. 처음으로 무술을 배워 보려 합니다."

신병은 목소리에 군기가 들어 있었다.

"그래, 여기서는 그렇게 힘주어 말하지 않아도 되니 말하고 싶은 것 말해봐."

말을 유도하기 위해서 부드럽게 말을 했다. 그래도 신병을 다른 말을 하지 않았다.

그리고 며칠이 지났다. 김형술 이병은 기본자세부터 열심히 배웠다. 배우려는 의지가 굳고 가르침에 잘 따랐다. 그러던 어느 날 이준구 소위는 사병 수련생들을 지도하다 잠시 의자에 앉아 휴식을 취하고 있었다.

수련생들이 배운 기술을 연습하는 것을 보다가 김형술에게 눈길이 갔다. 기본자세를 열심히 익히고 있었다. 그런데 그에게 묘한 습성이 눈에 띄었다. 이미 배워서 몸에 밴 자세가 있어 보였다.

연습이 끝나고 이 소위는 김 이병을 불렀다.

"너, 다른 무술을 배운 적이 있지? 연습하는 걸 보니 다른 무술의 자세가 섞여 나오는 것 같아서 그러는 거야."

이 소위는 김형술 이병을 처다보았다.

"사실은 어려서부터 태견을 좀 배웠습니다."

그는 난감한 표정을 지었다.

"태견이라고? 그게 정말이야? 왜 면접 때는 말하지 않았어?"

이준구는 그가 태견을 배웠다는 데 놀랐다.

"다른 무술을 배웠다고 하면 이곳에 받아주지 않을 것 같아서 부득이 거짓말을 하게 되었습니다. 어떤 처벌이라도 받겠습니다. 용서해 주십시오."

"아니야, 벌하려고 그런 건 아니야. 오히려 잘 됐어."

김형술 이병을 제자리로 돌려보내고 엄운규 사범께 그 사실을 말했다. 엄운규도 뜻밖이라는 표정을 지었다. 엄운규 사범은 그 다음 날 그를 다시 불러 보자고 했다.

그 다음 날 오후 상무관에 차까지 한 잔 준비해 두고 그를 불렀다.

김형술은 송덕기에게서 5년 동안이나 태견을 배웠다고 말했다. 참 세상일이란 묘했다. 이준구와 엄운규가 송덕기 선생을 한 번 찾아가 보려고 한 지가 며칠 되지 않는데, 그 분의 제자가 제 발로 찾아왔다는 것에 참 묘한 기분을 느꼈다.

칼 뺀 김에 소 잡는다고, 엄운규는 사무실에 가서 노트 한 권을 꺼내왔다. 그 안에 여러 가지 무술에 대한 것이 적혀 있었다.

"김 이병, 잘 됐어. 그러지 않아도 우리가 태견에 대해서 알고 싶은 것들이 많아서 송덕기 선생을 한 번 찾아가려고까지 했는데, 김 이병을 여기서 만나게 되어 참 다행이야. 이곳에서 연무시연을 한 번 보여줘."

엄운규가 노트를 펼치며 말했다.

"정확하지 않아도 괜찮으니 부담 갖지 말고 그냥 한 번 해봐. 먼저 앞엣거리 품밟기 자세부터 보여줘. 그다음에 딴죽과 차기, 홀새김, 맞대거리, 본때, 연단 18수로 순으로 시연해 주면 좋겠어."

엄운규는 노트에 적어 둔 내용을 보며 말했다. 그 노트엔 태견 말고도 중국의 궁푸, 태극권까지도 촘촘히 적혀 있었다.

김형술은 좀 긴장된 표정을 짓더니 준비자세를 취했다. 그리고 기본자세로 바꾸었다. 그의 눈에서 빛이 나는 것 같았다. 상대를 꿰뚫고 나갈듯이 한 곳에 모아지는 시선이 날카로웠다. 방금 전과는 전혀 다른 눈빛이었다.

시연은 원품과 좌품, 그리고 우품, 넉장다리 등 기본자세인 품으로부터 시작되었다. 그리고 품내 밟기와 품째 밟기, 활갯짓, 방어술인 막음질의 시연으로 이어졌다.

뛰어올라 내차기와 후려차기, 그리고 걷어차기, 째차기 동작이 매우 유연했다. 상대방을 한 번에 제압할 수 있는 발 기술의 하나인 갈기기와 타격 지점까지 발을 가져다 댄 후 부드럽게 밀어내는 발차기인 는질러차기가 인상적이었다.

"저것 봐, 바로 저거야. 저 발차기가 바로 우리 발차기의 원류야. 얼마나 다양해. 유연하게 움직이는 것 같은데 밀어내는 끝 힘이 보통 강한 게 아니야."

엄운규가 눈을 크게 뜨고 말했다.

"우리가 가져와야 할 발기술이 많은 것 같아 놀랐습니다."

"그러게 말이야."

현란할 정도로 다양한 발차기의 기술을 보며 두 사람은 입을 모았다.

이준구나 엄운규은 여러 품을 보면서 태견의 동작 선이 부드러워서 상대에 가하는 힘이 강한 무술이란 것을 확인할 수 있었다.

그러나 그들의 만남은 오래 가지 못했다. 몇 개월 뒤 이준구 소위는 육군 항공정비 교육장교 훈련과정에 입소하면서 셋은 아쉬움을 남기고 헤어졌다. 그리고 미국으로 건너가면서 다시 만나지 못하게 되었다.

그 이름의 심원

전쟁이 끝나고 사람들의 일상은 빠르게 제 자리를 찾아가고 있었다. 사회 전반에 변화와 새로운 것을 요구하는 분위기가 널리 퍼져 있었다. 이러한 분위기 속에서 한국 무도계에서 새로운 체계를 모색해 가자는 의견들이 많았다.

5대 무도관이 생겨난 이래 국내 무도계는 당수도, 공수도, 권법, 화수도, 수박 등의 명칭들이 난립하고 있었다. 하나의 단체로 발전하기 위해선 명칭을 통일하는 것이 시급하다는 의견이 많았다. 그러나 그것은 실현하기가 어려운 문제였다. 가장 발 빠르게 움직인 사람이 오도관 관장인 최홍희 육군 소장이었다.

그는 그동안 자기가 생각해왔던 한국 무술의 명칭을 하나로 통일하는 일을 밀어붙여야 한다고 생각했다. 그가 그렇게 생각하는 데에는 그가 육군 소장으로 그동안 사회 전반에 구축해 놓은 인적 관계를 이용하면 별 어려움 없이 일이 이루어질 것으로 믿었기 때문이다. 그는 정부부처에 도움을 요청하고 평소에 친분이 있는 사람들에게 미리 연락하여 한국 무도 명칭제정위원회를 구성하였다.

위원으로는 3군관구 사령관인 최홍희 자신과 이행근 합참의장, 조경구 국회부의장, 정대천 국회의원, 한창환 정치신문사 사장, 손덕성 청도관 관장을 비롯한 유하청, 장경록, 홍순록, 고광래, 현종명 등이었다.

마침내 1955년 4월 11일 위원회가 열렸다. 처음부터 분위기는 최홍희 장군이 제안한 태권도란 명칭으로 기울어 있었다. 당수도를 그대로 하자는 사람도 있었고, 수박도를 하자는 사람도 있었다. 하지만 태권도란 이름이 정해진 데는 그 이름을 택할 수밖에 없었던 역사성과 이유가 있었다. 최홍희 장군은 천천히 입을 열어 매우 소상히 그 과정을 이야기 했다.

1954년 9월 중순, 제1군 창설 4주년 기념식이 열렸다. 사열대를 지나가는 장병들의 늠름한 모습을 지켜보는 이승만 대통령은 상기된 표정이었다. 대통령은, 백척간두에 섰던 나라를 구한 국군에 대한 자랑스러운 마음으로 감격스러운 표정을 감추지 못했다.

열병식이 있고 뒤이어 장병들의 무술시범이 이어졌다. 최홍희 장군이 군에 설립한 오도관 사범들의 무술시범이 있었다. 남태희 대위와 한차교가 장병 몇 사람을 데리고 나와서 기본동작과 발차기, 격파 등의 시범을 보였다. 고난도의 발차기 기술과 격파를 지켜보는 대통령은 흐뭇한 표정을 지으며 연이어 박수를 쳤다.

"훌륭해. 바로 저거야. 저게 바로 우리의 태견이야!"

옆에 배석한 장관과 장성들을 둘러보며 감격스럽게 말했다. 대다수는 그 말은 처음 들었다. 최홍희는, 이원국 청도관 관장이 어려서 태견을 배웠다는 말을 들은 적은 있었지만, 대통령이 태견이라고 하는 말을 듣고 깜짝 놀랐다. 대통령 앞에서 아직까지 자신이 태견도 잘 모르고 있었다는 것이 부끄럽게 느껴졌다.

다음 날 아침 최홍희 장군은 남태희 대위를 불렀다.

"남 대위, 자네 말이야, 태견을 알아?"

"예, 알기는 합니다만, 왜 갑자기 태견을 말하시는 겁니까?"

남태희는 어리둥절한 표정을 지었다.

"실은 말이야, 어제 자네의 무술 시범을 보고 대통령께서 태견이라는 거야."

"예? 태견이라고요?"

"잘 됐어. 이참에 우리가 생각해왔던 새로운 명칭을 정해야겠어."

최홍희 장군은 이미 마음이 정해져 있는 듯 말에 의지가 실려 있었다.

"당수도란 이름이 이미 우리의 명칭으로 굳어 있는데, 꼭 그럴 필요가 있겠습니까?"

남태희는 명칭의 변경이 혼란을 초래할 것으로 생각했다.

"기존의 이름으로는 하나의 단체로 통합할 수 없어. 지금 여러 도장이 사용하고 있는 그들 고유의 명칭을 버리고 다른 명칭에 흡수되려 하겠어? 무술의 세계에서는 그것이 어려워."

"생각한 명칭이라도 있습니까?"

"글쎄, 한 번 생각해보자구."

사단장실을 나오는 남태희 대위는 그 말에 수긍이 가면서도 그러기에는 어려움이 많을 것이란 생각이 들었다. 그러나 상관의 마음이 이미 정해져 있으니 그 뜻에 따르지 않을 수 없었다. 그래서 그때부터 그럴 듯한 말들을 떠올려 보았다.

며칠 뒤 최홍희가 다시 남 대위를 불렀다.

"태견이란 그 말을 변형할 수는 없겠어?"

최 소장은 말을 던져놓고 남 대위를 쳐다보았다. 이런 경우 이심전심이라고 하는가, 남 대위는 최 소장이 자신과 같은 생각을 하고 있다는 것에 놀랐다.

"제가 생각한 것이 바로 사단장님이 생각하신 것과 같습니다. 시쳇말로 어떤 영감이 통한 것 같습니다."

"응, 그래?"

최 소장은 이를 드러내고 웃었다.

남태희가 태견이란 명칭을 변용해야겠다고 생각한 것은, 박식하고 생각이 깊은 대통령이 태견을 말했다는 것 때문이었다. 자신의 연무시범을 한 번도 본 적이 없는 대통령이 그것을 처음 보고 태견이라고 했다는 것은 순간적인 인식이 아니라 이미 오래전부터 태견에 대한 어떤 구체적인 동작 형태를 기억하고 있기 때문일 것이라고 생각했다.

최홍희도 대통령이 태견이라 한 말의 반향이 너무 커서 그 말을 제외하고 어떤 다른 말이 떠오르지 않았다. 뿐만 아니라 대통령이 언급한 그 말을 바탕으로 해야 자신이 안아야 할 부담도 줄고 당위성도 확보하기가 쉬울 것 같았다.

그 뒤에 붙일 말은 동양무술의 맥을 볼 때 권拳 아니면 수手였다. 발과 손이 인간 동작의 기본일 뿐만 아니라, 무술은 발과 손으로 하는 것이기 때문에 마지막 말은 권으로 하느냐 수로 하느냐는 선택뿐이었다.

"무도란 도道의 차원에서 무술을 이해하는 것입니다. 무도의 관점에서 파악된 도는, 무예에 더하여 그 안에서 궁극적 진리에 이르고 또한 도를 실현하는 활동이 될 것이니까, 도라는 말과 조화를 이루는 말이 수보다는 권이 아니겠습니까? 거기에다 수보다는 권이 더 대륙적이고 강한 힘이 느껴진다는 점으로 보아서도 수보다는 권이 좋을 것 같습니다."

남태희는 그동안 자신이 이리저리 사전도 보고 문헌도 참고하면서 자기대로 정립해 놓은 생각을 말했다.

"남 대위의 생각에 이론적 체계가 있어 보여. 생각도 깊고 말이야, 탁견인 것 같아."

탁견이란 말에 남 대위가 웃었다. 태견의 또 다른 이름인 '탁견'과 같은 말로 들렸기 때문이다.

"순수 우리말인 태견은 실제로는 태껸으로 들리잖아. 태권은 태견을 그대로 한자로 옮겨 놓은 것 같아서 마치 오래된 말처럼 들려. 전혀 생소하게 들리지 않아."

최 소장은 잠시 뭔가를 생각하더니 다시 입을 열었다.

"그런데 말이야, 태견의 태는 밟는다는 뜻의 밟을 태跆이잖아, 찬다는 뜻의 '태' 자는 없을까?"

최 소장은 다시 한번 태 자에 대한 말을 했다.

"밟는다는 뜻의 태라고 해서 꼭 밟는다는 뜻만 가진 것은 아닙니다. 이것은 뛰고 차고 밟는다는 뜻으로 쓰이기도 합니다. 넓은 의미에서 보면 밟는다는 것은 차는 것을 의미하는 것이 될 수 있는 것 아닙니까. 땅을 밟는 것이 아니라 허공을 밟는 것이 될 수도 있고, 상대를 밟는다는 것은 바로 선 자세에서 뛰어차기를 한다든가, 상대를 발로 차는 것을 뜻하는 것이 아니겠습니까? 이렇게 볼 때 이 태跆 자는 발의 상징적 의미로 보아야 할 것입니다."

남 대위의 말은 마치 언어학을 연구한 사람처럼 설득력 있게 들렸다. 그가 그동안 그 용어를 놓고 얼마나 골똘히 생각해 왔는가를 보여주는 말이었다.

"그래, 그 말이 맞아. 이번 일은 전적으로 자네의 공이야. 더 이상 이설 없이 그 말로 정해."

최 소장도 더 이상의 적절한 말을 찾기 어렵다는 것을 알고 있었다. 최종 결정은 그렇게 이루어졌다. 시작한 지 열흘이 지나서였다.

태권도란 명칭이 생기기까지의 과정을 들은 위원들은 반대할 명분이 없었다. 태권도란 명칭에 마치 대통령의 뜻이 포함된 것 같아 보였기 때문이었다. 아니나 다를까 위원회의 결정이 있고 나서 최홍희는 곧장 경무대로 가서 이승만 대통령에게 경위를 말하고, 승인을 얻어 휘호를 받아왔다.

그러나 다른 무도관의 반응은 싸늘했다.

"사전에 한 마디 협의도 없이 일방적으로 일을 추진해서 자신의 뜻대로만 한 그 결정을 우리는 받아들일 수 없다."

무덕관에서 가장 먼저 반대 입장을 밝혔다. 뒤이어 다른 무도관에서도 반대의 의사를 밝혔다.

좋은 뜻이라 하더라도 자신들 무술의 정체성을 지켜가는 것을 목숨처럼 생각하는 각 유파의 입장에서는, 그들 고유의 이름을 버리고 다른 명칭 아래로 들어가는 것이 어려웠다. 더구나 위원들이 그 방면에 공신력이나 전문성이 있는 사람들이 아닌, 주로 최홍희 소장과 친분이 있는 사람들이었기 때문에 다른 무도관의 동의를 얻어내는 것이 쉽지 않았다.

최홍희 장군은 생각 끝에 대한당수도 청도관 고문단에 도움을 청했다. 자신이 청도관에서 명예단증을 받았기 때문이었다.

1955년 12월 16일에 청도관은 제1회 고문회의를 열고 최홍희 소장이 제안한 '태권跆拳'을 정식 명칭으로 채택했다. 위원으로 참가했던 손덕상의 도움이 컸다. 그때부터 청도관과 오도관은 태권도란 명칭을 사용했으나, 다른 유파에서는 여전히 그들의 고유 명칭을 그대로 사용했다.

1959년 최홍희 장군은 군 장성이란 입지와 오도관, 청도관의 지원을 바탕으로 자신이 만들어 낸 태권도라는 명칭으로 대한태권도협회를 창립했다. 그해 9월 3일, 문교부 체육과장과 대한체육회 이사가 입회한 가운데, 대한체육회 회의실에서 청도관과 오도관, 송무관, 창무관, 지도관, 무덕관의 대표들이 모여 대한태권도협회를 창립하고 최홍희가 초대회장을 맡았다.

"군인 최홍희가 군의 인맥을 이용해서 민간단체까지 좌지우지하는 일을 우리는 따를 수 없다."

일부 도장 사범들은 군인 최홍희의 일방적인 행동에 노골적으로 반감을 드러냈다. 그것이 결국 협회가 분열되는 원인이 되고 말았다. 그 결과 4·19를 거치면서 제대로 활동하지 못하고 협회는 와해되었다.

그후 1961년 5·16혁명이 일어나서 사회단체 재등록이 시행되자 문교부는 유사단체 통합을 서둘렀다. 그해 9월 열린 무도관 통합회의는 회의 끝에 윤쾌병이 제의한 '태수도'를 표결에 부쳐 협회 명칭을 '대한태수도협회'로 가결했다.

이런 과정을 거쳐 창설된 대한태수도협회는 1962년 12월 대한체육회 승인을 얻어 이듬해 2월 축구, 야구, 수영 등에 이어 28번째로 정식 경기가맹단체로 발족했다.

그 후 예편한 후 말레이시아 대사가 됐다가 다시 국내에 돌아온 최홍희가 대한태수도협회 회장을 맡았다. 최홍희는 1965년 총회를 열어 협회 명칭을 다시 대한태권도협회로 바꾸었다.

그들이 그리운 것

워싱턴 국회의사당에 태권도 수련장을 마련한 지 7년을 넘어설 무렵, 그곳에 와서 지도를 받고 있는 상·하원 수가 50여 명이 되었다. 의원직을 떠난 전직 의원들까지 합하면 70여 명이 되었다.

정치적인 대립관계에 있는 공화당과 민주당 의원들이 수련장에 와서는 서로 웃으며 화해와 우의적인 모습을 보여주었다. 이 점을 미국언론은 관심을 갖고 흥미롭게 다루었다.

K스트리트에 있는 준 리 태권도장 출신들이 미국사회에서 속속 이름을 드러내기 시작했다. 신문기사에 실리기도 하고 텔레비전 화면에 모습을 드러내기도 했다. 삼사 년 동안 꾸준히 수련하여 유단자가 된 수만 해도 3백 명이 넘었다. 그들이 미국 전역에

퍼져나가 태권도 전파의 선도자 역할을 해주고 있었다. 시카고와 보스턴, 그리고 뉴해븐 등 북동부 지역에서부터 휴스턴과 뉴 올리온즈, 덴버 등 중·남부지역에 이르기까지 거의 모든 도시에 도장을 개설해서 태권도 보급의 견인차 역할을 해 주고 있었다.

알렌 스틴과 제프 스미쓰, 그리고 패트 벌슨, 패트 원리, 존 울리는 특히 뛰어난 문하생들이었다. 전미무술대회에서 챔피언으로 등극하여 뛰어난 기량을 보여준 제자들이다. 이들은 다들 태권도 전파의 전사가 되겠다며 개척지를 찾아가서 무도장을 개설했다. 이준구 사범은 아무리 먼 곳이라도 제자들이 새로 태권도장을 여는 곳은 찾아가서 축하해 주었다. 때로는 그곳에서 연무시범을 보여주기도 했다.

이러한 파죽지세로 퍼져나가는 태권도의 열풍을 가라테 도장에서는 충격적인 것으로 받아들였다. 그래서 그들 나름대로 여러 노력을 쏟고 있었다.

68년 가을이었다. 블랙 벨트지 발행인 미토 우에하라에게서 연락이 왔다. 자신이 운영하는 출판사에서 이준구 사범의 태권도 교본을 발행해 준 사람이었기 때문에 이준구와는 친분이 있는 사람이었다. 그는 이미 몇 차례나 이준구의 기사를 특집으로 다루어준 사람으로 가라테의 고수 중에 한 사람이었다. 그는 가라테의 고수였지만 여러 유파의 무술에 관심을 가지고 있었다.

"준 리 사범, 태권도의 열기기 정말 대단하게 퍼져나가고 있는 것 같습니다. 준 리 사범의 능력이 놀랍게만 느껴집니다."

그는 덕담으로 인사말을 했다.

"아닙니다. 우에하라 선생에 비하면 아직 많이 부족합니다."

이준구의 말도 겸손했다.

"태권도의 발전에 더 도움이 될 것 같기도 해서 하는 말인데, 가라테와 태권도 대결을 한 번 가져보는 것이 어떨까요?"

그는 조심스러운 어투로 말을 꺼냈다.

"가라테와 태권도의 대결이라뇨? 그건 반대하지 않습니다만, 어떤 방식으로 대결을 한다는 말입니까?"

갑작스런 제의에 좀은 놀랐지만, 이준구 사범으로선 거절해야 할 이유가 없었다. 평소 그의 정직한 면을 잘 알고 있었기 때문에 거기에 어떤 나쁜 의도가 포함되어 있다고는 생각하지 않았다.

"사실은 척 노리스가 나에게 중간역할을 제의해 왔는데, 생각해 보니 양측에 손해될 것은 없을 것 같소. 무술의 세계란 언제나 승자가 있으면 패자가 있으니까, 패했다고 큰 상처를 입지는 않을 것 같소."

그 말은 척 노리스 가라테 도장에서 준 리의 태권도 도장을 꼭 찍어 대결 신청을 해왔다는 말이었다.

척 노리스라면 전미지역에서 자타가 공인하는 가라테 최강자다. 로스앤젤러스 신재철 관장에게서 당수도를 배웠고, 그후 이소룡에게서 진번쿵푸를 배운 자이기도 하다.

"전미지역에서 가라테의 강자라면 쇼토칸 출신의 제일인자 오오시마 사범도 들 수 있겠지만, 그동안 쌓은 경력이나 실력으로 볼 때 척 노리가 최강자가 아니겠소. 그의 제자 중에 최강자와 준 리 사범의 제자 중에서 최강자를 뽑아 대결을 붙여 보자는 것이오."

척 노리스의 제자 중에서 가라테의 최강자라면 보통 실력은 아닐 것이다. 그것을 알고 있는 척 노리스가 어떤 유파의 무술이든 자신을 따라올 자가 없다는 것을 보여 주기 위해서 대결을 신청한 것이 분명해 보였다. 그것은 이준구 사범의 입장에서 보면 오히려 그 기회를 이용할 수 있는 좋은 기회라는 판단이 들었다.

"기꺼이 대결에 응하도록 하겠습니다."

이준구 사범은 조건을 달지 않았다. 어떤 형태의 대결이든 받아들이겠다는 뜻이었다.

"역시 준 리 사범다운 결정이오. 장소는 워싱턴 도시히라 카라테 도장이나 아니면 LA에 있는 태권도 도장 둘 중에서 택하는 것이 좋을 것 같소."

우에하라는 호탕하게 웃었다.

"장소는 카라테 도장에서 하는 데 반대하지 않습니다."

조건을 달지 않고 흔쾌히 승낙하는 이준구 사범의 태도에 우에하라는 한 번 더 크게 웃었다.

며칠 뒤 척 노리스 측에선 영 마틴을 대결자로 정해서 이름을 알려 주었다. 영 마틴은 척 노리스가 아끼는 제자로 전미가라테 챔피언에 두 번이나 오른 바 있는 패기 넘치는 청년 무술인이었다. 이준구 사범은 전미태권도대회에서 챔피언십을 차지한 바 있는 여러 명의 제자 중 알렌 스틴을 정했다. 그는 챔피언에 오르고 나서 꾸준히 자신의 길을 넓혀 가고 있는 젊은이로 뉴저지 주에서 태권도장을 연 지 얼마 되지 않았다.

가라테와 태권도의 최강자 대결이라는 점에서 많은 사람들의 관심이 쏠렸다. 척 노리스 측에서 빅 매치라는 소문을 내고 다녔다. 알렌 스틴도 만만찮은 상대이지만 척 노리스의 강성을 이어받은 영 마틴이 승자가 될 것이라는 예측이 더 우세했다.

마침내 워싱턴 도시히라 가라테 도장에서 대결이 펼쳐졌다. 척 노리스가 제자들을 데리고 로스앤젤레스에서 워싱턴으로 날아왔다. 필라델피아와 뉴욕, 워싱턴에 가라테를 가르치고 있는 많은 일본이 사범들이 문하생들을 데리고 참관하러 왔다. 영 마틴의 뛰어난 기술을 보고 배우려는 수련생들도 많이 와서 자리를 채웠다. 준 리 태권도 도장 출신의 사범들과 새로 도장을 연 한국인 사범들이 수련생들을 데리고 대결을 지켜보기 위해서 왔다.

대결이 시작되기 전부터 영 마틴의 눈길이 보통 사납지 않았다. 기선을 제압하려 드는 마틴의 눈길이 마치 칼날처럼 날카로웠다. 알렌 스틴도 기 싸움에서 밀릴 기세는 아니었다. 마주 보고 인사가 끝난 뒤 마틴이 먼저 공격 자세를 취하며 앞으로 나왔다. 발을 빨리 움직이면서 정권 공격을 하고 나왔다. 마틴의 손놀림이 빨랐다. 치고 빠지는 손의 속도가 빨라서 알렌 스틴이 제대로 손을 쓰지 못하고 뒤로 물러났다.

영 마틴은 오른발을 놀려 무릎 높이로 공격해 왔다. 그러나 그 공격은 그렇게 위협적으로 보이지는 않았다. 그 순간 알렌이 오른손 주먹을 날려 상대의 얼굴을 가격했다. 그리고 연이어 펀치를 날리자 영 마틴은 뒤로 밀렸다.

영 마틴은 다시 자세를 잡고 앞발 차기로 밀고 나왔다. 밀고 밀리는 격투가 20여 분이 넘게 계속되었다. 선수보다 지켜보는 사람들의 얼굴이 더 긴장되어 보였다. 영 마틴이 먼저 발로 무릎 공격을 하면서 앞으로 나올 때 알렌 스틴은 뛰어돌려차기로 마틴의 가슴을 공격했다. 마틴이 뒤로 밀리며 넘어졌다, 다시 일어나서 자세를 잡고 앞으로 나오는 순간 알렌이 몸을 날렸다. 뛰어옆차기로 어깨 부분을 강타했다. 마틴이 쓰러졌다.

지켜보는 사람들 사이에서 환성과 탄성이 뒤섞이면서 대결은 끝났다. 두 사람은 서로 마주 보며 인사를 하고 물러났다. 척 노리스는 역시 무술의 고수였다. 무술인답게 깨끗이 패배를 인정했다. 성큼성큼 알렌 스틴에게 다가가서 축하의 말을 해주고는 이준구 사범에게 와서 정중히 인사를 하고 물러갔다.

가라테와 태권도의 대결에서 태권도가 이겼다는 말이 삽시간에 퍼져나갔다. 블랙 벨트지에서도 기사로 다루었다. 대결을 지켜보고 간 미토 우에하라에게서 전화가 왔다.

"이번 대결은 실전에서 가라테와 태권도의 공격기술 중 어느 것이 더 효율적인 것인가를 비교해 보는 좋은 기회였어요. 승패의 갈림은 발차기에서 결정되었어요. 가라테보다 태권도의 발차기가 훨씬 공격적이고 타격력이 강하다는 것을 이젠 부인하기가 어려워졌어요."

그는 권위 있는 무술잡지의 발행인답게 보는 눈이 예리하고 분석력이 있었다. 그는 정직했다. 자신이 가라테 고수라고 가라테를 편들려 하지 않았다.

"가라테와 태권도가 서로의 장점을 배운다면 둘 다 더 뛰어난 무술이 되지 않을까 생각합니다."

이준구는 자세를 낮추어 겸손하게 대답했다.

"바로 그것입니다. 어떤 것이든 상대의 우수한 것을 배워옴으로써 발전하게 되는 것입니다. 우리 가라테 지도자들은 이 점에 대해서 깊이 생각해야 해요."

그는 가라테가 너무 전통적인 것에 얽매여 더 나은 기술을 받아들이지 못하고 있다고 생각하고 있는 것 같았다. 그는 잠시 말을 끊었다가 다시 이었다.

"학문의 이론이나 과학기술이 더 새롭게 발전된 것으로 나아가는데, 무술만이 옛 방식을 그대로 지키고만 있다면 스스로 퇴보할 수밖에 없는 것이 아니겠습니까."

"어떤 유파의 무술이든 더 나은 기술로 진화해 가야 하는 것은 스스로의 존재적 가치를 더 지켜가는 것이라고 저도 생각하고 있습니다. 이곳 아메리카에서 그들의 정신, 그들이 프런티어 정신을 태권도의 무술철학에서 찾아내었던 것이 저로서는 큰 성과였다고 생각합니다."

이준구 사범은 평소 자신의 생각을 솔직히 털어놓았다.

"역시 대단하십니다. 태권도의 정신과 철학에서 미국인들의 정신적 바탕과 마찬가지인 프런티어 정신을 찾아내었다는 말은 경이롭게 느껴집니다. 나도 오랫동안 미국에서 가라테를 가르치고 무술잡지를 발행하고 있지만, 그런 생각을 하지 못했습니다. 정말 획기적인 발상입니다."

미토 우에하라는 이준구 사범의 말에 경탄을 금치 못했다.

"과찬의 말씀입니다. 일부러 찾으려 한 것이 아니라, 내 자신 속에서 자연스럽게 발견되어진 말일 따름입니다."

"뛰어난 생각이나 발견은 다 그렇게 이루어지는 것입니다."

"외람된 말입니다만, 무술을 배우는 것은 또 하나의 도전이며 새로운 나를 개척해 가는 길이라는 것을 문하생들에게 강조하는 말입니다."

"그 말이 바로 제자들에게 개척정신을 심어 주는 말이로군요. 듣기만 해도 도전적 용기가 솟을 것 같아요. 준 리 사범의 철학이 그대로 담겨 있는 말인 것 같기도 하고 말입니다."

"철학이라고 하기엔 좀 부족한 것 같습니다만. 지금 미국인들은 뭔가 강한 것, 삶의 풍요 속에서 나태해진 그들을 일깨울 수 있는 어떤 영웅적인 인간의 힘을 보고 싶어 하는 것 같습니다. 서부 개척시대에 보여주었던 그들의 용기와 힘에 대한 향수 같은 것을 갈구하고 있는 것 같습니다."

"나도 동감입니다. 가라테나 태권도 같은 동양무술이 급속도로 퍼져나가며 붐을 일으키고 있는 것은 바로 그런 것 때문이라고 생각해요."

미토 우에하라는 이준구 사범보다 나이가 다섯 살이나 많았지만 대하는 태도가 정중했다.

"서부 개척시대에 정의의 사도처럼 활동했던 영웅적인 건맨들이 사라진 이 시대에 그들은 동양무술에서 바로 그 시대의 영웅적인 건맨들의 모습을 보고 있는 것 같다는 생각이 들 때가 많아요."

이준구는 평소 자신이 느끼고 생각해왔던 것을 마치 때를 만난 것처럼 쏟아내었다.

"빈말이 아니라, 이렇게 멋지고 깊이 있는 말을 듣게 될 줄을 생각도 못했습니다. 이 사범님은 소리 없이 흐르는 강물 같으신 분입니다."

그의 말에서 인품이 느껴졌다. 그는 남을 알아보는 눈이 있는 사람이고 칭찬에 인색하지 않은 사람이었다. 그날 그는 자신의 마음에 있는 말을 숨김없이 드러냈다. 우에하라는 다시 전화하겠다는 말을 하고 전화를 끊었다.

이준구 사범은 전화를 끊고 자신이 했던 말을 다시 생각해 보았다. 혹시라도 즉흥적인 생각을 아무렇게나 뱉어낸 것은 아닐까 생각해 보았지만 그런 것 같지는 않았다.

우에하라가 했던 말은 핵심이 있는 말이었다. 자신이 생각해도 승부의 결정타는 알렌 스틴의 마지막 두 번 발차기였다. 영 마틴이 알렌 스틴의 발차기를 막아내지 못했던 것은 가라테 발차기의 결함 때문이란 것을 알 수 있었다.

가라테의 발차기는 공격의 발차기라기보다는 방어에 치중하는 발차기란 것이 입증된 것이었다. 힘을 아래쪽에 두는 가라테가 힘을 인체 상위에 둔 태권도의 강력한 힘을 막아내기 어려웠다는 것이 그의 판단이었다.

가라테 사범들에게도 이번 대결은 의미가 클 것으로 여겨졌다. 가라테를 깊이 생각하는 사람이라면 당연히 태권도에서 뛰어난 기술을 배워가지 않을 수 없을 것이라고 생각하니 마음속에 잔잔한 미소가 번졌다.

전설의 파이터

    1969년 이준구 사범은 일본 극진가라테회로부터 초청장을 받았다. 그해 9월에 열리는 제1회 일본 공수도 선수권대회에 명예 게스트로 참석해 달라는 내용이었다. 최영의 회장이 보낸 것이었다.

    이준구는 흔쾌히 수락하고 최영의 회장에게 개인적으로 감사의 전화를 했다.

    "늘 좋은 본보기를 보여주시는 대사범님께서 이런 좋은 자리에 초대해 주셔서 어떻게 감사를 드려야 할지 모르겠습니다. 저로서는 참으로 영광스러운 일이라 하지 않을 수 없습니다."

    이준구 사범의 어투는 선배들에게 늘 그러하듯이 그날도 매우 공손했다.

"비록 나는 사정상 귀화를 했지만 이 사범을 보고 있으면 한국인 특유의 투지 같은 것이 느껴져요. 무도의 기량도 뛰어나고 말이야, 새로운 희망이라고 느껴져. 세계의 무도인들에게 이 사범의 당찬 모습을 보여주는 것은 나로서도 기쁜 일이야."

배려심이 배어 나오는 말이었다. 최영의 회장은 무도인의 고수답게 통이 크고 대범한 사람이었다. 처음 도장을 개설하여 힘들게 길을 개척하고 있을 때 워싱턴에서 만나면, 격려의 말을 아끼지 않던 분이었다. 워싱턴에서 여러 번 만난 적이 있던 친분을 잊지 않고 이렇게 동경까지 초대해 준 것이 고맙기 이를 데 없었다.

이준구로서는 최영의 사범이 롤 모델과 같은 분이었다. 워싱턴에서 처음 뵈었을 때 도저히 따라갈 수 없는 높은 산처럼 느껴지는 존경스러운 분이었다.

최영의崔永宜는 극진가라테의 창시자이자 일본 가리테의 대부로 불린다. 그의 이름은 일본에서 오야마(大山)로 불렸으나, 배달민족의 후손임을 잊지 않기 위해 스스로 오야마 마스다츠(大山倍達)라고 썼다. 그래서 그의 이름이 한국에서 최배달로 알려지게 되었다.

전북 김제에서 태어나 어릴 때 만주로 가서 그곳에서 자라며 중국권법을 수련하여 유단자가 되었다. 그 뒤 일본으로 건너가 1938년 야마나시 소년항공학교에 입학하였고, 그해 8월 한에츠(般越

義珍)의 문하에 들어가 가라테를 배웠다. 다구쇼쿠대학에 다닐 때 공수 2단을 받았고, 와세다대학 체육과에 2학년 때 동경 마루야마 공회당에서 개최된 일본 공수도 선수권대회에 출전하여 우승하였다.

그후 그는 47마리의 싸움소와 대결하여 이겼는데, 대결 중 4마리를 즉사시키는 놀라운 힘을 보여 주었다. 그리고, 여러 유파 최강자와의 대결에서도 9차례나 우승하는 기록을 세웠다.

1952년 3월에는 미국을 방문하여 32개 지역을 돌며 가라테 시범을 보이고 지도하였는데, 그때 그는 자기 몸집의 두 배 가까이 되는 헤비급의 레슬러와 복서들을 모조리 들것에 실려 내보내는 기록을 세웠다. 1958년에는 영문으로 된 가라테의 지도서인 『가라테란 무엇인가(What is Karate)』를 출판하고, 미국육군사관학교와 워싱턴 FBI본부에서 가라테를 지도하면서 미국에 가라테를 보급하는 데 주도적 역할을 하였다.

1959년 7월 하와이에서 제1회 하와이 공수도선수권대회를 개최하였고, 1960년 미국과 유럽 등 16개국 72개 지부 도장을 발족시켰다. 그리고 1961년 미국 샌프란시스코와 로스앤젤레스에 도장을 개설하고, 하와이에서 제1회 북미 공수도 선수권대회를 개최하는 공적을 남겼다.

그는 말로 강함을 주장한 것이 아니라 오로지 싸움으로써 자신의 강함을 실증해 보였다.

"나는 가라테라는 무술을 실전의 무술, 격투를 통해서 발전해 가는 무술로 바꾸어 놓겠다."

그는 공공연하게 그렇게 말했다.

그의 이 실전형 무술에 영향을 준 많은 타 유파의 무술이 있지만 빼놓을 수 없는 것이 무에타이였다.

무에타이는 격투형 무술로 자타가 공인하는 세계 최강의 무술 중에 하나였다. 이 무에타이 무술인들은 종종 다른 유파의 최강자를 초청하여 격투를 벌이곤 했는데, 가라테 강자들도 무참히 쓰러뜨리곤 했다.

1954년 그들이 최영의에게 도전장을 보냈다. 최영의는 방콕으로 건너가서 룸피니 스타디움에서 무에타이 최강자 블랙코브라와 대결을 벌였다. 그 대결에서 1회 2분 만에 무에타이 최강자 블랙코브라의 턱과 갈비뼈를 부러뜨리고 대결을 끝냈다. 하지만 최영의는 무에타이의 실전적 기술이 뛰어난 것을 깨닫고, 그 중 몇 가지를 가라테에 도입하는 과감함을 보여 주기도 했다.

이준구 사범은 66년 워싱턴에서 열린 전미 가라테 챔피언십 대회장에서 처음으로 최영의 사범을 만났다. 그때 그는 이준구를 알고 있었다.

"신문에 실린 국회의사당에서 의원들을 지도하는 이 사범의 기사를 보고 매우 놀랐어. 이렇게 자랑스러운 한국인이 있나 싶어서 얼마나 기뻤는지 몰라."

그의 어투가 투박하면서도 다정했다.

"나도 처음 미국에서 도장을 개설했을 때 어려움이 많았어. 작년엔 캐나다 지부를 결성했고, 올해는 북미연맹과 남미연맹까지 결성했으니 그 세가 크게 확장된 거야. 필요한 것 있으면 도와줄 테니, 이 사범도 우리의 국기인 태권도를 더 널리 보급하는 데 힘써 봐."

처음 만난 아홉 살이나 어린 후배였지만, 마치 만난 지 오래된 친구처럼 묻지도 않은 말을 자상히 해 주었다.

"내가 지금까지 배출한 외국인 유단자만 오류백 명이 되지. 이 사범을 보고 있으면 젊을 때 나를 보고 있는 것 같은 기분이 들어서 좋아."

그는 큰 손으로 이준구의 어깨를 두드려 주었다. 이준구 사범에게는 그때의 기억이 오래 동안 큰 가르침이 되었다.

이준구 사범의 초청으로 미국에 와서 태권도를 가르치고 있는 정석종 사범이 일본행에 동행해 주었다. 두 사람이 워싱턴 댈러스 공항을 출발하여 일본 나리타공항에 도착했을 때는 저녁 늦은 시간이었다. 도쿄 그랜드호텔에서 하룻밤을 보내고 이튿날 대회장에 도착했을 땐 많은 사람들이 몰려와 있었다. 그 큰 도쿄체육관은 사람들로 가득 찼다. 통로에까지 들어찬 사람들의 열기로 분위기는 고조되어 있었다.

미국과 캐나다, 유럽, 아프리카 등지에서 참가자들이 와서 등록을 마치고 몸을 풀고 있었다.

이 대회는 가라데 이외에 유도, 킥복싱 등 여러 유파의 격투기 선수들이 참가하여 직접 타격제의 성격을 지닌 최초의 격투기대회라는 점에서 특이한 대회였다. 킥복싱은 최영의의 제자 구로사키 겐지가 1964년 무에타이와 극진을 합하여 만든 새로운 무술이었다.

어찌 보면 이 대회는 인간의 몸으로 태어난 존재가 어디까지 강해질 수 있는가를 보여주는, 그래서 강함의 극치에 이르기를 원하는 무도가들의 격돌장이라 할 수 있었다.

그들은 최고의 강자를 꺾음으로써 더 센 강자가 되는 모습을 보여주기 위해서 모여든, 인간이 지닌 힘의 한계에 도전하는 사람들이라 할 수 있었다.

"이 직접 타격제 가라테는 앞으로 무술대회의 획기적인 변화의 시발점이 될 것 같아요. 최 사범이 아니고서는 감히 생각도 하기 힘든 행사인 것 같아요."

이준구 사범은 새로운 형태의 무술대회에 놀라운 반응을 보였다.

"대회 규모가 이렇게 크리라는 생각은 못 했습니다. 어마어마하지 않습니까. 오길 잘 했습니다. 많은 것을 배워 가야 할 것 같습니다."

동행한 정석종 사범도 놀라기는 마찬가지였다.

"저 많은 관중을 보면 그들이 보다 강열한 격투를 보고 싶어 한다는 말 아니겠어요. 앞으로 유파를 초월한 격투기가 성행할 것 같은 생각이 들어요."

보다 실전적인 태권도를 생각하고 있는 이준구 사범으로서는 이 행사에서 느끼는 바가 크지 않을 수 없었다. 그래서 행사 현황 하나하나를 더 세밀히 살펴보았다.

극진가라테 미국 하와이 지부회장 바비 로와 미국가라테연맹 에드 파커 회장, 전미가라테대회 우승자들, 척노리스, 척노리스를 가르친 바 있는 로스앤젤레스 신재순 당수도 관장도 눈에 띄었다.

전통 가라테의 유파인 쇼토칸(松濤館), 고쥬류(剛柔流), 시도류(絲東流), 우에치류(上地流) 등 각 유파별로 캠프를 설치해서 운영하고 있었다. 캠프의 규모도 크고 선수와 임원진만 해도 각 캠프당 백 명씩은 되어 보였다. 다양한 유파들이 어우러져 있는 광경이 마치 가라테 전 유파의 축제장처럼 보였다. 그 옆에는 대만에서 온 무술인들의 캠프가 있었는데 중국무술의 다양한 유파 선수들이 그들 고유의 무도복을 입은 채 가볍게 몸을 풀면서 대기하고 있었다.

"일본 가라테는 아직 자기들 유파를 지켜가려는 노력이 대단한 것 같습니다."

정석종 사범이 신기한 듯 입을 열었다.

"그렇지요. 일본인들은 자기 것을 지키려는 노력이 대단합니다. 그것은 일본 가라테의 장점이라 할 수도 있고 단점이라 할 수 있어요. 극진가라테를 제외하고는 쇼토칸이나 고쥬류, 시도류들이 하나같이 전통적이 것을 고수하고 있어요. 그런 면에서 보면 극진가라테야말로 혁명적이라 할 수 있지 않겠습니까."

이준구 사범의 말은 마치 핵심을 꼬집어 하는 말 같았다.

"류쿠라는 작은 나라에서 가라테의 원류가 형성되어 일본에 유입되었다는 것이 이해되지 않을 때가 많습니다. 참 신기하지 않습니까?"

"아, 흔히 우리가 오키나와테라고 하는 그것은 류쿠, 다시 말해 오키나와에서 자생된 것이 아니고, 중국의 무술이 유입된 것으로 알려져 있습니다. 15세기 류쿠에 통일 왕국이 서자 백성들에게 무기를 빼앗아 버렸는데, 무기 없는 백성들이 빈손(空手)으로 무술을 수련하게 된 것이지요. 빈손이 바로 우리가 말하는 공수, 일본말로 가라테 아닙니까. 류쿠에 왔던 청나라 사신의 시종무관 공상군이란 사람이 전해준 것으로 알려져 있습니다."

"가라테에 대해 어떻게 그렇게 소상히 알고 있습니까?"

정석종 사범은 의외라는 표정으로 이준구 사범을 쳐다보았다.

"아, 그것 말입니까? 사실은 극진가라테를 창시한 최영의 사범에 대해서 관심을 가지면서 일본 가라테에 대해서도 같이 공부를 좀 해 보았습니다. 우리가 참고해야 할 것도 많고 해서 말입니다."

이준구 사범의 말에 웃음이 섞였다.

오키나와 사람들은 이 무술을 그냥 손을 뜻하는 '테(手)'라고만 불렀는데, 그것이 유래된 지역에 따라 슈리테(首里手), 나하테(那霸手), 도마리테(泊手) 등으로 구분해서 불리게 되었다. 슈리테는 후에 소림류로 발전하며, 1934년 후나고시 기찐이 창시한 쇼토칸 가라테의 원류가 되었다.

마부니 겐와는 히가오나 외에 이토스 야스쯔네를 사사하였고 이토스와 히가오나의 머릿자 한 자씩을 따서 자기 유파를 시도류라고 이름 지었다. 히가오나의 또 다른 제자인 미야기 쵸준은 스스로 중국 남부지방에 무술유학을 통해 별도의 중국권법을 배우고 고쥬류를 하였다. 그리고 이토스 야스쯔네는 마쓰무라 고사쿠로부터 도마리테를 전수받았다.

이와 같은 가라테의 역사는 가라테에 관심 있는 사람이라면 어느 정도 알고 있는 내용이었다. 이준구는 몇 해 전 무술잡지 블랙벨트에 연재된 가라테의 역사란 기사를 흥미롭게 읽었던 기억이 났다.

"후나고시 기찐이 슈리테 스타일을 일본에 유입해온 것은 1920년대이지만, 자신의 호를 따서 쇼토칸을 창립한 것이 1930년이라고 하지 않았습니까? 쇼토칸이 일본 본토에서 가장 영향력 있는 유파가 된 데는 그럴만한 이유라도 있습니까?"

정석종이 다시 물었다.

"쇼토칸에서 그 당시 지식층인 대학생들에게 주로 가르친 것 때문인 걸로 알고 있습니다. 이원국 사범 같은 한국 유학생들이 바로 이 쇼토칸에서 이 권법을 배우게 된 것이지요. 당수唐手나 공수空手 어느 것이든 다 가라테로 발음합니다만, 1936년 일본의 여러 유파가 당수란 말을 버리고 명칭은 공수로 통일해서 가라테라고 하고 있습니다. 그러고 보면 가라테의 역사가 그리 길다고는 할 수 없는 것이지요."

두 사람이 이야기를 나누며 둘러본 체육관 실내외 공간이 매우 넓었다. 참가한 나라가 40여 개국이나 되었다. 태국과 대만을 비롯한 아시아 국가와 미국, 캐나다를 비롯한 북미지역, 라틴 아메리카, 유럽, 아프리카 여러 나라에서 참가한 선수들의 수만 4백 명이 넘었고, 관객들의 수가 5만 명이 넘었다. 큰 행사였다.

대회가 시작되는 날 일본 정부의 문부성 장관과 정계 지도자들이 내빈으로 참석해서 자리가 더 어마어마해 보였다. 개회식이 끝나고 시작된 시합은 치열한 대결이 펼쳐졌다. 자신의 명운을 건 여러 나라에서 온 다양한 무술 유파의 최강자들이 치열한 격투를 벌였다. 몇 분마다 연이어 터져 나오는 관중들의 흥분된 음성은 시합의 열기를 더 고조시켰다.

이준구와 정석종은 사범은 준비해간 도복을 갈아입고 그 다음 날 있을 시범경기를 위해 몸을 풀었다.

적수공권의 개척자들

1969년 워싱턴 준 리 태권도장에서 열린 전미무술대회에는 전국에서 내로라하는 무도인들이 대거 참가했다.

준 리 사범의 문하생 스키퍼 멀린스을 비롯한 많은 제자들, 그리고 가라테 수고들이 대거 참가했다. 멀리 서부지역에선 척 노리스, 조 루이스, 마이크 스톤, 밥 월이 제자들과 함께 참가했고, 미국 쇼토칸의 개척자 오오시마 츠토무의 수제자 스톤 존슨, 쿵푸의 고수 아크 왕의 제자 스티븐슨 등이 참가했다.

미국 전역에서 태권도 도장을 열고 있는 한국인 사범들은 제자들을 데리고 먼 길을 달려와서 참가해 주었다. 뉴욕과 필라델피아, 샌프란시스코, 디트로이트, 멤피스 등 전 지역에서 최고의 강자들이 참가했다.

이틀 동안 계속된 대회의 하이라이트는 스키퍼 멀린스와 척 노리스의 대결이었다. 미국 무도계에서 가히 최고의 강자라 할 수 있는 두 사람은 20여 분에 걸쳐 치고받는 팽팽한 격투가 이어졌다. 척 노리스의 힘에 밀려 스키퍼 멀린스가 아깝게 패하기는 했지만 두 선수 모두 보기 드문 최고의 기량을 보여 주었다. 토너먼트 마지막 우승자는 조 루이스가 되었다.

대회가 끝나고 각지에서 온 한국인 사범들은 한 자리에 모여 서로의 안부와 미국에서의 태권도 보급을 위해서 서로 협력하자는 다짐을 했다. 그리고 가까운 시일 내에 모여서 구체적인 방안을 마련하자는 데 뜻을 같이 하고 헤어졌다.

불과 10여 년 전 미국사회에는 태권도란 이름조차 알려져 있지 않았다. 거의 전무의 상태라 할 수 있는 불모지였다. 50년대 초반까지만 해도 미국사회는 동양의 무술에 대한 인식이 널리 퍼져 있지 않았다. 그런 사회에 먼저 발을 디딘 것을 일본의 가라테였다.

미국육군사관학교인 웨스트포인트에서 가라테 교관을 초빙해서 가라테를 가르치면서 가라테가 미국에 전파되기 시작했다. 가라테의 미국 입성은 성공적이었다. 여러 지역에 가라테 도장이 생겨나서 자리를 굳혔다.

먼저 진출한 가라테 도장이 자리잡고 있는 곳에 이름조차 생소한 태권도의 진입은 쉽지 않았다. 60년대 초 악전고투 끝에 겨우 발을 디딘 사람들이 바로 조시학,이준구 같은 제1세대의 개척자들이었다.

미국명으로 헨리 조로 더 잘 알려진 조시학은 59년 일리노이주립대학에 유학하면서 태권도를 가르치기 시작해서, 61년 뉴욕에서 최초의 태권도 도장을 열었다.

그것이 언론의 주목을 받으며 잭팟 쇼, 자니 카슨 쇼, 와이드 월드 오브 쇼 등 텔레비전 프로에 연이어 출연하면서 유명세를 타고 한국무술 태권도를 알리기 시작했다.

워싱턴에서 이준구의 출발도 거의 비슷한 시기였다. 그는 국회의사당에서 의원들을 가르치는 것으로 유명해지면서 뛰어난 지략으로 태권도 보급에 선도적 역할을 했다. 그는 다양한 인적 네트워크를 구축하고 태권도의 보급에 피나는 노력을 했다. 무술 유파를 초월한 교류를 가지며 대인관계를 넓혀 나갔다.

이소룡과는 호형호제하는 절친한 사이였다. 이소룡은 성실한 사람으로 그에게 많은 도움을 주었다. 늘 좋은 정보를 먼저 알려주곤 했다. 그는 심지어 이준구 사범의 신문에 내는 광고 문안까지도 손보아 주었다. 척 노리스나 에드 파커의 도장, 그리고 유명한 고수들의 도장 운영체계까지도 알려주며 도움을 주었다.

60년대 중반부터 미국에 건너온 한국 사범들이 미국전역에 걸쳐서 태권도 도장을 열어 기반을 다지기 시작했다. 뉴욕에서 조시학의 뒤를 이어 신현옥과 전인문, 그리고 이영구, 김정구 사범이 도장을 열었고, 캘리포니아 지역에 박만서 사범, 오하이오주 전계배, 미네소타 박규창 사범이 이미 기반을 다지고 있었다.

뒤이어 콘네티컷 이재복 사범과 디트로이트 심상규 사범, 아크론 오하이오에 김일주 사범, 클레버랜드 오하이오에 백문규 사범은 그 지역에서 이름을 날리고 있었다. 와이오밍에 김인묵 사범, 네버라스카 이행웅 사범과 멤피스 이강희 사범의 도장은, 미국에 건너와서 한 달이 안 되는 시간에 수련생이 넘쳐서 대기자 명단을 작성해야 할 정도의 성과를 낳았다.

샌프란시스코 나종학 사범은 교포들의 적극적인 후원을 업고 큰 도장을 리스했으며, 실버스프링 매릴랜드 김기황 사범, 아이오와 정우진 사범과 김정은 사범, 발티모아 공영일 사범은 젊고 패기가 넘치는 관장으로 소문이 났다.

매릴랜드에 차수용 사범과 오클라오마에 황세진(잭 황), 하워드 유니버스티에서 유도와 태권도를 가르친 양동자 사범이 막 도장을 개관해서 수련생을 모집하고 있었다.

가방 하나를 달랑 들고 미국 땅에 발을 디딘 태권도 사범들이 현지에 도착하여 자리를 얻거나 도장을 개관하는 것은 맨땅에 헤딩하는 것만큼이나 힘든 시절이 있었다. 가지고 나올 돈도 없었을 뿐만 아니라, 돈이 있다 하더라도 외화를 들고 나올 수 없었던 시절에 그들은 모든 것을 현지에서 조달해야 했다.

오는 중에 여비마저 떨어진 경우에는 현지에 도착하여 구걸을 해야 할 정도로 어려움을 겪어야 했다. 수련생들을 모아 가르친다는 것이 하루 이틀에 되는 일이 아니었다. 영어가 잘 되지 않아서 소통이 힘들었던 것도 큰 장애 중에 하나였다. 겨우 작은 공간이라도 세를 내어 마련해서 수련생을 모집해야 했다. 손으로 쓴 전단지를 들고 골목골목을 다니며 벽이나 게시판에 붙여 수련생을 모아야 했다.

처음엔 보통 삼사 명의 수련생을 가르치며 힘든 생활을 해야 했다. 주변의 사람들에게 신의를 얻고 그들의 자녀나 친구들을 체육관에 불러들이기 위해선 힘든 일에 뛰어들어 봉사도 하고, 그들을 위해서 희생하는 모습을 보여 주어야 했다.

대부분의 사범들은 그런 힘든 개척의 과정을 견뎌왔다. 그들의 도장이 자리를 잡는 데는 인내와 피나는 노력이 있어야 했다.

이런 어려움을 겪어서 터를 잡고 뿌리를 내린 사범들이기 때문에, 미국이란 광대한 영역에 흩어져 있는 태권도 사범들이 서로 연결해서 힘을 합칠 수 있는 단체를 만들어야 하는 필요성을 절감하고 있었다. 미국 전역에 걸쳐 산재해 있는 태권도장을 연결하는 조직이 필요하다는 말이 이미 일 년여 전부터 있어왔다.

워싱턴 준 리 태권도장에서 개최한 전미무술대회에 모여서도 여러 지역의 사범들은 빠른 시일 내에 단체를 결성하자는 말을 했다.

워싱턴 무술대회가 있고 2개월 뒤였다. 어느 날 저녁 미국에서 최초의 도장을 연 조시학 사범에게서 전화가 왔다. 워싱턴 전미무술대회에 대한 이야기를 먼저 했다.

"이 사범님, 그날 무술대회는 너무 훌륭했어요. 나보다 늦게 도장을 개관했으면서도 뛰어나게 앞서가는 것에 매우 놀랐어요, 사람을 다루는 능력이 탁월한 것 같아요. 이제 그 능력으로 우리를 위해 뭔가를 해야 할 때가 된 것 같아요."

조시학 사범은 젠틀하고 성품이 온화한 분이었다. 목소리가 차분하면서도 정감이 넘쳤다.

"과찬의 말씀입니다. 그런데 뭘 말입니까?"

이준구는 조시학 사범의 단도직입적인 말에 어리둥절했다.

"이제 전 지역에 걸쳐 개관한 태권도 도장을 서로 연결하고 서로 도움을 줄 수 있는 단체 같은 것 말이오."

"이심전심인 것 같습니다. 제가 하고 싶은 말입니다."

"미국 가라테협회는 그들끼리 네트워크가 얼마나 잘 형성되어 있는지 몰라요. 결속력이 대단해요."

역시 동감하는 말이었다.

"우리에게 늘 아쉽게 느껴지는 것이 바로 그것인데, 하루라도 빨리 한 자리에 모여 어소시에이션(협회) 같은 것을 만들어야 합니다."

이준구는 내친 김에 뭔가 실마리를 마련해 두고 싶었다.

"그래요, 나도 연락을 할 테니 그 지역은 이 사범님이 연락을 하고 주미 대사관에도 도움을 달라고 하십시오."

조시학 사범 말의 여운이 사라지기도 전에 이준구는 먼저 주미 한국대사관에 전화를 했다. 담당자는 자기 일처럼 반가워했다. 대사님께 말씀드리고 적극적인 후원을 하겠다고 했다. 일은 처음부터 순조로웠다. 샌프란시스코와 멤피스, 디트로이트 어느 곳이든, 전화를 거는 곳마다 반가워하며 하루 빨리 협회를 결성하자는 말을 했다.

1969년 11월 26일 날이 밝았다. 일을 추진했던 모든 사람들이 기다리던 시간이 왔다.

워싱턴 조지타운 클럽엔 입추의 여지가 없을 정도로 사람들이 모였다. 전미지역의 태권도 도장 관장과 사범들, 그리고 각 도장에서 배출한 영향력 있는 사람들이 다 참석했다. 미국의회 의원 중에서 유단자가 된 의원들도 대거 참석했다.

이준구 사범의 문하생인 알렌 스틴과 제프 스미쓰, 그리고 패트 벌슨, 패트 원리, 존 울리도 자신들이 가르치는 제자들을 한두 명씩 데리고 먼 길을 와서 참석했다.

명칭은 미국태권도협회로 정해졌다. 협회 운영규정과 회원의 자격 등, 제반 사항을 협의하여 하나하나씩 통과시켰다. 임원을 결정하는 데도 회원들의 뜻을 충분히 받아들여 만장일치로 통과되었다.

명예회장으로 김동조 주미대사를 모셨을 때 환하게 웃으면 수락했다. 그리고 회장은 의회체육관에서 이준구 사범의 지도를 받아 역량 있는 유단자가 된 밀턴 영 하원의원이 선출되었다.

부회장에는 김기황과 이준구가 선출되고, 이준구는 사무국장을 겸하기로 했다.

총무부장은 차수용이 맡고, 경기부장은 조시학 사범이, 기획부장에 심상규 사범, 기술부장 전계배, 재부부장 박만서 사범이 각각 정해졌다.

김동조 명예회장이 먼저 연단에 올라 격려사를 했다.

"오늘 이 감격스러운 마음을 감추기 어렵습니다. 별로 변변한 생산물을 대외에 내놓지 못하고 있는 우리의 빈약한 경제 상황에서, 태권도야 말로 우리의 최대의 자랑이며 우리나라를 대표하는 고급 브랜드가 아닐까 생각합니다. 미국태권도협회의 출발은 더 큰 도약을 위한 발판이 될 것으로 믿습니다. 어려운 여건 속에 오늘을 개척해 오신 여러분의 피땀 어린 노고에 무한한 존경과 감사를 드립니다."

김동조 명예회장은 감격어린 표정을 감추지 못했다.

뒤를 이어서 초대회장에 선출된 밀턴 영 하원의원은 상기된 표정으로 연단에 올랐다.

"저는 먼저 한국태권도에 대해서 감사합니다. 몸이 둔하고 운동신경도 발달하지 않은 나를 이렇게 당당한 무도인으로 태어나게 해 준 태권도에 대해서 무한한 감사를 드립니다. 저는 미국에서 태어난 순수한 미국인이지만 이제 태권도의 나라, 한국을 또 하나의 조국으로 생각하지 않을 수 없습니다."

박수가 터졌다. 그는 잠시 말을 멈추고 고개를 숙여 박수에 답례를 하고 말을 이었다.

"내가 태권도를 배우기 전까지는 한국에 대해서 아는 것이 거의 없었습니다. 동양의 문화에 대해서도 깊이 있게 생각해 본 적이 없었습니다. 그러나 태권도를 배우면서 한국이 반만년의 뿌리 깊은 나라란 것을 알게 되었습니다. 우수한 한국문화에 대해서 알게 된 것은 새로운 깨달음이었다고 할 수 있습니다."

그의 말에 마음 깊은 곳의 감사가 실려 있는 것 같았다.

"우리는 태권도가 올림픽 경기의 한 종목이 되도록 노력해야 합니다(We should struggle so that Taekwondo will be a Olympic game)."

그는 매우 강조하는 어조로 말을 끝맺었다. 참석자들은 기립박수를 쳤다. 그는 정치인답게 말이 설득력이 있고 유창했다. 그의 말은 태권도가 가야 할 길을 제시해 주는 말 같았다. 너무 생소하고 까마득한 곳에 목적지가 있는 것 같은 말이었지만, 희망의 메시지가 가득 담긴 말로 들렸다. 그 말에 감동한 사람들이 일어서서 힘껏 박수를 쳤다.

코리언 가라테

60년대 말부터 대한태권도협회가 태권도 사범들을 각국에 내보냄으로써 많은 사범들이 미국으로 건너왔다. 그들은 명칭이나 품새들이 하나로 통일 되어 있었다.

그러나 그 이전에 해외에 진출한 사범들은 그가 속했던 무도관의 품새와 기술을 고수하고 있었기 때문에 대외적인 면에서 상당한 혼란이 있었다.

청도관 출신들은 일찍부터 태권도란 명칭을 쓰고 있었지만 무덕관은 당수도, 지도관은 공수도란 이름을 고수하고 있었다. 품새의 명칭도 통일되어 있지 않았다. 이런 가운데 미국태권협회의 창립은 미국을 중심으로 한 해외에서 태권도의 정체성을 확립하는 데 결정적이 계기가 되었다.

코리언 가라테, 한국 사범들에게는 양면적 말이었다. 그 동안 구심점이 없었던 각각의 도장들은 공수도나 당수도란 한자음을 그대로 썼는데, 그것은 일본어로는 곧 가라테였기 때문에 일본 가라테와 구별하기 위해서 스스로 코리언 가라테라고 불렀다. 태권도가 곧 코리언 가라테로 알려져 있었다.

"본국에서 명칭을 통일해서 쓰도록 정책을 세워 달라."

미국에서 최초의 태권도장을 뉴욕에 개관한 조시학 사범은 몇 차례나 본국 정부와 대한태권도협회에 건의했다. 미국 현지에서 명칭의 혼란이 태권도의 정체성을 훼손하고 있는 것을 눈으로 보고 느꼈기 때문이었다.

대한태권도협회에서도 그 방안을 찾고 있던 중에 미국태권도협회가 결성되었다. 미국태권도협회가 창립되면서 태권도 위상을 바로 세울 수 있는 계기가 되었다. 유파를 초월하여 태권도란 명칭을 통일해서 쓰도록 했다.

그리고 가라테와 태권도의 차이점을 알리고 태권도가 한국 전통무술에서 유래되었다는 것을 이론적으로나 실질적으로 증명해 보이는 것이 필요했다.

태권도의 품새의 무덕관, 지덕관 등 각 관마다 서로 다른 품새를 가지고 있어서 혼란스러웠다. 국기로서 체면이 말이 아니었다. 따라서 품새를 통일화가 요구되었다.

해외 사범들에게서 요구가 쏟아졌다. 국내에서의 문제보다 해외에 나가 있는 사범들의 입장에선 품새가 통일되어 있지 않아서 유파 간에 의견의 차이가 생길 소지가 많았기 때문이다.

정부는 대한태권도협회에 이 문제를 해결하도록 종용했다. 대한태권도협회에서는 각 무도관 측에 협조를 요청하고 양보를 얻어내어 품새를 통일하는 일을 착수했다.

논의 끝에 대한태권도협회에서 품새를 통일하고 기술체계에 대한 것도 정립하기 위한 일을 착수했다. 대한태권도협회에서 방침을 정해 해외에서도 그 기준을 따르도록 하는 것이 시급하다고 판단했기 때문이다.

대한태권도협회는 각 무도관의 지도자들과 식견이 뛰어난 태권도 지도자를 모아 태극품새와 팔괘품새를 통일 품새로 정했다. 어린이들에게는 태극품새를, 성인들에게는 팔괘품새를 정했다. 그후 문교부가 초·중·고 체육교과 과정에 태극품새를 채택함으로써 이 둘은 곧 태극품새로 통일되었다.

그러나 일부 지도자들이 자신의 방식을 정리하여 붙여 놓은 품새의 명칭이 문제였다. 그 지도자의 문하생들은 그 품새를 그대로 고수하는 경우가 많았다. 최홍희 사범은 태권도 교본을 쓰면서 창헌류라는 품새를 만들어 문하생들에게 가르침으로써 품새의 통일에 큰 장애가 되었다.

"태권도의 품새가 가라테와 유사한 점이 많다."

따지고 보면 적반하장이었지만, 최홍희 측에서 자주 시비를 걸었다.

"태권도 품새는 가라테의 것을 그대로 베꼈다."

미국 내 일본 가라테 사범들은 태권도를 깔아뭉개기 위해서 공공연하게 이런 말을 하고 다녔다. 태권도의 정체성마저 짓밟아 버리는 말이었다.

태권도 사범들에겐 자존심이 상하는 일이었다. 그러나 그것은 일부 사범들이 코리언 가라테란 이름을 태권도와 병행해서 씀으로써 자초한 일이기도 했다. 이름이 태권도로 바뀌었다고 하루아침에 코리언 가라테가 태권도로 불릴 수 없었던 것이 현실이었다. 어떤 사범들은 태권도란 간판 밑에 가라테라는 말을 적어 넣기도 했다.

각 무도관을 창설한 분들이 일본에서 가라테를 수련한 사람들이었기 때문이다. 한국 고유의 무술을 바탕으로 그 가라테 기술을 접목하였다 하더라도 가라테의 동작이 일부 남아 있기 마련이었다. 그것은 인정하지 않을 수 없는 사실이었다.

그 경우는 일본의 가라테도 마찬가지였다. 가라테는 오키나와에서 건너온 것이었다. 가라테도 그 자체가 고유의 일본 것이 아니다. 중국의 원류가 류쿠, 즉 오키나와를 거쳐 일본으로 건너갔으며, 태권도 역시 중국무술의 원류에서 파생되어 오랜 시간에 걸쳐 자생 무술인 태견이 생겨난 것으로 짐작되기 때문에, 동양무술엔 서로 유사성이 있을 수밖에 없다는 것이 일반적 생각이었다.

조시학 사범이 이 문제를 깊이 생각했다. 이론적으로 가라테와 태권도를 어떻게 정리할까를 놓고 오랫동안 고심한 끝에 머리에 정리되는 것이 있었다. 가라테나 태권도는 물이 흐르듯 문명의 진화에 의해서 자연스럽게 발전되어 온 것이란 생각이었다.

그는 평소에도 자신의 제자들에게 태권도의 원류에 대해서 확고한 의식을 꾸준히 심어 주어왔다.

조시학 사범은 이러한 자신의 생각을 바탕으로 태권도가 문명의 진화론적 바탕에서 발전된 것이란 주장을 무술잡지 블랙 벨트지에 기고해서 사람들을 놀라게 했는데 매우 설득력이 있는 글이었다. 조시학 사범의 미국명인, 헨리 조 이름으로 발표된 글이었다.

ㅡ태권도가 가라테에서 영향 받은 것은 사실이다. 그러나 태권도는 한국 전통무술의 원류를 바탕으로 가라테의 일부 기술을 차용하여 새롭게 발전시킨 것이다. 어떤 기술이든 서로를 모방하고 그 모방을 응용함으로써 발전해 나가는 것이 바로 인류 문명의 발달사인데, 지엽적인 문제에 매달린다는 것은 소아적이며 혈통순수성이란 시대역행적인 고착사고라고 생각된다. 인간은 교섭된 존재인 것이다. 즉 모든 역사적 개체와 그의 행위는 교섭된 것이다. 따라서 인류의 문명에서 발생된 모든 사태는 교섭된 것이며, 모든 창조는 창조적 변형이라 할 수 있다.

나는 태권도의 전통성과 기본정신을 중시한다. 정신이 본질이지 외형이 본질은 아니다. 외형은 변화될 수 있다고 생각한다. 당연히 시대나 상황이 변함에 따라서 바뀌어야 하고 더 과학적인 힘을 만들어 낼 수 있는 방향으로 변화되어 가야 한다고 생각한다. 그것은 태권도의 발차기 기술이 가라테에 유입된 것도 마찬가지다.

초기 가라테엔 발차기 기술이 거의 없었다. 1920년대 후반에 오키나와에서 일본으로 가라테가 들어왔을 때, 일본인들은 유도를 선호하고 있었다. 가라테를 전수받은 사람들의 태반은 한국인이었다. 거기서 가라테를 배우고 바로 그곳에서 제자들을 가르치던 한국인 사범들이 한국 고유의 발차기 기술을 가르침으로써 가라테에 발차기 기술이 생겨나게 된 것이다.

이것은 어떤 유파의 무술이든 정체되어 있는 것이 아니고, 선기술이 후기술로 물처럼 흘러간다는 증거다. 그것이 바로 발전이란 것이다. 어떤 유파의 학문이나 과학적 지식도 다른 데로 흘러가기 마련이다. 그것을 받아 새로운 학설과 기술이 꽃피운다. 그런 면에서 일본의 가라테는 정체되어 있다. 새로운 기술의 개발 없이 너무 정체되어 있는 것이 가라테의 발전에 걸림돌이 되고 있지 않나 하는 것이 나의 생각이다.

이 글은 조시학 사범이 블랙 벨트지에 기고한 내용의 일부였다. 일찍이 일리노이 주립대학을 다니면서 학구파였기 때문에 영어가 원어민 못지않게 유창했다. 그의 글은 논리적이고 사고가 매우 정연해 모였다.

조시학의 기고문은 가라테 사범이나 수련생들에게도 매우 설득력이 있게 들리는 글이었다.

"조 사범님의 그 글이 우리 태권도를 바로 세웠어요."

미국태권도협회 명예회장인 김동조 대사가 협회 사무실로 전화를 해서 그 글에 대한 격찬의 말을 했다.

"조시학 사범의 그 글은 너무나 적절하고 본질을 정확히 파악해 낸 글이었어요. 태권도의 정체성을 확실하게 대변해 주는 글이었어요."

대사는 매우 흥분된 음성으로 말을 이었다.

미국태권도협회 밀턴 영 하원의원도 그 기고문을 읽고 매우 깊이 있는 글이라고 엑설런트(excellent)란 말을 연달아 했다.

조사학 사범의 이 글은 많은 사범들에게도 태권도의 정체성에 대한 이론적 근거를 마련해 주었다. 지금까지 스스로 코리언 가라테라고 여겼던 의식도 정리할 수 있는 근거가 되어 주었다. 이 글은 효과는 컸다.

조시학의 사범의 글은 이준구 사범에게도 생각을 정리하는 데 도움이 되었다. 이준구 사범이 생각해 온 것은 미국에서의 태권도는 미국인들의 입장에 맞게 변용되어야 한다는 것이었다. 그들의 신체적 특성이나 취향에 맞게 변화시켜야 한다는 것이었다.

"그들에게 맞는 무술이 되어야 된다. 새로운 응용은 진화이다."

이준구 사범은 그렇게 생각했다. 무도도 모던한 옷을 입혀야 한다고 생각했다. 무도이면서 때로는 스포츠와 같은 진화가 필요하다고 생각했다. 좀 더 겨누기의 실전성을 높여 가야할 필요성을 느껴왔다.

이준구 사범은 조시학 사범의 글에 대한 의견도 더 들어보고 글 기고에 대한 인사도 할 겸 뉴욕에 한 번 가 보아야겠다고 생각하는 있었는데, 때마침 조시악 사범에게서 전화가 왔다.

"이번 전미무술대회에 준 리 사범님을 심사위원으로 모시고 싶어요. 우리 도장도 구경할 겸 한 번 와 주시면 좋겠습니다."

정중한 초대의 말이었다.

무술대회는 그가 주최하는 무술대회(All American Open TaeKwonDo/ Karate/ Kung Fu Championship)였다.

"저로서는 영광스런 일입니다."

이준구는 그의 초대가 고맙게 느껴졌다.

곧 대회 날이 되었다. 이준구 사범은 아침 일찍 일어나 뉴욕으로 차를 몰았다. 워싱턴에서 뉴욕까지는 인터스테이트 하이웨이로 달려도 6시간은 좋게 걸리는 거리였다. 아침 6시에 집을 나섰다. 가다 생각해 보니 미안한 생각이 들었다. 로스앤젤레스나 샌프란시스코와 같은 지역에 비하면 비교적 가까운 거리에 있으면서도 한 번도 그이 도장에 찾아가 보지 못한 것이 마음에 걸렸다.

워싱턴이 있는 버지니아 주에서 매릴랜드 볼티모어를 거쳐 가는 이 길은 가히 환상적이라 할 만큼 아름답다. 필라델피아를 지나고 최첨단의 기술과 자연이 공존하는 뉴저지의 아름다운 주택들은 미국이란 나라가 어떤 나라인가를 상징적으로 보여주는 곳이기도 하다. 스쳐가는 풍경 속에서 조시학 사범이 힘들게 개척의 투혼을 쏟아왔던 일들이 생각났다.

허드슨 강을 가로 지른 조지워싱턴 2층 다리를 건너자 뉴욕의 마천루들이 하늘에 치솟아 있었다. 이 거대한 도시에서 맨손으로 태권도 도장을 열고 수천 명의 제자들을 길러낸 것을 조시학 사범의 의지와 피나는 노력의 결정체라 하지 않을 수 없었다. 생각하니 가슴이 뭉클했다.

조시학 태권도장을 보는 순간 마치 이 땅에 태권도 도장을 처음으로 연 브루클린 그곳이 미국태권도의 시원지라 할 만큼 깊은 무게가 느껴졌다. 도장은 규모도 크고 수련생들의 많았다. 백 명이 넘는 수련생들이 가르침을 받고 있다고 했다. 심사위원으로 오하이오 김일주 사범도 와 있었다.

오후 2시에 대회가 시작되었다. 대회에 참가 신청한 선수만 150명이었다. 엄청나게 큰 규모의 대회였다. 태권도와 가라테, 쿵푸, 합기도에 최고수들이 거의 참가하고 있었다. 이준구의 제자 스키퍼 멀린스도 참가했다.

대회는 이틀 동안 진행되었다. 실력을 갖춘 새로운 선수들이 많이 나타났다. 최종 대결은 최고의 실력을 자랑하는 빅터 무어, 스티브 샌더스 등을 물리치고 올라온 척 노리스와 조 루이스 사이에 이루어졌다. 20분이 넘는 격투 끝에 척 노리스가 루이스를 꺾고 우승했다. 2년 연속 우승이었다.

　대회가 끝나고 바로 옆 레스토랑에 만찬이 마련되어 있었다. 화려한 차이니즈 레스토랑에서 조시학과 김일주, 이준구는 오랜만에 반주까지 겸하며 많은 이야기를 나누었다.

　"전통을 지키되, 동작에서 불합리한 부분은 보다 과학적인 바탕 위에 개선해 보자고 협회 사무실로 건의해 오는 사범들이 너무 많아요."

　이준구는 현장에서 수련생을 가르치는 사범들이 이구동성으로 건의해 온 말을 꺼냈다.

　"미국인들이 가라테 도장보다 태권도 도장을 선호하는 데는 이유가 있어요. 다 알고 있는 사실이지만, 일본 사범들은 너무 옛 형식을 지키려 해요. 동작의 응용적 발전이 더딘 것 같아요. 가라테의 동작이 태권도보다 실전성이 떨어지고 발차기의 기술이 발달되지 못하다 보니, 사람들이 실전성이 높은 우리 태권도를 선호하는 것 아니겠습니까?"

　조시학 사범는 상황을 잘 파악하고 있었다.

"대부분의 가라테 도장에서는 수련생이 처음 들어오면 거의 열흘 동안은 정신 교육만 시켜요. 정신교육에 통과한 사람만 기초 동작을 가르칩니다. 어찌 보면 본받아야 할 점도 있지만, 처음 무술을 배우는 사람이 가라테를 회피하는 이유 중에 하나가 되고 있어요."

김일주 사범도 사실을 잘 파악하고 있었다.

"저는 어린 학생들에게 태권도 수련의 안전성을 보여주고 태권도 경기화를 위해서는 보호 장구가 필요하다는 것을 깨달았습니다. 그래서 보호 장구를 개발해서 각 도장에 보급하고, 광고가 나가자 태권도를 배우겠다고 도장을 찾아오는 중·고등학생이 급증했습니다. 그리고 성인과 학생을 분리해서 수련을 시키기 시작하자 반응이 더 좋았습니다."

이준구는 자신이 성과를 거둔 사례를 상세히 설명했다.

개척의 길을 걸어온 사범들이라서 그 한 마디 마디가 그들의 경험에서 나온 것이기 때문에 더 값지게 들렸다.

세 사람은 밤늦은 시간까지 깊은 마음을 주고받으며 정담을 나누었다. 창밖으로 저 멀리 이스트강 너머로 맨해튼의 마천루가 불야성을 이루고 있었다.

카리브해의 푸른 물결

할리우드 각본가 스털링 실리펀트와 배우 제임스 코번은 이소룡의 제자들이었다. 이소룡은 이들과 함께 '소리 없는 피리(The Silent Flute)'라는 영화 각본을 쓰고, 인도로 촬영지 답사까지 하고 왔으나 그 영화는 무산되었다. 그러나 스털링의 도움으로 영화 '말로우'에 얼굴을 내밀 수 있었다.

이소룡은 이 영화에서 발차기로 전등을 부수는 등, 방 안에 있는 기물들을 온갖 몸놀림으로 박살내는 놀라울 정도의 실력을 보여 주었다. 그는 이준구에게 전화를 걸어 그의 역이 단지 3분 정도의 단역에 그친 것을 매우 아쉽다고 토로하며 말을 덧붙였다.

"안소니 퀸이 주연을 맡은 'A Walk in the Spring Rain(봄비 속을 걸으며)'에서 무술 연출을 맡게 되었는데, 일이 잘될지 모르겠어요."

그가 잘 풀리지 않는 일이 있거나 상의할 일이 있으면 자주 전화를 해오곤 하는 것이 벌써 몇 년째다. 최근 그는 몇 번의 영화 출연에도 조연이나 변변치 못한 역할로 밀리어, 빛을 보지 못하고 있는 것에 의기소침한 듯해 보였다.

"축하해. 잘될 거야. 그리고 너무 조바심내지 말고 기다려 봐. 멋진 주연을 맡을 날이 올 거야."

이준구는 그에게 격려의 말을 했다.

"실은 내가 전화를 하려고 하던 참인데 잘 됐어. 도미니카에 있는 나의 태권도 도장에서 승단대회가 있는데, 명예 게스트로 참석해 주면 좋겠어. 그곳 여행도 할 겸 말이야."

이준구는 이소룡이 워싱턴과 버지니아 도장의 승단심사가 있을 때는 해마다 명예 게스트로 와서 무술 시범을 보여 주었기 때문에, 도미니카 승단대회에도 불러오고 싶은 생각을 전부터 해오고 있었다.

"엘더 브리더가 부르는데 어디든 못가겠습니까. 하―하."

그는 흔쾌히 승낙하며 소리 내어 웃었다.

2주 뒤 그는 시애틀에서 워싱턴 댈러스공항으로 날아왔다. 그곳에서 이준구 일행과 함께 도미니카 행 팬암 항공기에 올랐다.

"카리브해를 한번 보고 싶었는데, 좋은 기회를 주어 기뻐요."

광활한 남부의 대평원을 지나고 해안선이 환상적인 플로리다 반도를 날아가는 동안 그는 이런저런 이야기를 나누다가도, 가끔씩 깊은 생각에 잠겨 창밖의 바다를 내다보곤 했다. 즐거운 이야기를 할 땐 아이처럼 순진하게 웃다가도 뭔가를 생각할 때 표정이 매우 진지했다.

"단시간에 어떻게 이 외딴 섬 국가에까지 그렇게 많은 태권도 도장을 열 수 있었어요?"

비행기가 플로리다 반도를 지나고 쿠바해역 위로 날고 있을 때 그가 불쑥 물었다. 그도 시애틀과 로스앤젤레스에 몇 개의 절권도 도장을 열어서 제자들을 양성하고 있었다. 이준구가 워싱턴과 버지니아, 그리고 매릴랜드 주에 이미 50여 곳의 태권도 도장을 열어서 운영하면서, 도미니카 공화국에도 12개의 도장을 새로 열어 이곳 사람들에게 태권도를 가르치고 있는 것을 이소룡은 경이롭게 여기는 말을 자주 하곤 했는데, 그날도 그 말을 다시 했다.

"남들 도움 덕택이야, 지금도 브루스가 멀리까지 동행하며 나를 이렇게 도와주고 있잖아."

이준구는 자신의 일에 대해서 늘 이렇게 겸손했다.

몇 해 전 조세 레예스라는 삼십대 초반의 청년이 워싱턴 태권 도장을 찾아왔다. 그는 도미니카 국적으로 워싱턴에 거주하고 있었다. 그는 우연히 무술대회에서 본 태권도 유단자들의 무술에 매료되어 태권도를 배우고 싶다고 했다.

그는 무술이라곤 근처에도 가본 적이 없는 전무의 상태에서 워싱턴 태권도장에 입문하였다. 기본동작을 배우는 데 많은 어려움을 겪었는데, 그는 남들보다 2배가 넘는 시간을 바쳐가며 기본기를 익혔다.

"태권도를 배우는 데 다른 목적이라도 있는가?"

어느 날 연습 도중 잠시 휴식 시간에 이준구 사범이 물었다.

"국내에 쿠데타 정부가 들어섰다가 실패하고, 여러 사정으로 정치 상황이 안정되지 않아서 치안상태가 좋지 못합니다."

그는 말꼬리를 흐렸다.

"돌아가서 경호원이나 경찰이 되는 것은 어떨까?"

"꼭 그런 생각을 가진 것은 아닙니다. 다만 갱스터들에 시달리는 시민들을 위해 뭔가 도움이 되는 일을 하고 싶습니다."

"힘들여 익힌 무술이 정의로운 일을 위해 쓰인다면 그것만큼 좋은 일은 없겠지. 그것이 바로 무도인이 추구해야 할 길이야."

이준구는 가볍게 그의 어깨를 두드려 주었다.

"명심해서 꼭 그러도록 하겠습니다."

그는 사범의 격려에 감격해 하는 표정을 감추지 못했다.

조세 레예스는 인내심과 노력이 대단했다. 다른 사람들이 돌아간 뒤에도 도장에 혼자 남아서 연습을 하는 날이 많았다. 혼신의 힘을 쏟는 그를 보면서 여러 사범들은 칭찬을 아끼지 않았다. 그는 입문한 지 2년 만에 승단심사를 받고 초단에 오르고 검은 띠를 맨 유단자가 되었다. 며칠 뒤 그는 몇 사람을 데려왔다.

"저의 친구들인데 이들에게도 태권도를 배우게 해주십시오. 중간에 그만둘 그런 사람들은 아닙니다. 제가 잘 관리하도록 하겠습니다."

조세 레예스는 친구들을 자신이 가르치겠다고 했다. 그렇게 해서 레예스가 수련생을 가르치는 사범 보조역할을 했다. 가르치는 그의 태도가 매우 열성적이었다.

그러던 어느 날 이준구의 머리에 도미니카가 떠올랐다.

"그래, 저 사람을 도미니카에 돌려보내자. 그곳에서 태권도를 가르치게 하자."

이준구 사범은 무릎을 치며 자리에서 일어섰다. 그는 먼저 도미니카 지도를 가져와서 살펴보기 시작했다. 밤새 지도를 보며 생각한 끝에 먼저 산토도밍고에 태권도 도장을 열기로 마음먹었다.

"레예스, 산토도밍고에 태권도장을 열면 어떨까?"

이준구 사범은 레예스의 마음을 떠보았다.

"산토도밍고에 말입니까?"

그는 놀란 표정을 지으며 반문했다.

"자네가 그 일을 좀 맡아줘."

"맡겨주신다면 어떤 일이라도 하겠습니다. 사실은 저도 언젠가 도미니카로 돌아가서 그곳 사람들에게 태권도를 전해주고 싶은 생각을 가지고 있었습니다."

그는 기쁜 표정을 감추지 못하고 얼굴이 상기되었다.

그리고 나서 정확히 열흘 뒤 이준구는 조세 레예스를 데리고 산토도밍고로 날아갔다. 목적지가 가까워질 무렵 레예스가 조심스럽게 입을 열었다.

"한때 지금 호아킨 발라게르 대통령이 재야에 있을 때, 제가 도운 적이 있습니다. 그래서 개인적으로 가까운 사이입니다. 이곳에서 정부의 도움이 필요하시면 제가 말해 드리겠습니다."

처음 듣는 말이었다.

"아, 그런가? 잘됐군. 일이란 남의 도움을 받아야 할 때가 많으니까."

그가 왜 그 말을 지금까지 말하지 않았는지는 모르겠지만, 도움이 될 것 같은 마음이 들었다. 하지만 크게 내색하지는 않았다.

공항에 내리는 순간 스페인풍의 건물들이 눈에 들어왔다. 오랜 스페인 지배를 받은 탓으로 스페인풍 건물들이 즐비하게 늘어선 거리가 인상적이었다. 특히 대형 성당들이 많았고 카리브해의 군사 강국답게 거리엔 군용차량과 군인들이 많았다.

치안이 불안하고 군인들이 많다는 것, 특히 국민들이 야구를 좋아한다는 것도 태권도 보급에 도움이 될 것 같았다. 레예스의 노력으로 장소를 쉽게 구할 수 있었다. 정부 청사와 가까운 중심가에 있는 건물 2층을 리스했다.

워싱턴 도장에 사범으로 있던 장영태 사범에게 레예스 사범과 함께 이곳 도장의 책임을 맡겼다.

　개관식 날 많은 사람이 태권도 연무시범을 보기 위해 몰려들었다. 경찰 간부와 군의 장교, 정부의 문화담당 부서에서도 와서 참관하였다. 그날 이준구 사범이 직접 연무시범을 하고 장영태와 조세 레예스가 뒤이어 시범을 보였다. 도장은 열광의 도가니가 되었다. 그들은 생전 듣도 보도 못한 태권도 연무시범을 보면서 입을 다물지 못했다. 개관식은 성공적이었다. 그날 등록한 사람이 스무 명이 넘었다.

　개관하고 한 달 만에 가까운 거리에 제2도장을 개관했다. 현직 경찰관과 군인들, 대통령 경호기관에 근무하는 사람이 3분의 1 정도 되었다.

　일 년쯤 지나서였다. 산토도밍고 시내 한 은행에 권총을 든 2인조 강도가 침입해서 경찰과 대치중이란 연락을 받은 장영태 사범과 조세 레예스가 현장으로 달려갔다. 둘은 사복 경찰과 함께 건물 뒷문으로 몰래 들어가 몸을 숨겼다가, 범인들이 경계심을 늦추고 한눈을 파는 사이 뛰어들어 권총을 발로 차서 떨어뜨리게 하고, 발차기로 거꾸러뜨리자 경찰이 달려들어 범인을 체포하였다. 산토망고 시민들을 깜짝 놀라게 한 일이었다. 경찰서장이 찾아와서 인사를 하고 갔고 대통령이 감사의 말을 전해왔다.

　그 사건이 있고 나서 수련생들이 엄청나게 몰려들었다. 그렇게 해서 하나씩 더 개관하게 된 태권도 도장이 2년이 지나자 12개로 늘어났다. 한국에서 사범을 초빙하여 현지에 파견하고, 워싱턴 도장에서 수련한 도미니카 현지인 수련생들 중에서 승단심사에 통과하여 유단자가 된 사람을 현지로 보내서 사범을 도우며 사범 수련을 쌓게 해서 분관에 사범으로 임명했다.

무술전문지 블랙 벨트는 이러한 열풍을 신기한 현상이라고 했다. 현지에 파견되어 취재하고 간 기자는 비교적 긴 원고를 통해 도미니카에서의 태권도 열풍은 믿기 어려운 현상으로 받아들여진다고 했다. 도미니카 현지 신문과 방송에서도 이런 열풍을 심층 취재하여 크게 보도하였다.

그러나 이준구의 마음은 평정을 잃지 않았다. 인기란 것은 거품과 같은 것이라서 한시라도 본심을 잃을 때 사그라지고 만다는 것을 새삼 가슴에 새겼다. 그에게는 처음의 마음을 잃지 않는 것이 중요했다.

"한시도 자만하지 마라. 언제나 무도인의 길이 어디에 있는가를 생각하며 태권도가 지향하는 정도를 지켜라."

이준구 사범은 분관을 맡은 사범들에게 누누이 강조했다. 그리고 승단대회 날에는 축제의 분위기를 만들어 의미 있는 날이 되게 했다. 그것이 벌써 3년째가 되었다.

공항에 내려 산토도밍고로 들어가는 길에는 키 큰 야자수 가로수가 끝없이 이어져 있었다. 이소룡은 이국적인 풍물을 즐거워하며 이런 배경으로 영화를 한 편 찍고 싶다고 말했다.

체육관에서 본격적인 승단심사가 있기 전에 오락적인 행사와 마스터들의 연무시범이 준비되어 있었다. 도미니카 사람들은 정열적이고 성격이 활달한 사람들이 많았다. 정적인 것보다는 역동적인 것을 좋아했다. 춤과 노래를 즐기는 사람들이 많았다. 태권도의 역동적인 동작이 그들에게 맞는 것 같았다. 승단심사 행사도 그들의 취향에 맞추어 다양한 식전행사를 준비했다.

언론사들의 관심도 대단했다. 브루스 리가 명예 게스트로 왔다는 말을 들은 방송국에서 기자들과 카메라맨들이 달려와서 행사가 있기 전서부터 인터뷰를 했다.

"나는 태권도를 좋아하고, 준 리 마스트를 존경하기 때문에 이곳에 왔습니다."

그는 역시 센스가 뛰어난 사람이었다. 자신에 대한 말보다는 행사에 초대되어 온 취지에 맞게 답해 주었다.

그의 인터뷰 영상이 전파를 타자 사람들이 대거 몰려들었다. 행사는 산토도밍고에서 가장 큰 극장에서 열렸다. 객석을 가득 매우고 출입구에까지 사람들로 찼다.

산세 레예스와 장영태 사범이 기본동작과 품새의 연무시범을 보이고 나서, 장영태 사범이 열두 가지 발차기 연무시범을 보였다. 장영태 사범의 빠르고 강력한 발차기 기술에 환호가 터져 나왔다.

그 다음에 브루스 리의 차례였다. 그는 화려한 여러 무술의 동작을 연속으로 보여 주었다. 마치 영화 화면을 보고 있는 것처럼 실전적인 무술의 동작을 화려하게 보여 주었다. 역시 그의 손과 발은 상상하기 어려울 정도로 빨랐다.

"지금 이 발차기는 준 리 태권도 마스트에서 전수받은 것입니다."

그는 잠시 멈춰 이 말을 하고 다시 동작을 계속했다.

그는 계속해서 여러 가지 발차기 동작을 모여 주었다. 마지막에 1인치짜리 송판 4장을 겹쳐서 허공에 매달아 놓은 것을 뛰어 옆차기로 격파했다. 발의 힘이 얼마나 강력했던지 쪼개진 송판이 6미터 정도 날아가 한 방송사가 촬영을 위해 켜둔 조명을 깨뜨려 버렸다.

관객들이 일제히 일어서서 환호하며 박수를 쳤다. 이소룡은 거기에 답하듯 탱고 스텝을 밟으며 무대를 한 바퀴 도는 연기를 보였다. 그는 환하게 웃으며 손을 흔들었다. 그가 무대에서 내려오고 난 뒤에도 관객들의 환호소리는 오랫동안 그치지 않았다.

자연에서 배우라

캐롤린 매로니과 닉 스미스 의원은 승단심사를 통과하여 유단자가 되고 나서 태권도 수련에 더 열정을 쏟았다.

닉 스미스 의원은 아들과 함께 와서 수련을 받았다. 아들의 실력이 3급을 통과하여 기초적인 수준을 넘어서자 그는 매우 기뻐했다. 두 의원은 다 한국에 관심이 많았다. 이른바 친한파 의원들이었다. 그 전에도 한국에 관심이 있었지만 태권도에 입문하고 나서한국에 대해서 더 많이 알게 되었다고 말했다. 그들은 한국의 정치, 군사 문제를 우호적인 입장에서 협력하는 확실한 친한파 의원이 되었다.

준 리(이준구) 사범으로서는 그들이 전무의 상태에서 입문하여유단자가 되기까지 꾸준히 노력해 준 것이 고맙고 그들의 성취가 가슴 뿌듯한 일이었다. 특히 캐롤린 매로니 의원의 성실함에 가끔 씩 놀라움을 감추지 못했다. 그녀는 동부 아이비 리그 명문대학 출신답게 지적이며 언행에 품위가 있었고, 현안을 보는 눈도 예리 했다.

"태권도 수련은 몸과 마음을 아는 데서 시작됩니다. 그래서 기 본자세를 익히고 품새를 익히는 것은 몸과 마음을 바르게 알아가 는 과정입니다."

준 리 사범이 캐롤린 매로니 의원이 입문했을 때 했던 첫마디 말이었다.

"힘은 자연에 있습니다. 자연의 일부인 몸의 모든 힘은 자연에 서 나오는 것입니다. 자연의 이치를 알지 못하고 힘을 얻으려는 것은 어리석은 짓이지요. 비록 인위적으로 힘을 얻는다 하더라도 진정한 힘이 아닙니다. 그래서 태권도를 수련한다는 것은 자연의 이치를 알아가는 것이며 하늘의 뜻을 깨달아 가는 것입니다. 태권 도 기본자세와 품새에는 자연의 이치가 그대로 들어 있습니다. 그 이치는 가르치는 것이 아니라 터득하게 해야 합니다."

이것은 입문하는 수련생들에게 하는 가르침이었다. 매로니 의 원은 매우 진지하고 흥미로운 표정으로 준 리 사범의 원리 강의를 경청했다.

"자연과 인위는 연속적 관계 속에서 연계되지만 자연에서 얻어 진 것을 인위적인 것으로 변용할 수 있어야 합니다. 태권도 동작의 172가지 원리와 법칙도 바로 여기에 근거하고 있는 것입니다. 정형화된 기법들의 틀이고, 태권도 기법들의 집적이라고 할 수 있는 품새도 여기에서 출발점을 찾아야 합니다."

준 리 사범은 수련생들에게 여러 차례 반복해서 하는 말이었다. 하지만 처음 입문하여 첫걸음을 내딛는 수련생들에게는 태권도의 스피리트, 정신을 먼저 가르치는 것이 철칙이었다.

"태권도 수련 행위의 본질이 되는 스피리트, 정신은 무엇인가?"

수련생들에게 던져지는 질문이다.

수련생 스스로 생각해 보는 시간을 거친 뒤에야 답이 주어진다. 이런 과정을 거친 뒤 주어지는 답에 대해서 수련생들의 자세는 더 진지해지기 때문이다.

태권도에서는 예의와 전통적인 실천으로 겸양과 화목, 그리고 질서를 원칙으로 삼고 있다. 태권도의 정신은 우주 본체, 만물의 근원을 뜻하는 흰색에 출발한다. 그래서 도복이 흰색인 것이다.

국가의식과 인간에 대한 예의, 흔들리지 않는 마음, 그리고 힘든 수련과정에서 극기를 통해서만이 완성될 수 있는 기술들이 무수히 많다. 품새는 전체의 동작을 구성하는 구조적 규칙성을 지니며, 수련생들은 그 규칙의 범주 안에서 반복적인 수련을 하게 되면서 규율이나 법질서에 존중하는 정신을 배우게 된다.

태권도 수련을 통해 자기 스스로를 방어할 수 있는 호신능력을 갖추게 되면 어떠한 상황에서도 뜻을 굽히지 않는 용기와 자신감을 갖게 되는 것이다. 다시 말해, 태권도의 반복된 수련을 통하여 자신 스스로의 동기를 유발하고, 극기를 통해 체득하게 되는 자신감은 어떠한 상대를 대할 때에도 두렵거나 부끄러움이 없는 용기, 즉 육체적으로나 정신적으로 공명정대한 자세를 지니게 되는 것이다.

준 리 사범은 이와 같은 가르침의 말을 수없이 반복했다. 반복을 통해 자신들의 것이 되어야 하기 때문이다. 그래서 태권도의 정신을 배우는 시간은 마치 철학을 배우는 시간만큼 엄숙하다. 수련생들의 태도도 진지하다. 그들에게는 낯설지만 새로운 경험이다.

"태권도를 단지 마셜 아츠로 생각했는데, 이렇게 깊은 철학적 뜻이 있는 줄은 몰랐습니다. 동양철학의 깊은 뜻에 놀라움을 감출 수 없습니다."

이론적 원리 강의가 끝나갈 무렵 캐롤린 매로니 의원이 준 리 사범에게 다가와서 했던 말이다. 자신은 펄벅의 『살아있는 갈대(The Living Reed)』란 소설을 읽고 한국에 대해서 처음 알게 되었는데, 이렇게 한국 전통무술을 배우게 되어 기쁘다고 말했다.

정신교육이 끝나면 기본동작으로 넘어간다. 여기서부턴 트레이닝이 시작된다.

인간 신체의 움직임은 모두 태권도의 재료가 된다. 걷기와 뛰기, 손짓, 발짓 등 그 모든 동작은 그 자체로 태권도의 구성 요소이다. 태권도는 신체의 동작을 재료로 하지만 단지 움직임의 기술은 아니다.

태권도의 움직임은 분명히 공격 또는 방어의 메시지를 담고 있는 것이고, 접촉 시 정도에 상응한 위력이 발휘된다는 것이 내재적 특성이다. 인간의 다양한 신체 활동 중에서 태권도는 의식적으로 형상화된 동작들의 모음이다. 태권도에서 신체의 움직임은 단순한 신체적 근육의 움직임이 아니라, 움직임을 통한 공간의 형성이다. 특히 품새는 공간을 구성하는 신체 움직임의 극치라 할 수 있다.

매로니 의원은 이 기본 과정을 묵묵히 수련해 왔다. 그녀는 끈기와 성실함으로 자신의 의지가 얼마나 대단한 사람인가를 스스로 보여 주었다.

입문한 지 4년이 지나고 유단자가 되고 나서도 그녀는 늘 학구적이고 파고드는 질문을 많이 하는 것은 변함이 없었다.

"동작원리는, 손의 기계적 움직임이 선 또는 곡선의 움직임으로 아래로, 위로, 앞으로, 옆으로, 밖으로, 안으로 어느 쪽으로든 가능한 것과 마찬가지로, 발의 움직임 역시 직선 또는 곡선 및 회전과 앞, 뒤, 옆, 아래로 움직임의 방향이 다양한 것으로 되어 있지 않습니까. 그것은 그 밖에 복합적인 움직임까지도 허용된다는 뜻인가요?"

매로니 의원은 기본동작에 파고드는 질문을 자주했다. 여성 의

원인 그녀는 입문하고 나서 4년을 넘어서는 시간 동안 한 번도 수
련시간을 거른 적이 없는 사람이었다. 늘 터득한 것을 다시 묻는
확실함이 있었다. 그녀는 첫 승단심사에 보기 좋게 통과한 실력과
답게 학구적인 질문을 자주했다.

"동작의 특성은 직선이든 곡선이든 간에 처음과 끝의 모양새가
다르지 않습니까. 그것은 회전의 원리가 적용되고 있기 때문입니
다. 바로 그것으로 인해서 위협적인 힘을 낼 수 있다는 것이 태권
도적 동작의 특성입니다. 인간의 신체는 좌우의 공간으로 나누어
져 있어, 대칭적 움직임은 행동의 일치, 긴장의 일치, 의도의 일치
로 나타날 수 있지만, 비대칭적 움직임은 불균형의 상태이기 때문
에 힘의 균형을 갖추기 위해서는 더 많이 반복하여 연마하는 것이
필요합니다."

준 리 사범은 하나하나 실례적인 동작을 보여 주며 설명한다.
실제적 동작으로 표현되지 않는 것은 모호하기 때문이다. 그럴 때
는 태권도 기본동작 14가지를 정형의 자세로 다시 보여 준다.

기본 준비서기 자세에서 온몸에 기를 넣고 주춤새 몸통지르기
와 아래막기 동작으로 부드럽게 이어간다. 그리고 몸통 반대지르
기와 앞차기, 몸통 바깥막기 동작에선 보다 빠른 동작을 보여준
다. 등주먹치기와 앞차기, 몸통막기, 손날 막기에선 좀 더 빠른 동
작에 힘을 싣는다. 돌려차기와 얼굴막기, 손날목치기, 몸통바로지
르기도 역시 속도와 역동성을 강조해서 보여준다. 주춤새와 뒷굽

이 외에는 모두 앞굽이 자세를 취한다.

기본동작은 모든 동작의 기초와 근본으로 언제나 정형의 자세로 반복 연습해야 하기 때문에 유단자에게도 가끔씩 자신의 정확한 자세를 보여 주는 것이다.

"기본동작은 머리가 기억하는 것이 아니라 몸이 기억해야 합니다. 그러기 위해선 동작의 변화가 없이 오랜 시일을 두고 반복해서 연습해야만 합니다."

준 리 사범은 반복을 강조한다. 기초적인 것도 늘 반복함으로써 무의식의 상태에서도 몸은 그 방식으로 움직인다고 믿고 있기 때문이다.

"태권도 기술 원리를 쉽게 터득할 수 있는 길은 없습니까?"

캐롤린 매로니 의원의 말엔 늘 품위가 있다. 그녀는 말을 할 때 상냥하고 공손하다. 마치 동양적인 분위기가 느껴지는 여성스러움이 배어난다.

"적수공권으로 태권도는 공격과 방어에 있어 지르기, 치기, 차기, 막기, 서기는 권법의 시작이자 완성이란 것은 이미 알고 있지 않습니까. 태권도 기술은 따지고 보면 과학적인 힘의 원리가 적용되어 있습니다. 우리가 수련하고 있는 태권도는 상당부분이 과학적 원리에 근거하고 있다고 할 수 있습니다. 그것이 바로 자연의 원리입니다."

"그 자연의 원리를 체계화해 놓은 것이 바로 수련체계란 말입니까?"

그녀는 이미 알고 있으면서도 하는 질문이었다. 그것이 그녀의 반복 수련법이다.

"그렇다고 할 수 있지요. 태권도의 모든 동작은 이 자연의 원리에 근거하고 있으니까요. 불필요한 동작과 에너지의 소모를 최소화함으로써 가장 효율적인 힘을 낼 수 있게 구성되어 있습니다. 운동 역학적으로나 생리학적으로 합리성을 지니고 있는 동작들이라 할 수 있습니다."

준 리 사범은 미국인의 의식과 사고가 합리적이라는 것을 잘 알고 있기 때문에 어떠한 사례를 설명할 때 논리성이나 합리적인 것을 벗어나지 않으려 노력했다. 합리적인 사고가 바탕이 되지 않는 것을 그냥 동양적인 것이라 말할 때, 자칫 그 동양적인 것이 그들의 눈에는 신비스러운 것으로 비칠 수 있다는 것을 누구보다 잘 알고 있었다. 그래서 그는 동양의 자연을 말할 때 늘 그 과학성을 먼저 생각하며 말하는 것이 버릇이 되어 있었다.

품새에 대해서라면 킹그리치 의원을 따라올 사람은 없었다. 그는 사범의 자리에 서고도 남을 실력을 갖추었다. 누구보다 먼저 2단에 승단했다. 그의 품새는 정확했다. 신입 의원들에게 기본동작과 품새를 가르치고 자세를 교정해 주는 지도를 한 지 이미 오래되었다.

캐롤린 매로니 의원도 품새에 대해선 모범적이다. 킹그리치 의원만큼은 아니지만 품새를 이해하고 취하는 자세가 다른 사람들이 따라오지 못할 정도다.

"품새는 태권도의 중요한 기법들을 선별하고 그것들을 연결하고 있습니다. 태권도의 기법 체계를 요약 정리하는 기법적 가치를 가지고 있는 것입니다. 각 기법의 쓰임새가 분명하도록 수련해야 합니다. 기술적 의미를 분명히 이해하고 자신의 움직임 안에서 정확히 구현되고 있는가를 평가해야 하는 것입니다."

준 리 사범이 매로니 의원에게 품새를 설명했던 말이다. 그녀는 이제 이 말을 더 깊은 뜻으로 스스로 재음미하여 후배 수련생들에게 들려주고 있다. 그녀의 말엔 자신만의 해석을 덧붙이기도 했다.

"품새는 오랜 세월 동안 귀중한 체험에 의하여 창조된 것으로서, 힘의 강약, 기술의 유강, 기의 민감, 시선, 호흡법 등 수련 상 나오는 다양하고 복잡한 것들을 종합적으로 연구, 고찰하여 완성시켜 놓은 것입니다. 간단히 말해, 몸과 마음의 수련을 통해 보다 완벽한 자아에 이르도록 이루어진 태권도의 모체라 할 수 있습니다."

그녀의 설명은 준 리 사범을 넘어선다. 영어가 더 유창하기 때문이다. 동양의 대부분의 무술이 그렇듯이 태권도는 상대를 쓰러뜨리기 이전에 자신을 지키는 데 이념적 목적이 있다. 태극품새는 음양의 조화에 맞추어서 만들어진 것이다. 자세가 바뀔 때가 양,

바뀌지 않고 제자리에서만 움직일 땐 음이다.

동양철학의 이해 없이는 설명할 수 없는 태극 1장에서 8장까지 원리를 그녀는 가장 적절한 영어 표현으로 심도 있게 설명해 내었다.

1장은 굳셈을 의미하는 건乾, 하늘의 사상事相이다. 2장은 기쁨을 의미하는 태兌, 늪의 바람 사상, 3장은 고움을 의미하는 이離, 불의 사상, 4장은 움직임과 큰 힘과 위엄을 뜻하는 진震, 번개의 사상이다. 5장은 부드러움과 들어옴을 의미하는 손巽, 바람의 사상이고, 6장은 끊임없는 흐름과 유연함, 빠짐을 의미 감坎, 물의 사상이다. 7장은 육중함과 굳건함, 멈춤 뜻하는 간艮, 산의 사상이며, 8장은 순함을 의미하는 곤坤, 땅의 사상이다. 하늘에서 시작해서 땅에서 끝난다. 자연 세계의 기본 요소인 여덟 가지의 상相을 나타내고 있다.

이 모든 원리는 자연의 원리이다. 철학적 의미나 원리는 자연 속에 있다는 것을 이제 그녀는 안다.

그래서 그녀는 자신 있게 말한다.

"The Eight Trigrams are from nature. Learn from nature(팔괘는 자연에서 나왔다. 자연에서 배워라)."

자연의 원리를 후배 수련자들에게 유창하게 설명해 가는 매로니 의원을 보고 있으면 그녀의 이해력과 정신적 깊이에 경이를 느낀다. 지성과 감성을 고루 갖춘 우아한 여성, 그것이 바로 매로니 의원의 모습이다.

준 리 사범에게는 그녀가 보배 같은 존재이다.

군웅할거, 그 신화시대

미국에서 홍콩으로 건너 간 이소룡은 1971년 태국 얼음공장을 배경으로 촬영한 영화 '당산대형(The Big Boss)'에서 폭발적인 에너지의 미학을 보여 주면서 대흥행을 이루었다. 영화 속의 이소룡은 초인의 무술가 그 자체였다. 끊임없는 수련의 결과로 그의 민첩함은 어느 누구도 흉내낼 수 없는 동작이었다.

연이어 1972년 '정무문(Fists of Fury)'으로 그 기록을 경신했다. 영화가 현실처럼 느껴지도록 한 그의 몸놀림은 연기가 아니라 바로 무술이었다. 관객의 반응은 가히 폭발적이라 할 만하였다.

뒤이어 그는 골든 하베스트와의 계약으로 자신이 직접 각본을 쓰고 주연을 맡은 맹룡과강(Way of The Dragon)으로 다시 신기록을 세우면서 세계를 놀라게 했다.

밀려드는 인파로 인해 경찰이 극장상영을 미뤄달라고 할 정도로 폭발적인 인기를 끌었다.

거의 같은 시기에 미국 ABC방송국에서 제작한 '쿵푸(Kung-fu)'가 63화의 연속극 드라마로 제작되어 방영되면서 큰 인기를 끌었다. 원래는 이소룡이 주인공인 콰이 창 케인 역을 맡을 예정이었으나, 그가 영어 발음이 투박하고 혼혈 백인인 케인 역에 맞지 않다는 이유로 유명한 배우 데이비드 캐러딘이 맡았다.

내용은 1800년대 후반 중국인 어머니와 백인 아버지 사이에서 태어난 콰이 창 케인이 소림사에서 수행 끝에 무술을 익혔을 때, 황제의 조카가 케인의 사부를 죽여 버리자, 케인은 분노를 참지 못하고 그를 찾아가서 죽인 후에 미국으로 도피해서, 이복형제인 데니 케인을 만나 서부시대의 건맨들과 대결을 펼치는 내용으로, 동양무술과 서부극의 스타일이 혼합된 형식이었다.

드라마 쿵푸는 이소룡의 영화가 몰고 온 동양무술 붐을 더 가속시키는 역할을 했다. 사회에 동양무술에 대한 관심이 폭발적이라 할 만큼 급증했다. 드라마의 영향도 있었지만 이소룡 영화의 빅히트가 몰고 온 영향이 가장 컸다. 이소룡이 출연한 영화는 재탕, 삼탕으로 보려는 사람이 넘쳐나고 무술 용품은 불티나게 팔려 나갔다. 태권도와 가라테, 그리고 쿵푸를 배우려는 사람들이 넘쳐났다. 무도관마다 무술을 배우려는 사람들이 넘쳐서 예약을 하고 몇 개월을 기다려야 하는 상황이 되었다.

새로운 유파의 무도관들이 문을 열었다. 태권도나 가라테에 비해 역사는 길지만 미국사회에서 크게 뿌리를 내리지 못하고 있던 쿵푸 도장도 많이 생겨났다. 새로운 유파의 무술들이 밀려왔다.

한국의 많은 사범들이 미국으로 건너왔다. 박철희와 김병수 사범도 이 바람을 타고 미국으로 왔다.

김병수는 텍사스 휴스턴에서 자연류라는 이름으로 문을 열었고, 무덕관의 창시자 황기 사범은 수박도 도장을 처음으로 열었다. 조선시대 병영에서 사용했던 18가지 무예를 바탕으로 만든 십팔기十八技가 한국에 생겨나더니 곧 미국으로 건너왔다.

태국의 무에타이나 가라테도 여러 유파로 나뉘어져 자기들끼리 치열한 경쟁을 펼치고 있었다. 가히 동양무술의 전성시대라고 할 만하였다. 춘추전국시대를 방불케 하는 여러 무술 유파의 군웅할거 시대가 펼쳐진 형세가 되었다.

미국식 킥복싱 선수로 일류 수준에 오르기도 했던 조 루이스나 가라테의 척 노리스도 그들 나름의 분파를 형성하고 있었다. 어깨 너머로 배운 무술을 혼자서 수련해서 22개월 만에 전미무술대회에서 우승하여 챔피언이 된 조 루이스나, 그 뒤 무소처럼 나타나 조 루이스를 꺾은 척 노리스, 그리고 빅터 무어, 스티브 샌더스 등이 낳은 무술의 신화도 뜨거워진 무술열풍을 더 가열시켰다.

미국에서 처음으로 비중국계 이외에게 중국무술을 지도했던 선구자 아크 왕, 이소룡에게 쌍절곤을 가르친 댄 이노산토, 미육군 제7사단을 지도하기도 했던 미국 합기도의 선구자 중 한 사람인 한국인 서오 최, 극진 가라테의 최영의도 살아있는 전설로 알려졌다. 그들이 바로 그 신화를 만들어 가고 있는 무도인, 마샬 아츠 마스터들이었다. 더구나 이소룡이 당산대형과 정무문에서 보여준 신기에 가까운 발차기가 태권도의 발차기 기술에서 왔다는 것이 알려지면서 태권도에 다시 눈길이 쏠렸다.

인간의 한계를 뛰어넘는 놀라운 현상을 목격한 사람들의 충격은 컸다. 문화충격을 넘어 새로운 세계의 경험에서 오는 충격이었다.

미국에서 힘든 개척의 길을 열어왔던 태권도 사범들은 이러한 현상을 단지 즐거워하지만은 않았다. 뜨거워진 것은 다시 식기 마련이라는 것을 경험으로 알고 있었기 때문이다.

뉴욕의 조시학 사범과 오하이오 김일주 사범이 자주 전화를 해서 이준구에게 워싱턴과 버지니아의 사정을 묻곤 했다. 다들 이런 현상을 신기해하면서도 일시적인 버블현상은 아닐까 하는 생각들을 가지고 있었다.

"쉬 식어버릴 열기는 아닌 것 같습니다. 이 시기를 잘 활용하여 열기를 이어가야 하지 않겠습니까?"

이준구는 자신감이 넘치는 목소리로 말했다.

"이 무예의 군웅할거 시대를 평정해 최강자가 되려면 지피지기가 필요합니다."

"맞는 말이오, 이 사범다운 말입니다."

이준구의 말에 조시학 사범은 동의했다.

"지금 한창 오리엔털 마셜 아츠를 알리는 분위기가 고조되고 있어서 수련생들이 중국무술에 대해서 물어오는 경우가 많아요. 그래서 중국무술의 분파라도 알아 두어야 할 것 같아서 시간이 나는 대로 공부 중에 있습니다."

"아하, 그래요."

조시학 사범의 목소리가 여운 있게 들렸다.

이준구는, 이러한 동양무술 붐에는 미국인들이 동양무술에서 그들이 가지지 못한 것을 얻고 있다는 만족감이 바탕이 되고 있다고 생각했다. 가라테나 태권도에 대한 폭발적인 관심은 바로 여기에 근거하고 있다는 것을 누구보다 잘 알고 있었다. 이준구는 중국무술에 대한 것을 정리해 보면서 새롭게 느껴지는 바가 많았다.

사실 중국무술만큼 유파가 많고 알기 어려운 것도 없다. 계파를 막론하고 중국무술, 쿵푸를 이야기 할 때 전설적인 인물들이 회자된다. 소림의 달마, 당랑권의 왕랑이나 이서문, 무당의 장삼봉, 영춘권의 엄영춘, 무영각의 황비홍, 정무문의 곽원갑 등은 상상을 초월하는 역량으로 믿기 어려운 전설을 남겼고, 그들에 대한 이야기는 전설에 전설을 더하여 전해져왔다.

이준구는 그것을 잘 알고 있었다. 자신이 무술을 시작한 것도 어린 시절 어디에선가 들었던 한두 명 정도의 이야기는 있었다는 것을. 그 전설이 무술을 꿈꾸게 했는지도 모른다는 생각이 들었다. 지금 수련하는 제자들에게라도 중국무술의 유파 정도는 알려 주어야 한다는 생각을 하면서 중국무술의 역사를 더듬어 보았다.

중국무술은 중국을 대표하는 문화이며 통칭으로 쿵푸(功夫)라고 한다. 중국에선 '우슈'라고도 부른다. 중국권법을 가리키는 말이지만 어떤 분야에서 쌓은 실력이나 조예를 말한다. 몸 움직임의 완벽성에 대한 욕구의 충족은 자연적인 것만으로 이뤄지지 않는다. 자연과 인위의 연속적 관계 속에서 공부가 이뤄지는 것이다. 욕구 충족을 위해 가장 바람직한 형태로 몸 움직임을 갈고 닦는 것이 쿵푸라고 사람들은 말한다는 것은 이준구도 알고 있었다.
쿵푸에는 장권과 남권, 태극권 3권이 있고 다시 세분되어진다. 내가권은 태극권, 형의권, 팔괘장으로 나뉘며 이를 내가 삼권이라고 한다.
장권이란 송나라에서 발달한 홍권, 삼황보추, 소림권 등의 권법을 통틀어서 이르는 말이다. 남권은 광동성, 복건성 등 중국 남방 각지에서 널리 수행되는 권법을 말한다. 광동남권은 홍가권, 이가권, 유가권, 채가권 등이 유명하며, 복건 남권은 영춘권, 오조권, 매화권 등으로 나누어진다는 것은 어디에선가 들은 적이 있는 것이다.

태극권은 상대방의 강하고 집중적인 공격을 피하면서 자신의 중심을 잡아 반격하는 기법의 무예로 진식, 양식, 오식, 무식의 유파가 유명하다.

소림권은 중국 하남성 숭산 소림사 중심으로 형성된 소림무술의 총칭이다. 대홍권, 소홍권, 포권, 매화권, 칠성권, 나한권이 대표적이다. 소림사 무술은 18행동강령으로 유명하다.

형의권은 글자 그대로 현상을 모방한 권술이다. 벽권과 붕권, 그리고 찬권, 포권, 횡권을 기본권법으로 하고, 용과 호랑이, 원숭이, 말, 거북이, 닭, 제비, 뱀, 독수리, 매, 곰 12종 동물의 동작을 따서 만든 권술이며, 팔괘장은 손바닥을 사용한 기법을 주체로 하는 권법이다. 공격 시는 손바닥으로 상대의 급소를 치고, 방어도 손바닥으로 한다.

당랑권은 실전성이 높은 송.원.명의 18문파 기술을 모아 만들어진 것으로, 사마귀가 앞발로 곤충을 잡듯 손과 발을 교묘히 쓰는 기술로 엄지와 검지, 중지 3개의 손가락을 내민 당랑수는 점혈을 찌르는 권술로 유명하다.

상대와 짧은 거리에서 속공을 하는 일격필살의 가공할 파괴력이 특징인 팔극권, 북파권법 중에서 이름 높은 권법인 통배권, 주먹 연타를 공격의 주체로 하는 북파권법인 번자권, 북방권법으로 발을 많이 사용하는 권법인 착각, 구르며 뒤집은 등바닥에 모로 누어서 상대를 넘어뜨리는 권술인 지당권이 유명하다.

상형권은 각종 동물이나 사람의 특정한 동작을 형상화한 권술로, 독수리가 발톱을 이용하여 먹이를 채는 동작을 본뜬 응조권, 원숭이의 절묘한 앞발 사용법을 응용한 후권, 뱀의 몸놀림과 이빨 쓰는 법을 원용한 권법인 사권, 술에 만취된 사람의 권술인 취권이 있다.

선권에서 기원을 찾을 수 있는 탄퇴와 중국 사천성 아미산에서 유래된 아미권, 벽괘권, 비종권도 있다. 중국 남파에서 발전한 무술 유파인 홍가권, 방칠랑이라는 여자가 백학의 형세를 취해 만들었다는 남파소림 백학권과 압권, 청나라 시대에 엄영춘이라는 여자가 창시했다는 영춘권과 사권, 그리고 요권도 유명하다. 남소림 권인 채가권과 진향이 세 명의 스승에게서 배운 불가권과 이가권, 채가권의 앞 자를 따서 만들었다는 채리불이 그 전통을 이어가고 있다.

이 세상에 수많은 인종이 있는 것처럼 무술의 유파도 많고 많다. 이 수많은 무술 중에 얼마는 그 맥을 잇지 못하고 사라졌다. 한때 중국무술의 총본산처럼 여겨졌던 소림사도 쇠락되어 사람들이 떠나고 늙은 중 두세 명만 쓸쓸히 남아 있는 초라한 사찰에 지나지 않는 시절이 있었다. 그러나 다시 한 사람의 스승이 나타남으로써 옛 영화를 복원하는 기적을 낳았다는 것을 이준구는 잘 알고 있었다.

사회는 온통 오리엔털 마셜 아츠 붐으로 출렁이는 가운데, 1972년 이준구는 버지니아주와 매릴랜드주에 태권도장을 추가로 개관하면서 미국 내 도장의 수가 60여 곳이 되었다.

한국에서 사범들을 초청해서 새로 연 도장에 책임을 맡겼다. 미국인 문하생 중에서 무술대회에 나가서 챔피언십을 차지한 역량 있는 제자는 사범으로 임명하여 도장을 관리하게 했다.

이준구 사범이 저술한 영어판 태권도 교본이 출판되고 나서 책판매 부수가 해마다 늘어났다. 미국과 캐나다는 물론 라틴 아메리카 몇몇 나라에서도 책이 꾸준히 판매되었다. 특히 도미니카공화국에서 책이 많이 팔렸다.

11월 어느 날 『중국무술의 유파와 역사』라 책을 읽다가, 무술 전문잡지 블랙 벨트와 신간 잡지 가라테 일러스트레이티드에 실린 자신의 기사를 보고 있었다.

'준 리 마스터가 뉴욕 일대에서 20여 개의 태권도 도장을 운영하고 있는 헨리 조(조시학) 사범과 공동으로 세계무술대회를 기획하고 있다'는 내용의 기사였다. 가라테 일러스트레리트에 실린 전미무술대회에서 우승한 자신의 제자 스키퍼에 대한 기사도 흥미가 있어서 자세히 읽고 있었다.

바로 그때 홍콩에서 전화가 왔다. 이소룡이었다.

"당산대형의 성공은 태권도의 발차기를 배웠기 때문이에요."

그가 이 말은 하는 것은 벌써 세 번째다. 당산대형이 성공하고 나서 그는 들뜬 음성으로 이 말을 했고, 맹룡과강이 성공하고 나서 이준구가 홍콩 그의 집으로 초대되어 갔을 때도 그는 이 말을 했다. 그런데 오늘 또 이 말을 했다.

"한국에 갔다 왔어요. 영화사 관계자와 함께 속리산 법주사 팔상전을 보고 영감을 얻어 영화를 시작하기로 했어요. 한국합기도연맹 지한재 총재와 필리핀 출신 댄 이노산토, 그리고 미국 NBA 농구스타 카림 압둘 자바까지 불러 모아 영화를 만들려고 해요."

언제나 그랬듯이 그의 음성은 맑고 웃음이 섞여 있었다.

"엘더 브라더, 홍콩에 한 번 와요. 내가 마스터를 위한 좋을 것을 준비 중에 있어요."

그의 목소리는 다소 들떠 있는 것 같았다.

"무슨 뜬금없는 소리야. 좋은 거라니, 여자라도 소개해 준다는 말이야?"

이준구는 웃으면서 모처럼 조크를 던졌다.

"엘더는 나에게 늘 여자를 조심하라고 하면서 뭔 여자야?"

그도 재치 있게 받아넘기며 하ー하 웃었다.

"사실은 말이요, 내 영화를 만든 골든 하베스트 프로덕션에 태권도 영화를 한 편 만드라고 했어요, 엘더가 주연을 맡는 조건으로 말이요."

"영화라니? 나는 영화에 출연하기엔 마스크가 어울리지 않아, 브루스는 미남이라서 그렇지만 말이야."

이준구의 말은 둘러댄 말이 아니었다. 브루스 리야 말로 인물도 미남이고 타고난 연기의 자질도 있지만 자신은 영화에는 맞지 않다고 생각하고 있었기 때문이다.

"중국무술의 여러 유파의 최강자들과 태권도 마스터의 대결을 줄거리로 한 영화인데, 발차기를 보여 줄 사람은 엘더 밖에 없으니 그렇게 알아요. 지금 준비해도 내년에나 크랭크인이 될 수 있어요."

그는 통보하듯이 말하고 전화를 끊었다.

이준구는 잠시 멍한 표정으로 생각에 잠겼다.

'우연이라고 말하긴 너무 묘한 우연이야. 방금 중국무술의 유파를 하나하나 살펴보았는데, 중국무술의 여러 유파의 고수들과 대결하는 영화라니?'

무슨 텔레파시라도 통했다는 말인가? 묘한 일이었다. 그러나 아무리 생각해도 영화는 자신에게 맞지 않는 옷인 것 같아 어색한 표정으로 창밖을 내다보았다.

아ㅡ이소룡

73년 7월 20일 이소룡이 사망했다는 뉴스가 전 세계에 타전되었다. 전 세계의 매스콤을 통해 후속 뉴스가 시시각각 전해졌다.

워싱턴 미국태권도협회 사무실에서 이 소식을 접한 이준구는 고압선에라도 감전된 것처럼 머리가 아찔했다. 믿어지지 않는 일이었다. 전날 밤에 생생한 목소리로 전화를 했던 그가 죽었다는 것을 믿을 수가 없었다. 그는 전날 밤 전화를 해서 이준구가 출연할 영화에 대한 말을 했다.

"곧 촬영에 들어갈 태권도 영화의 주연을 엘더(형)를 주연으로 해서 제작하기로 했어요. 황풍 감독이 주연을 다른 사람으로 하려는 것을 내가 주장해서 엘더로 확정되었어요."

그의 음성은 여느 때처럼 생동감이 있고 다감했다. 그는 자신의 네 번째 영화 '용쟁호투(Enter the Dragon)' 개봉을 앞두고 가슴이 셀렌다고 말했다.

그는 지난해 자신이 직접 대본을 쓰고 제작과 주연 및 무술지도까지 한 영화 '사망유희(The Game of Death)' 제작에 들어갔다. 최고의 무술 스타들을 출연시킨 영화로 은퇴한 무술가가 5층 목탑 층마다 버티고 있는 무술계의 최고 고수들과 죽음의 결투를 벌이며 격파해 가는 내용으로, 장소는 한국 속리산 법주사 청동불상과 그 앞의 5층 목탑이었다.

한국합기도연맹 지한재 총재, 필리핀 출신 쌍절곤의 명수 댄 이노산토, NBA 농구선수 출신으로 무술을 배운 그의 제자 카림 압둘 자바도 등이 캐스팅 되었다. 그러나 이 영화는 탑에서 무술 고수들과 대결하는 장면만 촬영해 놓고, 골든 하베스트사의 용쟁호투가 제작에 들어감으로써 일정이 뒤로 밀리게 되었다.

용쟁호투 촬영이 끝나고 이소룡은 7월 26일 영화 개봉을 6일 앞두고 있었다. 20일 저녁 그는 그의 애인이라고 소문이 파다하던 여배우 베티 팅 페이(丁珮)의 집 침대에서 잠들었다가 깨어나지 못하고 세상을 떠났다. 그의 나이 32세였다.

"그가 두통을 호소해 진통제를 주었는데, 그걸 먹고 잠든 후 깨어나지 않았어요."

팅 페이는 그렇게 진술했다.

그러나 그녀의 말은 이해되지 않는 점이 많았다. 팅 페이가 자신의 비버리 하이츠 맨션 침대에서 준 두통약 에콰제직을 이소룡이 먹고 잠들었다가 일어나지 않아서, 깨웠을 때는 이소룡이 아직 살아 있었다. 그런데 그녀는 그를 비상구급차로 병원에 옮겨야 하는 것이 상식인데도, 그러하지 않았다. 페이는 이소룡을 아무리 깨워도 일어나지 않자 어찌할 바를 모르고 30분을 그냥 흘려보냈다.

그러고는 그녀는 병원이나 경찰이 아닌 골든 하베스트 사장 레이몬드 초우에게 전화를 걸어 사실을 알리고 도움을 청했다.

초우 사장의 집은 페이 아파트와 정반대 끝 지점에 있었다. 밤 시간의 엄청난 교통 혼잡을 뚫고 도착했을 때는 이미 한 시간이 넘어서 있었다.

초우 사장이 구급차를 불러 퀸엘리자베스 병원에 도착했을 때에도 이소룡은 여전히 숨을 쉬고 있었다. 그러나 시간이 너무 지나서 의사들도 그를 살려내지 못했다. 팅 페이가 병원에 구급차를 불러 응급처치를 않았던 것도 그렇고, 전화를 받고 먼저 병원으로 옮기라는 말을 하지 않고 자신이 달려갈 때까지 기다리게 했던 초우의 행동도 도저히 이해되지 않는 일이었다. 살해되었다는 이야기가 흘러나올 수밖에 없었다. 그러나 초우 사장이나 팅 페이는 입을 다물었다.

21일 수많은 기사들이 쏟아져 나왔다.

중국무술계 또는 삼합회에서 보낸 암살자에 의해 살해되었다.

쌍절곤 연습 중 급소를 맞아서 숨졌다.

복상사다.

마약 중독으로 인한 사망이다.

이소룡 가문의 저주다.

아시아인이 할리우드에서 주연으로 성공하는 걸 용납할 수 없는 할리우드 백인우월주의자가 살해했다.

수많은 설이 쏟아졌고 설은 설을 낳았다.

과연 그는 죽음을 예감했던 것일까? 그가 '용쟁호투' 기획 이전부터 심한 두통을 호소했고, 간질로 기절해서 몇 시간씩 정신을 못 차린 적도 있었다는 증언도 나왔다.

'용쟁호투'를 촬영하면서 아버지 이해천의 친구였던 악당 두목한을 맡은 배우 석견에게 "아저씨, 제가 아무래도 아저씨보다 오래 살지는 못할 것 같아요"라고 했다는 말이 전해지기도 했다.

아내에게도 자신의 운명을 예감한 듯한 말을 했다고 한다.

그의 갑작스런 죽음은 부검한 의사나 다른 전문가들에 의해 많은 의문이 제기되는 등 상당히 논란이 많았지만, 공식적인 사인은 복용한 약품 부작용과 그로 인한 뇌부종이다.

그가 약물을 복용한 것은 무술가로서 생명이 끊길 정도의 허리 부상을 입고 그것은 극복하기 위해 코르티손이라는 스테로이드

주사를 주기적으로 맞았고, 이것이 부신성위기를 초래하여 뇌혈관에 영향을 미쳤을 것 같다는 부검결과 이후의 해명이 있었다.

그러나 그의 죽음을 가장 잘 알고 있는 사람은 팅 페이였다. 팅 페이는 복상사설에 재해서도 담담히 말했다.

"나와의 사이에 어떤 일이 있었다고는 숨기고 싶지는 않아요. 그는 나에게 멋진 남자였고 나는 여자였을 뿐입니다. 처자식이 있는 남자와 깊은 사이가 된다는 것은 윤리적으로 옳지 않은 일이라고 생각합니다. 그러나 이런 일은 세계 어느 곳이든 인간이 사는 곳에선 흔히 있을 수 있는 일로 여겨집니다. 나 자신도 신경쇠약증이 있어 자주 머리가 아프곤 합니다. 두통쯤은 누구에게나 있을 수 있는 별것 아닌 것으로 여겨, 그에게 두통약을 건네주었습니다."

팅 페이는 기자들의 질문에 담담하게 말했다.

이소룡을 붙잡아 두기 위해 제작자 레이먼드 초우가 미인계와 마약까지 사용하다가 부작용으로 숨졌다는 주장은 설득력이 있었다. 골든 하베스트 초우 사장이 팅 페이를 이용해서 마약까지 사용하며 깊은 관계를 유도했다는 것은 신빙성이 있는 주장이었다. 그가 쓰러진 바로 그날 밤 초우가 팅 페이 아파트에서 이소룡과 늦게까지 함께 있다가 돌아가고 난 뒤에 일이 일어난 것만 보아도, 초우 사장과 팅 페이는 어떤 식으로든 그의 죽음과 연결되어 있음이 분명해 보였다.

그러나 병원에서의 부검 결과는 뇌부종에 의한 과실사였다. 마약성분이 검출되었으나 보험회사와의 분쟁을 우려해 의사가 그 사실을 빼버림으로써 그 사실은 묻히고 말았다는 것도 또 하나의 미스터리였다. 과실사란 바로 팅 페이가 준 두통약이 일으킨 과실사를 말한다. 그것이 세인의 추측대로 누군가에 의해서 계획된 것인지 우연한 실수였는지는 알 수 없었다. 남자와 여자가 둘이 있을 때의 일은 그들만 안다. 거기에 그의 죽음의 비밀이 있었다.

그래서 이소룡의 어머니와 동생 등 유족들은 이소룡이 암살당했다고 주장했다.

이소룡의 친구들 중에도 그렇게 믿는 사람들이 많았다.

그를 누구보다 잘 알고 이준구 사범도 그의 죽음은 누군가에 의해 음모된 것으로 보았다. 그래서 그는 더 마음이 아프고 안타까웠다.

이준구 사범은 며칠 동안 잠을 제대로 이룰 수 없었다. 갑작스런 그의 죽음을 아무리 믿으려 해도 믿어지지 않았다. 그의 얼굴이 눈에 어른거리고, 그의 음성이 환청처럼 들려서 자리에 누워도 잠이 오지 않았다. 바로 그 전날 저녁에 전화기를 타고 들려오던 그의 생생한 음성이 아직도 그대로 들리는 것 같았다.

64년 롱비치 무술대회에서 처음 만나 형제처럼 가깝게 지냈던 지난 10년간의 일들이 머리를 스쳐갔다. 그에게 태권도 발차기를 가르쳐 주어 그가 절권도를 만들고, 무술의 난제가 풀리지 않으면

밤늦게라도 전화를 해서 물어보곤 하던 일들이 마치 어제의 일처럼 떠올랐다.

무술잡지 블랙 벨트지에 태권도 기사가 실리도록 노력해 주고 태권도 교본을 출판하도록 도와주었는가 하면, 해마다 한 번씩 무술대회나 승단심사가 있으면 서로서로 참석하여 대회를 빛내주었던 일들, 특히 도미니카공화국까지 날아가서 무술시범을 보이며 태권도 발전에 노력해 주었던 것을 생각하니 가슴이 미어져서 참을 수가 없었다.

미국사회에서 아직 제대로 발을 넓히지 못했던 시절에 너무나 많은 도움을 주었던 그였다. 그의 영화 당산대형과 정무문에서 보여주었던 뛰어난 발차기의 기술이 태권도에서 왔다고 정직하게 말했던 그였다.

홍콩사회는 충격과 의혹에 휩싸였고 그의 장례식장으로 수많은 사람들이 몰려들어 그를 애도했다.

7월 25일 장례가 거행되었다. 구룡 빈의관 앞은 발 디딜 틈이 없을 정도로 사람들이 몰려들었다. 부인 린다와 어린 두 남매, 형 부부를 비롯한 친지들, 레이몬 초우를 비롯한 홍콩의 영화인들, 팅 페이, 마리아 리, 친구 소기린. 조지 레젠비 등 수많은 인사들이 참석했다.

12시 5분, 동관의 뚜껑이 열리면서 고별식이 시작되었다. 참석자들은 열을 지어 지나면 눈물 속의 작별을 고했다.

홍콩의 애도는 그치지 않았다. 언론의 보도는 그 후속기사로 가득 찼다. 그러나 모든 여론을 잠재운 것은 부인 린다였다.

"남편의 죽음에 대해 더 이상 언급을 말아 주세요. 누구도 그의 죽음에 책임이 없습니다. 그는 자연사한 것입니다. 그는 우리의 기억 속에 영원히 남을 것입니다. 그래서 우리의 삶에 영향을 미칠 것입니다."

몰려든 기자들 앞에서 그녀는 그렇게 말했다. 린다는 의연했다. 이미 돌아올 수 없는 길을 떠난 그가 더 이상 여론의 대상이 되는 것을 원치 않았다. 그녀는 슬퍼하면서도 담담한 표정을 잃지 않으려 애를 썼다.

다음날 26일 아침 8시 이소룡의 유해는 계덕공항으로 옮겨져 노스웨스트 항공의 114편 보인 747 점보기에 실려 시애틀로 향했다. 부인 린다와 어린 두 자녀, 골든 하베스트 초우 사장과 관계자들이 탑승하고 비행기는 도쿄를 경유하여 날자, 변경선을 넘어 현지 시간 7월 26일 낮에 시애틀 타고마 공항에 도착했다. 그의 어머니 그레이스 리와 외삼촌 두가 눈물로 그를 맞았다. 그날은 그의 마지막 영화 용쟁호투가 개봉되는 날이었다. 운명이라기엔 너무나 묘한 일이었다.

28일 시애틀 레이크 뷰 묘지 파더위스 장례식장에서 장례식이 열렸다. 그의 어머니 그레이스 여사와 친지들, 스티브 맥퀸, 제임스 코반, 댄 이노산토, 짐 켈리, 로버트 클루즈와 수많은 그의 제자들이 참석했다. 평소 그를 존경했던 제자들은 오열했다.

그에게서 무술을 배웠던 제임스 코반과 스티브 매퀸, 스타링 시리펜트, 댄 이노산토, 다키 키무라 등 제자와 친구들이 그의 관을 운구했다. 제임스 코반의 눈에도 스티브 매퀸의 눈에도 눈물이 맺혔다.

이준구 사범의 마음은 먹먹하고 참담했다. 너무나 위대했던 인간. 인간의 극한을 뛰어넘는 참된 무술의 경지를 펼쳐보였던 인간적이면서, 늘 다정다감했던 그를 보내자니 자꾸만 눈물이 났다.

'그대는 이제 시작과 끝도 다 하나인 영원한 죽음이라는 시간 속으로 가버렸지만 그대의 이름은 그 영원한 시간과 함께 하리라. 우리는 오늘 이렇게 그대를 그리워하며 오열하다 돌아가지만, 그대가 남긴 발자취, 짧지만 위대했던 그 생애를 어찌 잊을 수 있겠는가? 잘 가게, 고마웠던 친구!'

흐르고 흘러도 또 흐르는 눈물, 하염없는 그 눈물 속에서 그가 돌아서서 손을 흔들고 있는 것 같아서 이준구는 오열을 참을 수 없었다.

그곳 호수가 내려다보이는 묘지에 묻히는 동안 평소 그가 즐겨 듣던 노래, 블러드 스웨트 앤 티어즈의 내가 죽을 때(When I die)와 프랭크 시내트라의 마이 웨이(My Way), 톰 존스의 임파서블 드림(Impossible Dream), 세르지오 멘더스의 룩 어라운드(Look Around)가 진혼곡으로 많은 사람들의 눈물 속에 울려 퍼졌다.

BRUCE LEE

李振藩

NOV. 27. 1940 JULY 20, 1973

FOUNDER OF JEET KUNE DO

그의 부인 린다가 이탈리아에서 주문하여 들어온 차색 대리석
에 새겨진 묘비명은 절권도의 창시자(Founder of Jeet Kune Do)
라는 단 몇 글자였다.

갈등의 배후

이소룡이 세상을 떠나고 1개월 반이 채 되지 않은 9월 초, 이준구 사범이 주연을 맡은 골든 하베스트사가 제작한 영화, '태권진구주跆拳震九州'가 개봉되었다. 미국에서는 'When Taekwondo Strikes(데권도가 타격할 때)'로, 한국에서는 흑권黑拳이란 제목으로 각각 개봉되었다.

이소룡이 태권도 기술을 보여줄 영화를 제작하는 것을 돕기 위해 이준구 사범을 레이먼드 초우 사장에게 소개함으로써 제작된 영화로, 황풍이 감독을 맡고 이준구, 모영, 황가달, 김기주, 황인식, 홍금보, 스잔느앤, 로버트 H 앤드류, 그리고 북한 출신의 무술 배우 황인식도 출연하였다. 태권도가 제목에 들어간 최초의 해외 제작 영화였다.

영화의 반응이 막 달아오르고 있던 9월 중순 무렵이었다. 캐나다에 있는 최홍희에게서 전화가 왔다.

"이 사범, 태권도 영화를 만든 영화사도 대단하지만, 이 사범이 태권도의 진면목을 보여 줄 것 같아서 기대가 돼."

일 년 만의 전화였다. 그가 캐나다로 망명하고 나서 이준구 사범은 연락을 끊었는데 그가 먼저 전화를 했다.

"제가 영화를 위해서 출연한 것이 아니고, 단지 연무시범을 하는 기분으로 태권도를 바르게 알리기 위해서 출연한 것에 지나지 않습니다."

이준구는 자신이 영화에 출연할 때의 생각을 사실 그대로 말했다.

"아하, 그래? 역시 이 사범다운 말이야."

이준구 사범의 귀에는 그 말이 그냥 겉치레로 하는 말 같아서 아무런 대꾸도 하지 않았다.

"이 사범, 실은 말이야, 캐나다 정부에서 아직 영주권이 나오지 않아서 여러 가지 제약이 많아. 이 사범이 미 의회에 아는 사람이 많으니 좀 도와주면 고맙겠어."

역시 그가 전화를 건 목적은 따로 있었다.

"글쎄요, 제가 도울 수 있는 일은 아닌 것 같습니다만…."

이준구는 매우 불쾌했다. 그러나 대놓고 속을 내보이기는 그렇고 해서, 말꼬리를 흐렸다.

"태권도 덕분에 노동허가를 받았으나, 영주권이 나오지 않아서 말이야. 한국정부에서 영주권이 나오지 않게 방해공작을 하고 있는 것 같아. 이 사범은 미 의회에 아는 사람이 많으니 선이 닿을 만한 사람을 찾아보고 한 번만 더 좀 도와주면 고맙겠어."

그는 잠시 말을 멈추었다. 이준구가 말이 없자 다시 말을 이었다.

"한 달 전 서울에서 대한태권도협회가 세계태권도연맹(WTF)을 창립했다고 하는데, 단지 정치놀음하려고 만든 것 같아서, 우리협회가 그것을 눌러버려야 하지 않겠어? 이 사범도 함께 해 줘."

그는 자신의 의도를 노골적으로 드러냈다. 모든 것은 반정부적인 데 초점을 맞추고 있는 것 같아 보였다. 대통령이 자신을 견제하기 위해서 만들었을 것이라는 비난을 하며 노골적으로 반정부 행색을 드러냈다.

그는 며칠 뒤 볼리비아태권도협회 창설식에 초청을 받아 참석한다는 말을 하고 전화를 끊었다.

이준구 사범은 어쩌다 농락당한 것 같은 기분이 들어 화가 치밀었다. 얼굴도 두껍게, 남을 속이고 이용하는 그를 이해할 수 없었다. 일 년 전 자신이 한국을 떠나면서 부인의 미국비자가 나오지 않아서 같이 나올 수 없다며 전화를 했다. 그는 자신의 출국 의도를 감춘 채 도와 달라고 했다.

그때 이준구는 도미니카 공화국 준 리 태권도장을 맡고 있는 제자 조세 레예스에게 부탁해서 도미니카 비자를 발급받게 해 주었다. 그들은 도미니카공화국 비자로 출국해서, 거기서 미국에 잠입했다. 그런데 곧 캐나다로 망명했다. 그때 이준구가 받았던 충격과 분노는 컸다. 그런데 얼굴도 두껍게 또 전화를 하다니, 이준구는 속이 이글거려 참을 수가 없었다.

그가 캐나다로 망명하면서 자기가 마치 한국에서 상당한 핍박을 받은 것 같은 코스프레를 하며 자신의 행동을 정당화하려는 것을 보고, 이준구는 그에게서 인간으로서 실망감을 넘어 분노를 느꼈다. 그가 평생을 먹던 우물에 침을 뱉고 분뇨를 던져 넣는 것과 다를 바 없는 행동을 서슴지 않는 데에는 또 다른 의도가 숨겨져 있으리라는 것을 짐작할 수 있었다.

그가 캐나다로 망명한 것은 출국할 때부터 의도한 것으로 보였다.

1965년 최홍희가 대한태권도협회 회장직을 수행하면서 엉뚱한 일을 해 회장직을 수행한 지 6개월 만에 이사회에서 불신임을 결의했다. 그러자 최홍희는 국제단체를 만들겠다고 사람을 모았다.

그는 1966년 3월 22일 조선호텔 로즈룸에서 국제태권도연맹 (ITF) 창립행사를 가졌다. 개인이 주도한 단체였다. 그는 태권도와 관련이 없는 군에서의 인맥을 끌어들여 단체를 만들었다.

창립임원은 김종필과 김완용, 그리고 김용태, 이상희, 조하리

등 그의 군대 인맥과 정치인들이 많았다. 김종필을 명예총재로 추대하고, 최홍희가 총재를 맡았으며 이상희, 노병직, 말레이시아인 조하리를 부총재에 선출했다. 사무총장에 이남석, 엄운규, 기술심사 회장과 차장에는 이종우, 백준기, 감사에 홍종수, 정근식, 총무에 이계훈, 계획에 한차교를 내정했다.

가입국은 한국을 비롯해 베트남, 말레이시아, 싱가포르, 서독, 이탈리아, 터키, 통일아랍공화국 등 9개국이었는데 단지 한두 사람의 이름을 빌어 넣은 것에 지나지 않았다. 이날 열린 발기인 총회는 임원진을 선출하고 4개월 내에 가맹국 대표가 모이는 1차 정기총회를 갖기로 결의했다.

그는 대한태권도협회(KTF)의 동의 없이 명의를 도용하고 자신이 말레이시아 대사로 있던 당시 친분이 있던 말레이시아 문교상인 조하리를 제외하고는, 모두 한국인으로 집행부를 구성하여, 그다음 해 10월 문교부에 사회단체 등록을 마쳤다. 페이퍼 컴퍼니와 비슷한 일종의 페이퍼 단체였다.

그러나 대한태권도협회는 국제태권도연맹이 유사단체를 만들어 파벌을 조장하고 있다고 비난하고, 국제태권도연맹의 해체를 설득하고 동시에 협회 내에 태권도 해외 보급 및 지도자 파견 등 대외업무를 관장할 국제분과위원회를 신설했다. 모든 국제 업무와 해외에 산재해 있는 태권도장을 자체 내에서 관장키로 결정하였다.

이 같은 사태를 보고 대한체육회와 문교부는 체육단체 일원화를 위해 두 단체의 통합을 끊임없이 종용했으나, 두 단체는 서로 다른 입장을 고수했다. 그 후 최홍희는 1968년 7월에 태권도진흥회를 결성하여 대한태권도협회에 대항하는 독자적인 협회를 만들려고 했으나, 문교부에서 중복단체 설립을 허가하지 않았기 때문에 자신의 뜻을 이루지 못하였다.

같은 해 8월 대한태권도협회는 가맹단체인 국제태권도연맹을 제명시키고, 협회 산하에 국제위원회를 신설하여, 모든 국제 관련 업무와 해외에 있는 도장을 관장키로 결의하였다. 이처럼 두 단체가 국제 관련 업무를 놓고 대립하고 있는 것을 보고 대한체육회는 업무 소재가 명확하지 않은 것이 갈등의 원인이라고 판단하고 관할 업무를 조정하였다.

국제태권도연맹은 산하도장을 가질 수 없고 단지 국제친선을 도모하는 일이나 국제대회를 관장하는 업무를 맡고, 대한태권도협회에는 국내도장 설립과 국내대회, 그리고 선수양성 등의 업무를 맡도록 했다.

그러나 최홍희 측은 이를 따르지 않았고, 분규는 더 심해지는 양상을 보였다. 이를 본 대한체육회는 직접 재조정에 나서서 대한체육회에서 4명, 대한태권도협회와 국제태권도연맹에서 각각 2명으로 총 8명으로 수습위원회를 구성하여 타협점을 찾으려 노력했다.

그러나 수습위원회 회의에서 최홍희는 불만과 자신의 주장만 내세우고는 회의장을 나가버렸다. 결국 수습위원회는 아무런 성과 없이 해체되었다. 그 뒤에도 대한체육회가 계속해서 양 단체를 설득하여, 다소 진정되는 듯한 모습을 보였다. 그러나 해외 사범 파견 문제를 놓고 최홍희 측이 계속해서 반발하면서 양측의 대립은 더 악화되고 말았다.

최홍희는 품새 정립에도 사사건건 반대하는 입장을 보이며 방해했다. 최홍희가 국제태권도연맹을 만들어 문교부에 사회단체로 등록할 무렵, 대한태권도협회는 태권도의 이론화, 체계화를 위한 노력을 기울이고 있었다. 한국 전통무술로서 태권도의 정체성을 확립하기 위해서는 품새를 재조정하여 정립해야 하는 일이 우선적이었기 때문이었다.

대한태권도협회는 태권도계의 원로와 전문가들, 그리고 여러 사범들의 의견을 모아서 연구에 들어갔다. 이종우 사범과 김순배, 그리고 박해만, 이영섭 사범 등 태권도 이론에 해박하고 오랜 경륜을 가진 분들의 중지를 모아 품새를 확립했다. 그러나 최홍희는 자신의 호를 따서 만든 창헌류라는 품새를 사용해야 한다는 뜻을 노골적으로 드러내면서, 대한태권도협회가 재정립해 놓은 품새를 비난하며 사용을 방해하는 일을 서슴지 않았다. 그는 자기중심적이고 독선적이며 자신에 대한 과신과 아집에 빠져 있었다.

1971년 1월에는 외교관 출신인 김운용이 대한태권도협회 회장으로 추대되어 업무를 맡았다. 이후 김운용은 뛰어난 국제적 감각과 외교관으로 쌓은 경험을 바탕으로, 태권도를 성장시키고 국제화하는 데 많은 노력을 기울여서 단시간에 큰 성과를 거두어 나갔다.

최홍희는 이에 맞불을 놓듯 말레이시아에서 제2회 국제태권도연맹 회의를 열었다. 자신의 입지가 좁아진 최홍희는 소외감과 불안감을 느낀 나머지 해외 도피를 생각했다. 그는 아내를 데리고 도미니카공화국을 거쳐 미국으로 잠입했다. 그리고 곧 캐나다로 망명해서 들고 간 보따리로 캐나다 토론토에 국제연맹 간판을 내걸었다.

일개 사조직에 지나지 않는 단체를 국제적 단체로 간판을 내건 것을 본 미국태권도협회에서는 그를 성토하는 소리가 이어졌다.

소식을 들은 김기황 부회장이 가장 먼저 그를 비난하고 나섰다.

"도대체 망명은 무엇이며, 망명을 하면 혼자 할 거지, 어떻게 태권도 이름까지 들고 가서 망명을 한단 말인가? 세상에 어떻게 이런 일이 있을 수 있다는 말인가?"

그는 매우 분개해 있었다.

그 소식을 들은 그의 제자들은 충격을 받았고 곤혹스러운 처지가 되었다. 제자들도 양분되었다. 일부는 그와 등을 돌렸고 그의 조카사위인 한차교조차도 그와 연락을 끊었지만, 캐나다 쪽에 나가 있던 사범들과 그의 제자들은 그에게 협조하는 쪽으로 기울어졌다. 여기에 대해서도 차수용과 심상규, 박만서를 비롯한 많은 사범들이 매우 부적절한 행동으로 여기고 있었다.

미국태권도협회 회장인 밀턴 영 하원의원은 그 소식을 듣고 대책을 논의하기 위해서 회의를 열었다. 그는 이와 같은 일은 국제 관례상 있을 수 없는 일이라고 했다.

"It's unreasonable and treacherous behavior(그것은 비이성적이고 배신적 행위다)!"

그는 매우 격앙된 음성으로 말했다.

하지만 최홍희는, 초기 사범들이 북미지역에 진출하여 어렵게 터전을 개척하고 기반을 다져놓은 것을 이용해서 태권도의 붐에 편승할 수 있었다. 그는 토론토를 중심으로 북미지역에 흩어져 있는 오도관 출신 사범들과 자신과 조금이라도 관계가 있는 사람들을 찾아다니며 세를 모았다. 그는 그들을 만나면 자신이 핍박받은 희생자인 양 행세하며 감언이설로 도움을 청했다. 그리고 태권도의 통일된 품새인 태극 품새를 비난하고 다니며 자신이 만든 창헌류가 주체성을 살리는 품새라며, 사용하게 하는 분열적인 언행을 일삼았다.

그러던 그가 다시 도움을 달라며 전화를 한 것이었다. 그의 부인이 비자 발급을 받지 못해 도움을 청해 왔을 때, 산토도밍고 태권도장 사범 조세 레예스를 시켜 도미니카 비자를 받도록 해 준 것만 해도 그런데, 또 다시 도움을 청해 온 그의 태도가 뻔뻔스럽게 여겨졌다.

전화를 끊고 나서도 이준구는 마음은 편치 않았다. 그가 왜 그러는지 이해할 수 없었다. 조국을 버리고 나왔으면 그만이지, 온 갖 것을 누리던 나라를 배신하고 나온 사람이 가지고 나온 기밀과 인간관계를 이용하여 반국가적인 행동을 하는 것에 분노가 치밀었다.

그가 영주권을 받으면 그의 행동은 어떤 식으로든 더 탄력을 받을 것이 뻔해 보였다.

저, 알리입니다

    1975년 8월 미국의회 체육관에서 준 리의 태권도 지도를 받는 유단자 버릭 상원의원과 알라스카 출신 테드 스티븐스 상원의원의 태권도 자유대련이 있었다. 둘은 모두가 4년 이상을 수련하여 기술적인 면에서 완벽할 정도의 기량을 갖추고 있었다. 가끔씩 새로 들어오는 의원들에게 기본동작과 품새를 지도하고 있었다.

    버릭 의원은 펀치에 힘이 있고 손놀림이 빨랐다. 반면 스티븐슨 의원은 발차기 기술이 뛰어났다. 특히 뛰어 돌려차기 기술이 잘 연마되어 있었다.

    미국의회 의사당 내 레이번 빌딩 의원 전용 체육관엔 이 이색적인 행사를 보기 위해서 많은 사람들이 모였다. 함께 태권도를 수련하는 동료의원들은 물론이고 가족들과 친지들이 모였다. 축제의 분위기를 방불케 했다. 시합이 시작되자 각 언론사 기자들의 플래시가 연이어 터졌다. 두 선수는 신사적인 매너를 유지하면서도 맹렬하게 서로를 공격했다. 상대의 공격을 막아내는 기술도 매우 여유 있고 자세가 유연하였다.

스티븐슨 의원의 발차기는 스피드가 있으면서도 균형감이 있었다. 그가 높이 뛰어 돌려발차기로 상대의 어깨 부분을 공격하자, 버릭 의원이 몸을 옆으로 피하며 왼손으로 막아냈다. 공격과 방어가 마치 시범을 보이는 것과 같은 훌륭한 모양새로 펼쳐졌다. 기자들의 카메라가 이 순간을 놓치지 않았다. 휴식시간을 포함해서 30분이 넘게 진행된 대련에서 발차기의 기술이 뛰어난 스티븐슨 의원이 근소한 점수 차이로 이겼다. 시합이 끝난 후 두 선수는 손을 맞잡고 환하게 웃으며 허리를 굽혀 서로에게 예를 표했다.

다음 날 신문마다 기사와 함께 대련 장면 사진이 크게 실렸다. 며칠 뒤 발행된 주간 잡지에도 기사가 실렸다. 4천만 부의 발행 부수를 자랑하는, 영향력 있는 인기잡지 퍼래이드(PARADE)는 표지 사진으로 두 사람의 대련 장면을 싣고 특집기사로 다루었다.

퍼래이드의 기사가 나가고 며칠 뒤였다. 펜실베이니아에서 전화가 왔다.

"저, 알리입니다, 무하마드 알리. 며칠 전 잡지에 실린 기사를 보고 놀랐습니다. 펜실베이니아 저의 집에 초대하고 싶은데, 응해주시기 바랍니다."

그의 목소리는 믿어지지 않을 만큼 차분했다. 경기를 앞두고 매스컴과 인터뷰를 할 때 듣던 목소리와는 사뭇 달랐다.

"준 리 마스터에게서 태권도 기술 일부를 배우고 싶어서입니다."

세계 복싱계의 무적의 타이틀을 가진 그가 태권도 기술을 배우겠다니, 의외의 말이었다.

전화를 끊고 생각해 보니 그랬다. 그와 조지 포먼 간의 타이틀 매치를 텔레비전 화면으로 보면서 느꼈던 생각이 이준구의 머리에 떠올랐다. '저 강력한 펀치에 스피드가 더 빨라진다면 어떻게 될까?' 하는 생각이었다.

"나비처럼 날아서 벌처럼 쏘리라(float like a butterfly, sting like a bee)"는 그의 말처럼 알리는 힘에 의존하는 주류 헤비급 선수들과는 달리, 빠른 스텝과 유연성을 무기로 링을 평정하는 것으로 이미 잘 알려져 있었다. 그런데 그가 거기에 태권도의 기술을 더하겠다는 말이었다.

그의 집은 펜실베이니아주 고급 주택단지에 위치하고 있었다. 그곳까지는 워싱턴에서 출발하여 블루리지 산맥의 셰넌도어 국립공원을 지나, 인터스테이트 하이웨이로 달려 3시간 거리였다.

그의 집은 하얀 2층 집으로 입구에서 집까지 2백 미터를 더 들어가야 했다. 10만평 규모의 대지에 사방으로 융단 같은 잔디가 깔려 있는 어마어마한 저택이었다. 그가 무명시절에 "나는 챔피언이 되면 낡은 청바지에 모자를 쓰고 수염을 덥수룩하게 기른 채, 아무도 나를 알아보지 못하는 시골동네에 갈 것이다"라고 했다는데, 과연 그의 집은 전원의 분위기가 한껏 났다.

그가 태어나서 자란 켄터키 루이빌의 작은 집에 비하면 천 배나 넓은 대지에 세워진 집이었다.

그는 현관 앞까지 나와서 매우 반가운 표정으로 이준구 사범을 맞이했다.

"나는 윗몸 일으키기를 몇 회나 하는지 세지 않습니다. 힘들기 시작할 때부터 세기 시작합니다. 그때부터가 진짜이니까요."

그는 자신이 매일 하는 운동에 대해서 말했다. 실내 수영장과 링을 보여주면서 실제 연습하는 동작을 보여 주기도 했다.

"엄청난 파워를 가진 그 주먹에 스피드를 더 가속시킨다면 믿기 어려울 정도의 타격력을 가지게 될 것입니다."

이준구는 가벼운 어조로 말을 했다.

"지금 내 주먹의 빠르기는 내가 낼 수 있는 최상의 빠르기라 생각합니다. 그리고 최상의 컨디션입니다."

그는 의아한 표정으로 이준구 사범을 쳐다보았다. 그의 힘과 스피드를 최상이라 믿고 있는 그로서는 상대방의 말이 의아하게 들리지 않을 수 없었을 것으로 보였다.

"오랫동안 무술지도를 하면서 손기술에 대한 것을 많이 연구하지 않을 수 없었습니다. 주먹의 타격력은 펀치의 힘도 중요하지만

215

스피드가 더 중요한 면이 있습니다. 그것을 가장 훌륭하게 보여준 것이 브루스 리의 펀치력이었습니다."

"브루스 리의 펀치력이라고요?"

브루스 리라는 말에 눈을 크게 뜨며 즉각적인 반응을 보였다.

"절권도를 만들기 전에 내가 발차기 기술을 그에게 가르쳤고, 그는 나에게 손기술을 가르쳐 주었어요. 그것이 바로 주먹의 스피드를 가속화하는 기법입니다."

이준구는 알리를 위해 자신이 특별히 준비해 간 손기술의 원리를 시범으로 보여 주었다.

"한 번만 더 보여 주십시오."

그는 진지한 표정으로 말했다.

"자, 보십시오. 이렇게. 머리에 생각과 동시에 주먹이 앞으로 나가는 거지요. 보통 짧은 순간이지만, 생각을 하고 행동이 있게 되는데, 이것을 생각과 동시에 행동이 이루어지게 하는 원리입니다."

알리는 이준구의 빠른 손놀림을 신기하게 바라보았다.

"내가 특별히 이 기술을 아쿠 펀치(Accu-Punch)라고 명명하였습니다. 브루스 리의 손기술을 태권도의 손기술에 합쳐서 만든 것입니다. 가속도라는 물리학적 힘을 응용한 것이지요."

속도가 빠를수록 거기에 실리는 힘의 강도는 제곱으로 더해진다는 원리를 바탕으로 한 것으로, 무술 훈련을 해본 적이 없는 사람은 감히 시도도 할 수 없는 것이 바로 이 펀치라는 것도 덧붙여 설명해 주었을 때, 알리는 매우 진지한 자세로 귀를 기울였다.

실제적인 훈련은 그 다음 날부터 시작되었다. 이준구 사범은 이 펀치를 훈련시키기 위해서 워싱턴에서 펜실베이니아까지 일주일에 한 번씩 그의 집을 방문했다. 알리는 훈련에 임하는 자세가 진지하고 배우려는 노력이 적극적이었다. 평소에 매스컴으로 알려진 대로 거만하다든가 험한 말을 해대는 사람이 전혀 아니었다. 태도가 겸손했다. 그는 과연 세계 최강의 프로답게 하나를 배우면 몸에 익을 때까지 끈질기게 매달리는 습성이 있었다.

한 달이 지나자 그의 펀치의 스피드는 놀랄 만큼 빨라졌다. 원래도 빨랐는데 더 빨라진 것이었다. 속도에 변화를 느낀 그는 더 열심히 연습에 매달렸다. 처음 연습을 시작할 때 반신반의하던 태도가 완전히 바뀌었다.

그는 감사하는 마음을 표하기 위해서 여러 가지 노력을 기울였다. 휴식을 취할 때 자신의 고민을 털어놓기도 하고, 새로 결혼한 부인을 만나게 된 이야기도 들려주었다. 말콤 엑스를 만났던 이야기와 본명 '캐시어스 마셀러스 클레이 주니어(Cassius Marcellus Clay Jr.)'을 버리고 새 이름을 개명한 이야기도 숨김없이 들려주었다. 훈련이 끝나면 꼭 성찬이 준비된 별실 식당으로 가서 식사를 함께 하였다.

그가 켄터키 주 루이빌 가난한 가정에서 태어난 12세 때 아마추어 복서로서 복싱을 시작하였고, 1960년 로마올림픽에서 라이트 헤비급 금메달을 획득하면서 프로로 전향해 64년 소니 리스턴을 7라운드에 KO시키고 헤비급 챔피언이 되었다. 그 후 2차례에 걸쳐 헤비급 챔피언 타이틀을 석권하며 지금까지 16년간 연승 가도를 달려온 이야기도 들려주었다.

"가장 힘들었던 때는 종교적인 문제로 67년 베트남전쟁 병역징집을 거부해서, 유죄로 판결 받고 선수권을 박탈당했을 때였어요. 3년 7개월을 힘들게 견디고 나서 1971년도에 챔피언 조 프레이저에게 도전해서 판정패 당했을 때, 힘을 많이 잃었어요."

그의 말을 들을 때 그의 마음속에 지워지지 않은 어떤 상처가 있는 것처럼 느껴졌다.

두 사람은 식사가 끝나고도 한 시간은 좋게 자리에 앉아 이야기를 하곤 했다. 일 년 전인 1974년 10월 조지 포먼과의 경기는 명승부였다. 그가 가공할만한 해머 펀치의 소유자로서 당시의 헤비급 챔피언인 조지 포먼을 8회에 KO로 쓰러뜨리는 경기를 지켜보았던 이준구 사범은 그의 놀라운 투지에 큰 감명을 받았던 기억이 떠올랐다.

알리는 그 경기에서, 불과 1년 3개월 전 자메이카에서 당시 헤비급 챔피언이던 조 프레이저를 2회에 간단히 KO시키고 챔피언에 올라, 무쇠주먹이란 닉네임을 달고 40전 40승 39KO승이라는 획기적인 기록으로 연승가도를 달리던 조지 포먼에 도전해서, 8회에 KO승을 거두는 신화를 낳았다. 모든 복싱 전문가들의 예상을 뒤엎고 세계를 놀라게 한 경기였다. 그 경기로 그는 두 번째로 헤비급 왕좌에 오르는 영광을 안게 되었다.

이런 화려한 경력을 가진 세계 헤비급 통합챔피언인 그였지만, 이준구 사범을 대하는 자세는 겸손했다. 어쩌면 그것이 그의 천성인지는 모르겠지만 그는 생각도 깊고 인정도 많은 사람이었다.

훈련은 두 달이 넘도록 계속되었다. 훈련이 끝나던 날 알리는 워싱턴까지 따라왔다. 그는 이준구가 수련생들의 안전을 위해서 만들어 시중에 내놓은 태권도 연습용 안전 장구의 광고 모델로 출연해서 영상까지 촬영해 주고 돌아갔다. 도복에 블랙벨트를 맨 모습은 영락없는 태권도 유단자처럼 보였다.

해가 바뀌고 1976년 5월 24일 독일 뮌헨에서 열린 세계 헤비급 통합타이틀 방어전이 열렸다. 도전자는 영국 챔피언 리처드 던이었다. 공이 울리자 시작부터 알리의 손놀림은 현란했다. 주먹의 속도가 몰라보게 빨랐다. 아쿠 펀치의 위력이 그대로 드러났다. 결과는 5라운드 TKO 승이었다.

그리고 불과 한 달 뒤인 6월 알리와 이준구는 일본으로 향했다. '세기의 대결'이라 불리는 세계 헤비급 통합챔피언 무하마드 알리와 일본 프로레슬링의 전설 안토니오 이노키의 경기가 준비되어 있었기 때문이었다.

"경기는 짜인 각본대로 진행될 예정이었으나 변경되어 실제 경기로 하기로 하였으니 잘 되었어요. 나의 펀치력도 아낌없이 보여줄 수 있으니 말이오."

알리는 도쿄로 날아가는 비행기 안에서 이준구에게 자신의 심정을 솔직히 털어놓았다.

두 선수가 힘겨운 시합을 하다가 경기가 중반쯤 되었을 때, 알리가 이노키에게 타격을 가하는 모션을 취하면 이노키는 피를 흘리는 척하고, 이 모습을 본 알리가 경기 중지를 요청하고 있을 때 뒤에서 이노키가 반격을 가하여 경기를 끝맺는 것으로 짜인 각본이었다고 했다. 그가 경기 마지막에 하는 말까지 각본에 짜여 있었다고 했다. 그러나 자신은 그것이 전 세계인들을 속이는 것 같아 마음이 무거웠는데 실제 경기를 할 수 있어서 마음이 가볍다고 했다.

일본에 도착했을 때 현지의 분위기는 한껏 고조되어 있었다.

두 선수에게 지급되는 파이트머니는 사상 최고액이었다. 알리에겐 18억 엔, 이노키에겐 6억 엔으로 어마어마한 액수였다. 경기 티켓이 최고 30만 엔이었다. 링은 프로레슬링의 링으로 하고, 알리는 복싱 글러브를 착용하고 이노키는 맨손으로 경기를 하도록 정해졌다.

드디어 6월 25일 도쿄 실내체육관엔 1만 4천여 명의 관객들이 모여들었고, 세계 34개국에서 동시 생중계를 했다.

경기가 시작됐다. 그런데 경기는 처음부터 이상한 방향으로 흘러갔다. 게임다운 게임이 벌어지지 않았다. 적어도 알리가 빠른 스텝으로 잽을 날리다가 치고 나간다든가, 아니면 이노키가 몸을 던져 알리를 잡아서 물고 늘어진다든가 하는 장면은 있을 것으로 예상했는데 대결은 예상 밖의 형태로 펼쳐졌다.

경기 초반부터 이노키는 링에 등을 댄 채 누워서 공격할 수 있는 자세를 내 주지 않았다. 이노키는 스탠딩 시간이 단지 14초밖에 되지 않았다. 이노키가 누운 상태에서의 로우킥(다리후리기)만 한 차례 있었다. 알리는 때를 놓치지 않고 펀치를 내밀었으나 빗나갔다. 이때 펀치는 스피드가 엄청나게 빨랐다. 후반에 한 차례 이노키의 얼굴에 내민 펀치 역시 새로 연마한 아쿠 펀치였다. 이 빠른 속도의 주먹에 주눅이 든 이노키는 달려들어 허그를 하거나 기술을 쓸 엄두를 내지 못하고 있었다.

1라운드에서 15라운드까지 알리의 손놀림은 전에 볼 수 없을 정도로 빨랐지만, 상대가 누워서 다리 후려차기나 하는 상태가 계속되니 그 위력을 제대로 보여 주지 못했다.

15라운드에 걸쳐 이노키가 서서 경기를 하는 시간은 평균 라운드당 14초에 지나지 않았다. 알리는 이노키 주위를 빙빙 돌면서 공격의 기회를 노렸지만 지루하게 시간만 흘렀다.

링 밖에서 지켜보는 이준구는 로우킥 하는 이노키의 다리를 주먹으로 내리찍으라는 신호를 연이어 보냈지만, 공격할 각도가 잘 나오지 않았다. 스텝들도 답답하기는 마찬가지였다.

경쾌한 풋워크의 정통 아메리칸 아웃복싱을 구사하며, 최상의 스피드를 가진 숨겨진 펀치, 아쿠 펀치의 기술까지 갖춘 알리로서는 상대가 파이팅 상태로 나와 주지 않는 것이 답답하기 이를 데 없었다.

시합은 결국 무승부로 끝났다.

"아쉬움이 많은 경기였지만 충분히 의미 있는 게임이었습니다."

여느 때와는 달리 알리는 몰려든 기자들 앞에서 차분하게 말했다.

"내가 가지고 있는 펀치기술 중에서 비장의 기술, 아쿠-펀치란 기술이 있습니다. 그 기술을 오늘 이 시합에 동행해 준 태권도 마스터 준 리가 가르쳐 준 것이다. 그에게 감사드립니다."

많은 기자들과의 인터뷰에서 밝혔다. 그리고 이준구 사범과 함께 서서 포즈를 취해 주기도 했다.

"시합 후 나의 조국, 한국을 방문해 주지 않겠소?"

미국을 출발하면서 이준구가 했던 제의를 알리는 저버리지 않았다.

스탭들이 "뒤의 스케줄 때문에 안된다"고 반대했지만, 그는 즐거운 마음으로 한국행 비행기에 올랐다.

"나에게 아쿠 펀치라는 놀라운 펀치력을 가르쳐 준 준 리 사범의 조국, 한국을 방문하게 되어 영광스럽습니다."

6월 27일 김포공항에 도착해서 기자들 앞에서 한 말이었다. 오픈카를 타고 숙소인 조선호텔에 이르는 도로변엔 수많은 인파가 몰려나와 그의 한국방문을 환영했다.

"오! 팬태스틱 코리아(환상적인 한국)! 프렌드리 시티즌즈(우호적인 시민들)!"

그는 환호를 연발하며 창밖으로 손을 흔들었다.

이튿날 그는 국립묘지에 들러 참배하고 미군부대와 한국군 부대를 방문하여 장병들을 격려했다. 월남전 참전을 거부했다가 선수권을 박탈당했던 그가 군부대를 방문하여 장병들과 어울려 사진을 찍는 모습은 그의 인식에 새로운 변화를 보여 주는 것이었다. 그는 그것을 한국에서 보여 주었다. 외신들은 그의 변신을 앞다투어 보도했다.

"당신은 역시 링 안에서도, 링 밖에서도 위대한 선수입니다."

한국을 떠나면서 이준구가 그를 보고 말했다.

"챔피언은 체육관에서 만들어지지 않습니다. 챔피언은 욕망과 꿈, 식견과 같이 그 사람의 내면 깊은 곳에서 만들어집니다. 그것을 가르쳐 준 당신과 태권도의 나라에 감사합니다."

그는 환하게 웃고 있었다.

세기의 무술, 세기의 인물

이준구 사범이 서울에서 워싱턴으로 돌아오고 나서 5일 뒤인 7월 4일은 미국독립 200주년 기념일이었다. 1976년 7월 4일. 이날은 미국인들이 가슴 설레며 손꼽아 기다려온 날이었다. 미국사회의 각 분야에서는 일 년 전부터 이 기념일을 준비해 왔다. 사회 각 단체를 대표하는 사람들이 모여 성대한 행사를 기획하고 준비해 왔다.

피나는 노력으로 광활한 황무지를 개척하여 최강의 나라를 만든 선조들의 발자취를 돌아보고, 그들의 헌신과 노고, 빛나는 성취를 기리고 자축하는 날이었다. 그들 선조들이 가슴에 품고 신대륙에 건너왔던 이상과 꿈을 이어가고, 자유주의 민주국가의 건국 이념을 지켜가려는 결의를 다지는 날이기도 했다.

이날은 단지 미국만이 아니라 전 세계 여러 나라에서 미국이 이룩한 위대한 성취와 그들의 자유정신, 그리고 세계 질서와 평화를 위한 희생에 감사하는 날이기도 했다. 전 세계 여러 나라에서 축하사절을 보내고 최고의 기념물을 제작하여 그 뜻을 기렸다.

뉴욕에서는 독립 100주년을 기념하여 맨해튼 허드슨강 하구에 세운 자유의 여신상을 재단장하여 불을 밝혔다. 100년 전 프랑스 정부는 조각가 바르톨디가 제작한 자유의 여신상을 미국에 세웠다. 머리에 7대양을 상징하는 7개의 가시가 달린 왕관을 쓰고 발밑에는 끊어진 족쇄를 밟은 채, 왼손엔 독립선언서를 들고, 오른손엔 횃불을 든 자유의 여신상을 세워 미국인의 뜻과 성취를 축하했다.

100년을 그 자리에 서 있어 온 그 여신상에 연일 찬란한 불을 밝히고, 지상에 존재하는 모든 빛으로 만든 불꽃과 10만 개의 폭죽을 한 달 동안이나 쏘아 올려 독립 200주년을 축하하고 있었다.

워싱턴의 거리란 거리는 모두 축제의 무위기로 변했다. 전 세계에서 온 축하공연단이 거리마다에서 화려한 공연을 펼치고, 포토맥강변과 베이슨 호숫가는 온통 화려한 장식물로 덮였다.

기념행사의 하이라이트는 미국연방정부에서 선정한 세기의 인물 발표와 시상식, 그리고 축하 공연이었다.

이준구는 '20세기 최고의 무술인(The Martial Arts Man of The Century)'으로 선정되었다. 이것은 독립 200주년을 기념하여 20세기 최고의 인물을 뽑아 상을 주는 것으로, 100년 만에 한 번 있는 행사였다. 정치부문에 헨리 키신저 전 국무장관이 선정되었고, 복싱에 무하마드 알리, 축구에 제임스 브라운, 농구에 윌 챔버린, 야구에 조 디마지오, 무술에 이준구가 선정되어 상을 받게 되었다.

　미국의 신문들은 톱기사로 다루었고 텔레비전 방송에선 소식과 함께 수상자들의 인터뷰가 연이어 방영되었다. 전 세계 언론에서도 관심 있게 다루었다.

　시상식은 기념행사의 피날레를 장식한 7월 17일에 거행되었다. 국무장관을 비롯한 행정부 요인들, 국회 상·하원 의장과 의원들, 각국 대사, 각 분야의 저명인사들이 대거 참석했다. 시상식은 상의 품격에 어울리게 진행되었다. 미국의 대외정책과 세계외교를 주도했던 헨레 키신저 전 장관은 유창한 언변으로 행사의 의미를 축하했고 뜨거운 박수를 받았다. 그는 수상자 기념 촬영을 하면서 옆에 섰던 무하마드 알리의 주먹과 이준구의 주먹을 자신의 주먹과 견주어 보는 유머러스한 행동을 해서 사람들의 웃음을 자아내기도 했다.

　의회에서 태권도를 배운 킹그리치 의원과 밥 리빙스턴 의원, 그리고 캐롤린 매로니, 닉 스미스 의원이 함께 앞으로 나와서 이준구의 목에 화환을 걸어 주고, 키신저 장관, 알리 선수와 함께 기념 촬영을 했다.

　"지난 2백 년 동안 온갖 시련과 압박을 견디며 지켜왔던 미국인들의 끊임없는 염원인 평등과 정의, 그리고 개인의 재능을 추구할 수 있는 권리 등 기본적인 이념은 변치 않을 것입니다. 앞으로도 나의 작은 노력이 이 위대한 나라에 조금이라도 기여가 된다면 저로서는 더없는 영광일 것입니다. 그리고 오늘 이 영광스런 자리에 서게 해준 조국 코리아와 국기國伎 태권도에 무한한 감사를 드립니다. 저의 이 수상은 금세기 최고의 무술 태권도에 주어지는 것으로 여기며, 태권도의 앞날이 무궁하기를 바랍니다."

리셉션 자리에서 이준구 사범은 소감을 밝혔다. 박수가 이어졌다. 모두가 환한 얼굴로 박수를 치고 태권도를 전수받은 킹그리치 의원을 비롯한 20여 명의 의원들은 뜨거운 마음으로 기립박수를 쳤다.

미국 무술계는 이준구 사범의 수상을 의미심장하게 받아들였다. 얼마는 충격으로 얼마는 존경으로 수상의 의미를 되새겼다. 가라테와 유도, 쿵푸, 합기도의 최강자들은 이준구 사범의 무도인으로서의 완숙한 인격과 뛰어난 역량을 높이 평가했다. 그리고 사회에 끼친 영향과 헌신을 무도인의 표본으로 여기는 분위기가 자연스럽게 이어졌다. 무술 전문잡지 블랙 벨트와 일러스트레이티드 등에선 '존경할만한 최고의 무도인'이란 표제로 심층기사를 다루었다. 축제의 분위기는 좀처럼 가라앉지 않고 한 달이 넘게 계속되었다.

8월 말 아직도 전국의 해변과 호숫가에선 축제 분위기로 밤마다 폭죽이 터져서 여름의 밤하늘을 아름답게 수놓고 있었다. 이준구 사범이 캘리포니아에서 열린 태권도 승단대회에 참석했다가 막 돌아왔을 때였다. 캐나다에서 최홍희 사범에서 전화가 왔다. 별로 반가운 전화가 아닌 것 같아서 잠시 망설이다가 전화를 받았다.

"이 사범, 큰 상을 받았다는 소식은 들었어. 늦게나마 축하하오."

그의 말에 감정이 실려 있지 않았다. 음성이 매우 건조하게 들렸다.

"아, 예⋯."

이준구는 말을 잇지 못했다.

"이 사범은 미국사람이 다 된 것 같아."

말뜻을 이해할 수 없었다. 빈정거리는 투였다.

"예? 미국사람이 다 되다니요?"

"아하, 미국 아이들이 별로 마음에 안 들어서 그냥 해 본 소리야."

그의 말이 더 이상한 쪽으로 흘렀다.

"그래서 캐나다로 망명하신 모양이지요?"

이준구의 말도 곱게 나오지 않았다. 그는 약간 난처한지 머뭇거리다 말머리를 돌렸다.

"이제 영주권이 나오고 2년이 다 되었으니, 뭔가 일을 해봐야겠고 해서 말인데, 동유럽과 관계를 가져볼까 해."

"동유럽은 아직 사회적 분위기가 자유롭지 못한 나라가 많은데, 왜 하필이면 동유럽 국가와 관계를 가지려 하십니까?"

이준구는 그의 말이 이해되지 않았다.

"거기는 북한과의 관계가 가깝고 하니까 도움이 될 일이 많을 것 같아서야."

말뜻이 아리송했다. 얼핏 동유럽과의 관계가 목적이 아니라 북한과의 관계가 목적인 것처럼 들렸다.

"주체성이 문제야. 지금 남한태권도협회나 세계태권도연맹인가 하는 것 말이야, 하는 짓이 가관이라고. 엉터리 가짜야. 주체사상이 없어. 가라테의 아류 짓거리나 하고 있어."

그는 주체사상까지 운운하며 말이 격해졌다. 그가 함경도에서 태어나 어릴 때 그곳에서 살아서 그런지 그날따라 억센 함경도 억양이 섞여 나왔다. 그는 숨을 돌리고 다시 말을 이었다.

"내가 지난해 몬트리올에서 개최한 국제태권도대회에서 보여준 것처럼 우리가 하는 것이 진짜야. 세계태권도연맹이 하는 태권도는 제멋대로야. 미국태권도협회도 우리 국제태권도연맹에 들어와야 돼. 이 사범이 부회장이고 사무총장이니 얼마든지 사람들을 움직일 수 있잖아. 우리 연맹에 들어오라고."

그의 말은 점점 본색을 드러냈다.

"국제태권도연맹은 최 사범님이 개인적으로 움직이는 단체이고 세계태권도연맹은 한국정부가 승인하여 세계적으로 결성된 조직인데, 그렇게 함부로 말씀하시는 것은 듣기가 거북합니다. 해외에서 같은 태권도인끼리 상대를 비방하는 것은 서로에게 아무런 도움이 되지 않을 것입니다."

이준구 사범은 듣다못해 입바른 소리를 하고 말았다. 선배로 예우를 다해왔는데 그의 말이 선을 넘어서고 있다는 것에 매우 기분이 상했다.

"내가 태권도를 만들었다는 것은 이 사범도 알잖아. 그런데 남한 애들이 내가 만든 창헌류 품새를 사용하지 않고, 얄궂은 것을 만들어 쓰고 있는 것도 참을 수가 없어. 내가 만들어 낸 창헌류가 전통적인 맥을 잇는 것인데도 나를 배척하고 있는 것은 권력 잡은 놈이 그것을 못 쓰게 했기 때문임이 틀림없어."

이준구는 어안이 벙벙했다. 그는 자신이 살다 온 나라를 마치 적의 나라로 생각하고 하는 말 같았다. 그가 태권도를 만들었다니, 심한 착각이나 망상에 빠져 있는 것처럼 들렸다. 비록 그가 군에서 오도관을 운영할 때 남태희 대위의 힘을 빌려, 태견에서 따와 태권도 명칭을 만든 것은 인정하지만, 그가 하는 말을 이해할 수 없었다.

아무런 무도 경력도 없던 그가 이원국 사범이 세운 청도관에서 명예단증을 얻어서 무도인으로 행세를 해왔다는 것을 알만한 사람은 다 아는데, 자신이 태권도를 만들었다는 말은 어불성설이라는 것을 이준구는 누구보다 잘 알고 있었다.

"해방 이후 생긴 청도관과 무덕관, 송무관, 조선연무관(지도관), YMCA 권법부 등은 창설자들이 비록 초창기에 가라테를 배웠지만, 한국 전통무술인 태견의 원류를 바탕으로 새로운 기술을 개발하여, 태권도를 정립해 놓지 않았습니까. 전통적 원류를 찾아내고 또 새로운 기술을 개발하여 오늘의 우리 태권도를 이룩해 놓은 것은 얼마나 자랑스러운 일입니까."

도대체 무슨 몽유병 환자 같은 말을 하고 있느냐고 내뱉고 싶었지만 감정을 누르며 점잖게 에둘러서 말했다.

"내가 만든 창헌류는 한국에서 애들이 만든 태극 품새인가 하는 것 하고는 확연히 다른 거야. 창헌류는 태권도가 우리 전통무술이라는 것을 증명해 주는 중요한 문헌과 같은 역할을 하는 거라고."

그는 계속해서 자기주장을 이어갔다.

창헌은 그의 아호이다. 민족 전통을 말하면서 자신의 아호에 붙여 태권도의 품새로 쓴다는 것 자체가 자가당착적인 말로 들렸다.

이준구는 그가 쓴 태권도 교본에 실린 태권도 동작 사진을 우연히 보게 되었는데, 중복되는 것이 있었고, 일부는 자신의 말과는 달리 오히려 가라테 동작인 것이 여럿 있었다. 특히 옆차기 동작 사진은 가라테 동작과 동일하다는 것을 확인한 적이 있었다. 그런데 그가 오히려 그 반대의 말을 하며 태극 품새를 비난하는 것은 아전인수적 행동으로 밖에 생각되지 않았다.

"태권도를 통해서 이상적인 인류사회의 건설을 위해 노력하면서, 민족 단합과 세계 평화, 복리에 기여할 수 있도록 하려는 것이 나의 철학이야."

그의 말은 거창하고 숭고한 의미를 지닌 것처럼 들렸다. 그러나 그 말이 이준구 사범에게는 속을 뒤집어 놓은 말과 다르지 않았다. 자신이 살던 나라, 그 나라에서 장성을 역임하고 대사까지 지낸 사람이 마치 먹던 우물에 침을 뱉고 있는 꼴이었다.

온갖 혜택을 다 누려온 나라를 배신하고 딴 나라에 망명해 있는 꼴도 꼴이지만, 국가를 대표하는 공인된 단체가 있는데도 자신의 사조직과 같은 단체를 만들어 분열을 조장하고 있으면서, 인류사회를 말하고 민족 단합을 말한다는 것이 얼마나 자가당착이고 위선적인지를 생각하니 말문이 막혔다.

여명으로 오는 아침

로럴드 레이건 대통령은 영화배우로서도 유명했지만 대통령으로서도 품위와 멋스러움을 보여주었다. 부인 낸시 여사도 성실한 내조와 미국 국민들에게 친밀감을 주는 언행으로 인기가 많았다. 레이건 대통령은 다른 사람의 말을 경청하고 정책에 반영하는 경우가 많았다.

레이건 대통령이 부임하고 나서 6개월이 지난 어느 날 백악관에서 이준구 사범 사무실로 전화가 왔다. 협의할 문제가 있으니 백악관을 방문해 달라는 전화였다. 그다음 날 이준구 사범은 긴장된 마음으로 백악관 담당 비서실로 찾아갔다.

"대통령께서 이 선생(Sir Lee)를 체육 고문(physical education advisor)으로 임명하시기를 원하는데 수락해 주시면 고맙겠습니다.”

담당 비서관은 친절하면서도 정중하게 말을 했다. 이준구는 너무 뜻밖의 말이라서 놀란 표정을 지었다.

“저로서는 감당하기 힘들 정도로 감사한 말씀입니다만, 제가 대통령 체육 고문을 할 정도의 식견을 갖추고 있지 못합니다. 저보다는 사회정보에 밝고 식견이 뛰어난 분을 고문으로 택하시는 것이 좋을 것으로 여겨집니다.”

이준구는 솔직한 자신의 마음을 전달했다.

“아닙니다. 대통령께서는 이미 이 선생께서 국가 이익에 도움이 되는 일을 너무 많이 해 오셨고, 국회에서 여러 의원들에게 한국 전통무술인 태권도를 오랫동안 지도해 오신 것을 잘 알고 있습니다. 더구나 대통령께서는 미국사회에 새로 진입해 와서 꿈을 이루고 국익에 도움이 되는 일을 하신 분들에 대한 존경심이 특별하신 분입니다. 이 선생님을 고문으로 모시고자 하는 데는 대통령의 그런 뜻도 포함되어 있습니다.”

비서관의 말에 이준구는 더 이상 거절의 말을 할 수 없었다.

“대통령의 뜻이 그러시다면 최선을 다해 보겠습니다.”

그렇게 수락하고 백악관을 나왔다.

돌아와서 생각해 보니 무거운 책임감이 느껴지기도 했지만 영광스럽게 생각되기도 했다. 어찌 생각하면 천운으로 주어진 직책 같기도 했다. 미국이라는 나라의 모래알처럼 수많은 사람들 중에서 대통령의 고문이 된다는 것은 천운이 아니면 주어질 수 없는 직책이란 생각이 들었다.

'이 나라와 사회에 유익한 일을 해보자.'

마음속으로 다짐을 했다. 그리고 그가 미국사회에서 살면서 느끼고 생각했던 것, 사람들에게 어떤 체육 정책이 필요할까를 곰곰이 생각해 보았다.

'미국사회는 전반적으로 운동이 부족하다. 특히 서민층 중년 이상은 운동에 신경을 쓰지 않는 편이다. 먹고살기 바쁘기 때문이다. 공원이나 산책 시설이 잘 갖추어져 있지만 규칙적으로 운동을 하는 사람들은 그리 많지 않다. 운동에 대한 인식이 부족하고 생활 습관이 되어 있지 않기 때문이다. 특히 육식을 주로 하는 사회에서 비만 문제를 해결하기 위해선 운동이 절대 필요하다.

시민 생활체육은 어린 시절부터 가르쳐야만 습성화 된다. 그러기 위해선 초등학교 때부터 자신이 가장 좋아하는 운동을 할 수 있는 방안을 마련해야 된다. 이를테면 태권도 수련 같은 것도 심신을 동시에 수련할 수 있는 좋은 운동이다.'

이준구의 머리엔 여러 생각이 떠오르고 어느 정도 정리가 되었다.

연말이 가까워질 무렵 서면으로 자신의 생각을 타이핑하여 비서실에 전송했다. 그리고 대통령을 대면할 때에 건의할 사항도 메모해 두었다.

그는 시민들의 생활운동 활성화의 일환으로 태권도 수련을 이용하게 하는 것이 좋으리라고 생각했다. 70년대 초반 이후 미국사회에 가히 폭발적이라 할 만큼 동양무술 붐이 일고 있는 것을 이용해서 태권도 수련을 생활체육에 끌어들여야 한다는 생각이 들었다. 브루스 리라는 이름을 유치원 아이도 알고, 초등학교 아이들이 거리에서 무술놀이를 하며 놀고 있는 이 마샬 아츠 붐을 이용한다면 생활체육은 분명코 활성화되리라는 확신이 생겼다.

그들이 그렇게 동양무술에 빠져들고 그 열기가 식지 않는 것은 무엇 때문일까? 그것은 그들이 받은 문화충격에서 오는 것이다. 상상을 뛰어넘는 초인적인 능력. 영웅이 없어진 시대에 그들이 만난 초인적 인간의 힘을 동양무술에서 보았기 때문일 것이다. 이준구는 그것을 알고 있었다. 그것은 바로 그들이 동양적인 것에서 그들이 가지지 못한 것을 얻으려 하고 있기 때문일 것이라는 생각이 들었다.

"그들에게 맞는 무술이 되어야 된다. 태권도가 생활체육이 되게 해야 한다. 새로운 응용은 진화이다."

이준구는 생각했다. 태권도에 보다 재미있고 경쾌한 동작으로 모던한 옷을 입혀야 된다고 생각했다. 무도이면서 때로는 스포츠와 같은 진화가 필요하다고 생각해왔다. 겨누기 품새에 좀 더 실전성을 가미하는 것이 필요해 보였다.

"전통을 지키되, 동작에서 불합리한 부분은 보다 과학적인 바탕 위에 개선해 보자."

그의 일관된 주장이었다. 가라테의 동작이 태권도보다 실전성이 떨어지고 발차기의 기술이 발달되지 못했기 때문에, 그들은 실전성이 높은 태권도를 선호하고 있는 것이다. 그는 어린 학생들에게 태권도 수련의 안전성을 보여주고 태권도 경기화를 위해서 이미 보호 장구를 개발해왔다.

보호 장구가 개발되어 각 도장에 보급되고 광고가 나가면서 태권도를 배우겠다고 도장을 찾아오는 중고등학생이 급증했다. 특히 무하마드 알리가 자원해서 모델로 나서줌으로써 보호 장구는 급속도로 퍼져 나갔고, 연습에 안정성은 확인한 학생들이 몰려드는 결과를 낳았다.

'이제 이 열풍을 학교로 끌어들여야 한다. 그리고 아직 일부 대중들에게는 멀게 느껴질지도 모르는 태권도를 그들이 쉽게 받아들여질 수 있도록 하는 여건을 만들어야 한다.'

이준구의 생각은 미국태권도협회를 통해서도 구체화되기 시작했고 결실을 거두어 갔다.

레이건 대통령과 두 차례의 면담에서도 생활체육의 활성화와 학교체육의 변화가 필요하다는 것을 건의하고 그 구체적인 방안까지도 의견으로 밝혔다.

미국태권도협회와 이준구는 태권도를 학교의 교육과정에 포함시키기 위한 노력을 기울였다. 시장과 시의회 의원, 그리고 교육감과 교육단체장을 찾아가서 건의하고, 사친회 회장들을 만나서도 태권도를 학교 교육과정에 포함시켜야 한다고 설득했다. 노력한 결과가 나타나기 시작했다.

1980년 초 워싱턴시 애마돈초등학교, 보웬초등학교 등에서 태권도를 정식 교과과목으로 채택해서 가르치겠다는 연락이 왔다. 그리고 뒤이어 버지니아 우버고등학교에서도 교과목으로 채택하여 가르치겠다는 연락이 왔다. 한 달이 지나고 워싱턴시 8개 초등학교에서도 태권도를 정식 과목으로 가르치겠다고 나섰다.

"단지 무술의 기술만이 아니라 그 정신에 매료되었다. 미국 교육의 질이 저하되면서 자성의 소리가 들리기 시작했고, 새로운 정신운동의 교육이 필요하다고 생각하고 있었다. 그런데 태권도에서 긍정적이고 적극적인 삶의 자세를 배울 수 있다는 것을 알게 되었다. 신체의 단련과 정신적인 수양, 특히 생존의 철학과 인생의 본질적인 가치를 배울 수 있는 매우 훌륭한 교육적인 가치가 있는 것으로 판단되어 정식 교육과정에 포함시키게 되었다."

그들은 태권도를 교육과정으로 채택한 이유를 그렇게 밝혔다. 지역 언론에서도 이를 매우 이례적이며 바람직한 일로 다루었다. 후속 기사가 쏟아졌다.

"태권도는 학생들의 신체 발달에 도움을 줄 뿐만 아니라, 인내심을 기른다는 데서 매우 중요한 의미를 가지고 있다. 태권도를 배우는 자세에서 애국심을 배우고, 스스로 설 수 있는 독립심과 어떤 어려움도 극복할 수 있다는 자신감을 기르게 된다는 점에서 교과목으로써의 덕목을 가지고 있다. 문명이 발달할수록 인간이 기계에 의존하게 되고, 생각도 기계적인 것으로 바뀌어 행동도 극도의 개인주의적 형태를 취하게 된다.

이런 시대에 인간의 관계를 중시하고 자신을 절제할 수 있는 인성교육이 필요하다. 태권도 수련을 통해 신체 단련과 개인의 올바른 행동, 그리고 사회적 정의감을 길러주는 것보다 더 훌륭한 인성교육은 찾기 어렵다. 그래서 우리는 태권도의 교육과정이 이루어 낼 미래를 희망찬 마음으로 기다리게 된다."

워싱턴 일간지의 매우 호의적인 기사였다. 그 기사의 영향이 컸다.

기사가 나가고 며칠 뒤 워싱턴시 교육감에게서 미국태권도협회 사무실로 전화가 왔다. 이행웅 회장이 직접 전화를 받았다.

"학생들의 인성 형성을 위한 태권도 교육을 추진하고 후원해 준 회장님과 전 회원들에게 감사합니다. 시 교육당국에서는 앞으로 이 교육 프로그램이 정규 교육과정뿐만 아니라 방과 후 프로그램으로도 신설하며 더 확산될 수 있도록 노력하겠습니다."

교육감의 말에 교육적인 신념이 묻어나는 것 같았다.

"교육감님의 교육적 소신과 실천에 매우 감명받았습니다. 앞으로 각급 학교의 교육 환경에 맞추어 태권도 사범을 파견하여 순회 지도 하도록 하겠습니다."

이행웅 회장은 가까운 시일에 교육감을 방문하여 교육 후원 협약서를 작성하기로 하고 전화를 끊었다. 각급 학교에 사범을 파견하는 것을 반대하는 사범들은 거의 없었다. 교육 후원을 자원하고 나선 사범들이 많았다.

워싱턴시 사례는 다른 주로 퍼져나갔다. 매릴랜드와 펜실베이니아, 버지니아주에서도 태권도를 학교 정규 과목으로 채택하는 경우가 늘어났다.

1년이 지나고 태권도 정식 교과 채택 후 학생들의 긍정적 변화에 대한 보고서가 나왔다. 교육청에서 미국태권도협회에 서한을 보내서 감사의 뜻을 전했다. 학교에서 신학기가 시작되는 9월 첫주 미국태권도협회 사범들의 헌신적인 지도에 감사하는 뜻에서 명예교사로 위촉하는 기념행사를 열었다. 행사에는 교육청 부교육감과 지역 대표들, 사친회 학부모 대표들이 참가했다.

"우리 사회의 새싹들인 어린 학생들을 교육하는 중요한 일에 태권도 사범들이 참여하게 되어 매우 감격스럽습니다. 우리 태권도 사범들에게 명예교사증 수여는 그 의미가 깊고 상징하는 바가 크다고 생각합니다. 이 사회의 소중한 자산인 어린 학생들을 교육하는 것은 교육자만의 몫이 아니라, 우리 모두의 몫이기 때문에 우리는 사명감을 가지고 학생들에게 건강한 몸과 바른 인성을 가지도록 하는 일에 최선을 다하도록 하겠습니다."

이행웅 회장은 상기된 표정으로 소감을 밝혔다. 그의 말은 오랫동안 태권도를 가르쳐온 사범으로써 내면에 형성된 교육철학적 소신인 것으로 들렸다. 박수가 터졌다. 모인 사람들의 반응이 매우 좋았다. 서서 박수를 치는 학부모도 있었고, 사친회 여성회장은 자신의 아이에게 주고 싶다고 이 회장의 친필사인을 받아 가기도 했다.

공교롭게도 얼마 뒤 조지아주 한 고등학교에서 한 학생이 교내에서 난동을 부리는 일이 일어났다. 그 얼마 전에는 청소년들이 슬럼가에 모여 행인을 이유 없이 구타하고 금전을 빼앗은 사건이 일어나서 문제가 된 바 있었다. 연이은 청소년들의 비행을 교육당국이나 정치지도자들도 매우 충격적으로 받아들였다.

전에도 청소년 범죄가 있어왔지만 최근에 그 정도가 더 심해지고 있는 것에 심각한 우려를 나타내는 사람들이 많았다. 라틴 아메리카로부터 불법 입국자의 증가와 이민자들의 증가로 빈부격차가 심해지고 그들의 불만이 결국은 청소년들에게까지 영향을 끼쳐 일어난 것이라는 쪽에 여론이 모아지고 있었다.

자연적으로 워싱턴시의 태권도 교육사례에 시선이 모아졌다. 때 마침 한 고등학교 여교사가 써서 투고한 글이 사람들의 관심을 끌었다. 통계를 분석한 이 글은 고등학교에서 태권도 교육을 받은 학생들이 비행을 저지르는 비율이 현저히 낮다는 것을 인용한 글이었다.

"청소년의 비행은 주로 자포자기, 미래에 대한 희망이나 목표를 가지지 않거나 학교생활에서 흥미를 느끼지 못해서 일어나는 경우가 대부분인데, 태권도 교육은 우선 학생들에게 어떤 일도 할 수 있다는 자신감을 갖게 하고, 운동을 통해 학교생활에서 즐거움을 찾을 수 있게 해주기 때문에 비행이 급격히 줄어드는 결과를 낳았다."

이 글이 미친 영향도 컸다. 뉴저지와 조지아주 의회에서 태권도 교육을 받아들이자는 논의가 이어졌다. 정치권에서는 태권도를 교육 및 청소년 범죄예방에 활용하는 방안을 모색하기 시작했다. 특히 국회의사당에서 이준구 사범에게 태권도를 수련하는 의원들이 태권도 학교교육을 적극 지지하는 여론을 선도해 갔다.

처음 워싱턴시에서 시작할 때 주당 2시간씩 정규 교육과정으로 태권도를 가르치던 학교가 10여 개였는데, 2년이 지나자 6개 주에서 100여 개의 학교로 늘어났다.

이런 사실이 비서진에 의해서 레이건 대통령에게도 보고되었다.

정책고문단 면담이 있어서 백악관에 들어갔을 때 레이건 대통령은 여러 사람들 앞에서 이례적으로 이준구 고문의 사례를 언급하며 감사의 말을 했다.

"미국사회를 더 희망적인 나라를 만드는 데 보태는 준 리 체육 고문의 성실하고 헌신적인 노력에 감사한다."

레이건 대통령의 말엔 언제 들어도 무게가 실려 있었다. 그날따라 대통령의 신사적인 모습에 어울리는 품위 있는 말은 더 멋있게 들렸다.

우랄산맥을 넘어서

.

　러시아 아에로플로트 여객기는 지금 시베리아 상공을 날고 있다. 워싱턴 댈러스 공항을 출발하여 앵커리지를 경유하여 여기까지 오는 데 8시간이 걸렸다. 이준구 사범은 기내에서 창문 블라인더를 올리고 밖을 내다보았다. 어디가 어딘지 모를 막막한 대지 위를 항공기는 날아가고 있다.

　이번이 네 번째 러시아 방문이다. '수련의 기쁨(joy of discipline)'이라는 태권도 수련 프로그램 세미나를 열기 위해서다. 이번 세미나에는 워싱턴시 교육감인 그라크 박사와 어미돈스쿨 교장선생을 비롯한 9명의 교장과 준 리 태권도 도장의 사범 캐네스 칼슨과 국제사업가이자 태권도 사범인 케빈 길데이와 동행하고 있다.

　러시아 모스크바시 교육감과 고등학교 교장들이 수련의 기쁨

프로그램을 공립학교 교육과정에 적용시키기 위해 세미나를 개최하기로 했기 때문에 동행하게 된 것이다.

경비는 준 리 태권도재단의 기금에서 마련하였으며, 미국 태권도 후원회의 회장을 지낸 촬스 수티가 1만 4천 달러 비용을 기증하여 이루어진 것이다. 이 행사는 소련의 인터내셔널 어페어(International Affair) 잡지 발행인 피아디세이 전대사와 안드레이 모스크바시 교육감과 중학교 교육위원장의 적극적인 주선으로 이루어졌다.

"나도 러시아 세미나에 참석하고 싶어요."

행사를 준비하고 있을 때, 동양계 여성으로 최초로 노동부 장관을 지낸 일레민차오도 참가 의사를 밝혔다. 그러나 일정이 맞지 않아 동행할 수 없었다. 그녀는 오랜 친구이자 후원자로서 많은 도움을 주었던 사람으로 특히 노동 분야에 특강을 많이 초청해 준 매력적인 여성장관이었다. 동행하였더라면 서로 도움을 줄 수 있는 것이 많았을 텐데 아쉬운 생각이 들었다.

차오 장관은 직업교육과 관련해서 태권도 정신이 직업에 미치는 영향에 대한 강연을 많은 요청했고, 근로자 자기 계발에 대한 자문을 부탁하곤 했다. 첫 소련 방문 시에 모스크바 주재 미국 대사관에 연락해서 현지에서 필요한 일을 도와주라는 부탁까지 한 사람이다.

1년 전 처음으로 소련에 가게 된 것은 우연히 만들어진 기회였다. 미카일 고르바초프 대통령이 페레스토로이카(개혁)와 그레스노스트(개방)을 표방하고 난 뒤였다. 1989년 12월 어느 날 '위싱턴 필름' 사장이며 7년 동안 준 리 도장에서 태권도를 배운 찰스 서드랜드 사장에게서 전화가 왔다.

"연말에 모스크바에서 '미·소 친선 예술대회'가 열리게 되는데 미국독립기념일 행사에서 보여주었던 태권도의 태권무를 선보였으면 하는데 시범단을 만들어 보시지요."

이준구는 뜻밖의 제의에 기쁜 마음으로 승낙했다. 그리고 이 행사준비를 얼마 동안 하고 있을 때 모스크바 대사관에서 전화가 왔다. 위싱턴 주재 소련대사 빅터 컴프레크도브였다.

"저의 아들이 준 리 태권도 도장에 다니고 있는 아르세니입니다."

아르세니라면 고등부에서 열심히 수련하는 키 크고 잘생긴 학생이다. 그의 아버지가 소련 사람이란 것은 알았는데 대사인 줄은 이준구도 미처 알지 못했다.

"저의 아들이 태권도 수련을 매우 흥미로워하고 있어요. 시작한 지 2년이 되는데 태권도를 배우고 나서 학교생활은 물론이고 모든 일에 적극적이 되었어요."

"예, 그렇다니 저도 기쁩니다."

"이번에 모스크바에서 행사를 준비하고 계신 것으로 알고 있는데, 제가 도와드리도록 하겠습니다."

빅터 대사는 매우 공손하게 말했다.

그러고 나서 그는 소련정부의 코레소브 체육부 차관에게 공문을 보내어 행사 개최를 도와주었다. 그는 공문에서 준 리 사범이 레이건 대통령과 부시 대통령의 체육 고문이었다는 것과 심지어 브루스 리와 무하마드 알리를 지도했다는 것까지 세세히 알려서, 행사를 도와줄 것을 추천해 주었다. 그래서 일이 매우 순조롭게 진행되었다.

그때 버몬트 출신의 공화당 상원의원 제임스 제퍼즈 상원의원도 동행하였다. 첫 번째 행사는 매우 성공적으로 마쳤고 소련 당국에서도 매우 만족스러워했다. 그것이 소련 진출의 출발점이 되었다.

두 번째 방문은 볼고그라드에서 열리는 무술대회를 후원해 주기 위한 태권도 세미나를 열기 위해서였고, 세 번째 방문은 90년 1월 모스크바에서 열린 '준 리 태권도철학 세미나'를 열기 위해서였다. 소련에 설립한 준 리 태권도재단이 주최하였다.

'준 리 태권도재단'은 준 리(이준구)가 출연한 재단이다. '수련의 기쁨(joy of discipline)'이란 프로그램을 통해 청소년들에게 건전한 인격과 행동양식을 길러주기 위한 목적으로 설립한 재단이다. 소련 준 리 재단 설립에 소련의 문교부와 일간지 아즈베스타야, 그리고, 러시아작가협의 빅토리아 펀드가 후원해 주었다.

볼고그라드 무술대회와 더불어 개최된 태권도 세미나는 크리라트스코예 올림픽 스포츠센터에서 11일 동안 계속되었다. 소련 연방 15개국에서 온 87명의 무술 사범들을 대상으로 진행되었다. 체육관에서 합숙을 하면서 하루에 12시간씩 강도 높은 교육이 실시되었다.

이들은 대부분 일본의 가라테를 어설프게 배웠거나, 뿌리도 없는 무술을 가르치고 있는 사범들이었다. 그들은 각자의 도장을 운영하고 있는 경우가 대부분이었다. 이들은 88년 서울올림픽에서 태권도가 시범종목이 된 것에 영향받아 정식 태권도 수련을 원하고 있었다.

세미나에서 태권도의 기초와 품새, 실전기술 등을 집중적으로 교육하고 도장 운영 방법에 대한 것을 강의 및 토론식으로 진행하였다. 그들은 준 리 사범의 미국에서 성공담을 매우 감명 깊게 받아들였다.

"저의 도장을 태권도 도장으로 간판을 바꾸어 달고 싶은데 허가해 주시겠습니까?"

세미나가 끝나갈 무렵 우크라이나에서 온 사범이 조심스럽게 물어왔다.

"사범님께서 허용해 주시면 좋겠습니다."

카자흐스탄에서 온 사범이 다시 말을 이었다. 그는 쿠바에 있을 때 도미니카 산토도밍고 준 리 태권도 도장에까지 가서 문밖에서 태권도를 배웠다고 했다.

많은 사범들이 그것을 원했다. 서울올림픽 시범종목을 거쳐 이제 정식종목 채택을 앞두고 있다는 것을 알고 있었기 때문에 그들이 그렇게 원하는 것이 당연해 보였다.

"그렇게 하겠습니다. 단지 조건은 추가적인 태권도 기술 지원을 받는다는 것입니다. 그리고 태권도 도장으로 전환한 도장에 대해선 준 리 재단을 통해서 지원도 가능하도록 하겠습니다."

이준구 사범의 말을 듣고 참가자들 모두가 일어서서 박수를 쳤다. 87명 중에서 85명이 자신의 도장을 태권도 도장으로 바꾸겠다는 신청을 하고 서약을 했다. 이준구 사범은 그들에게 11일간의 태권도 교육 수료증을 주고 동으로 제작한 태권도 명패도 하나씩 나누어 주었다.

집중교육 세미나가 끝나고 러시아 부총리 니콜나이 말리스 박사와 러시아 문교부 장관의 초대를 받았다. 그 자리에서 교육 프로그램에 대한 브리핑을 했을 때 그들은 호의적인 반응을 보였다.

"소련정부에서 적극 협조하도록 하겠습니다."

문교부 장관이 지원해 주겠다는 약속을 했다.

외무부에서 관장 발행하는 인테내셔널 어페어 잡지에서 관련 기사를 상세히 다루어 주었다. 발행 부수가 2백만 부나 되었다.

"지금 국민들이 큰 정신적인 혼돈을 겪고 있습니다. 새로운 정치적 바람을 타고 소련연방의 체제 변화가 진행되고 있고, 굳건하게 우리 사회를 지켜왔던 사회주의 이념이 변화를 겪고 있는 것이 사실입니다. 이 선생이 제시하신 행동적 교육철학이 일부 사람들에게는 위안이 되리라 믿습니다."

프야디스헤브 발행인은 좀 조심스러운 태도이기는 했지만 솔직하게 자신의 생각을 말하기도 했다.

1개월이 지나자 우크라이나에서 시작하여 카자흐스탄, 아르메니아, 벨라루스, 우즈베키스탄 등 85개 도장에서 태권도 현판을 바꾸어 달았다는 연락이 왔다. 준 리 재단은 약속대로 그들에게 후원금을 보내고 향후 지원을 약속하고 연락을 계속해왔다.

항공기는 기상 상태가 좋은 탓으로 순조롭게 날고 있다. 기장은 이제 모스크바까지 3시간이 남았음을 알린다. 그의 영어발음이 마치 러시아말처럼 투박하게 들린다.

생각해 보니 그랬다. 우리의 태권도가 날개를 날고 이렇게 소련연방 15개국까지 그 영역을 넓힐 수 있었던 것은 수많은 태권도 사범들이 세계 각지에서 힘겹게 그 길을 개척해왔기 때문이라는 생각이 들었다. 미국은 이제 태권도의 전성시대를 열었다 할 정도로 그들의 것이 되어 있다. 남미나 유럽, 아프리카에서 태권도의 보급도 놀라운 성과를 거두었다.

남미에 처음 태권도가 진출할 때 우리 사범들이 군인과 경찰을 교육하는 기관에서 요원들을 지도하였다. 그렇게 시작된 것이 1970년대 군인체육대회(CISM)에 태권도 종목이 생기게 된 것을 계기로 남미의 여러 국가에서 우리 사범을 요청하면서 불을 붙였다. 특히 브라질의 경우는 치안국 경찰사관학교와 정보부, 대학 등에 강좌를 개설하고 여기에 우리 태권도 사범들을 많이 초빙해 갔다.

이들 사범들은 브라질 정부와의 친밀한 관계였기에 브라질 한인교포들의 활동에 많은 도움을 주었다. 그 대표적인 분이 바로 브라질 태권도의 대부로 불리는 조성민 사범이다.

지금 하늘을 날고 있는 이준구의 눈에는 1년 전 브라질 태권도 창립 20주년 행사에 초대되어 갔던 기억이 스쳐 간다.

그때 미국태권도협회 이행웅 회장과 동행했었는데 벌써 1년이 지났다. 그때 상파울로에 모국 한국과 미국, 우루과이, 멕시코, 볼리비아, 칠레 등 7개국에서 960여 명 선수들과 200여 명의 코치 및 심판진이 참가하여 3일 동안 브라질 태권도대회를 열었다. 리베르다지 체육관과 마우로 뼁헤이로 실내체육관에서 상파울로주 체육국의 공식 행사로 태권도 관련 다양한 행사가 성대히 치러졌다.

"전 세계 200여 개국에 보급되어 있는 태권도는 심신을 수련하는 생활지침이자, 한국 전통무예의 대명사이며 움직이는 행동철학의 표본입니다. 올림픽 정식종목으로 채택되는 결정이 나도록 태권도 경기의 대중화를 위해 우리 모두 혼신의 노력을 다해가도록 합시다."

브라질 태권도협회 김요준 회장의 말이 아직도 생생하다.

태권도가 세계전역에서 국가의 최일선 외교에 선봉의 역할을 다해왔다는 것을 누구도 부정할 수 없다. 지금까지 우리 태권도 사범이 파견된 국가가 140여 개국이고 그 수는 3천여 명에 이른다. 태권도는 60대 후반부터 정보부와 군, 외교부, 경찰청 등의 지원으로 동남아와 유럽, 중동, 아프리카 여러 국가에 파견되었다.

많은 사범들은 이들 국가에 나가서 학교와 사관학교, 경찰, 경호요원 양성을 도우며 태권도를 보급해 왔고, 한국의 이미지를 심는 데도 큰 성과를 남겼다. 이행웅 회장이 아칸소주지사 클린턴에게 태권도를 가르쳤던 것도 그렇고, 스페인의 카를로스 국왕, 아랍 에미리트 공주, 중동 국가들의 여러 왕자들이 태권도를 배우고 지금도 심취해 있는 사람들이다.

지금 세계 150여 개국의 회원국에서 6천만 명이 넘는 사람들이 태권도를 수련하고 있으며 그 정신을 생활철학으로 삼고 있는 것으로 추정되고 있다. 가난한 나라, 먹을 것이 없어서 허덕이던 나라가 산업화의 기적을 이루어 세계인이 부러워하는 나라를 만들었듯이, 조국의 발전과 함께 세계 문화사에 획기적인 기적을 이룬 것이 태권도의 발전이다.

사막길보다 더 험난한 길을 걸어와서 오늘날 이 자랑스러운 영광을 꽃피워준 초기 태권도 사범들의 피나는 노력을 생각할 때 이준구의 가슴에 뜨거운 마음이 차오른다. 한 명 한 명 이름 앞에 천금의 헌사를 바치고 싶은 그 얼굴들이 눈앞에 스쳐 간다.

60년대 티우 월남 대통령을 경호하며 경호원들에게 태권도를 가르친 안낙순 대위가 있었는가 하면, 처음에는 서독 베를린대학 태권도 사범으로 갔다가 당시 수교도 안 된 케냐로 공식 파견되었던 김용태 사범은 제3세계에서 어렵게 첫 길을 연 분이다.

강문현 사범은 리비아에 그리고 곽기욱 사범은 가나에, 김무천은 나이지리아에, 김범수는 중앙아프리카에 처음으로 파견된 사범들이다. 김종기 감독은 아프리카 수단에서, 김화일 사범은 스와질랜드와 우간다에서 첫 임무를 시작했고, 박남현 사범은 가봉에서, 이상진은 세네갈에서, 이용기 사범은 모로코에서 외롭게 길을 개척한 사람들이다.

어디 그뿐인가. 이경덕 사범은 콜롬비아에서, 이만수와 정기영 사범은 이집트 나일강가에서, 박인덕은 탄자니아, 김상천은 모로코에서 고군분투하며 태권도의 나무를 심고 가꾸었다. 이기수 사범은 스리랑카, 최용석은 캄보디아에서, 이승규는 키르기즈스탄, 김호석은 온두라스, 이정희는 인도에서 청춘을 바쳤다. 그리고 이경명은 1967년 독일에 파견되어 1년간 활동하다가, 오스트리아로 넘어가서 그곳을 개척하고 유럽 전역을 돌며 태권도 보급에 큰 족적을 남겼다.

그 한 사람 한 사람의 이름을 더듬어 보는 이준구의 뇌리에 지난 세월의 기억들이 잔잔히 스쳐간다. 이제 비행기는 볼가강을 눈

앞에 두고 우랄산맥을 넘어가고 있다.

2만 피트 상공에서도 강과 산맥의 골격이 뚜렷이 눈에 들어온다. 멀리서 보는 땅은 어느 곳이나 이렇게 안온하고 잔잔해 보인다. 저 산맥에서 뻗어 내린 산줄기 줄기엔 침엽수들이 줄줄이 서 있을 것이며, 더 아래로 내려가면 자작나무들이 마치 이 나라 미녀들의 미끈한 다리 같은 속살을 드러낸 채 끝없이 펼쳐져 있을 것이다. 어느 나라나 산과 들은 저렇게 아름답다. 이준구의 눈에 잔물결 같은 회상의 잔상들이 스쳐 간다.

통로 건너 자리에 앉아 동행하고 있는 사람들은 들고 온 자료를 보며 뭔가를 열심히 준비하고 있는 모습들이다. 워싱턴시 교육감은 모스크바시 교육감과 교육 교류에 대해서 구체적인 방안을 머릿속에 그리고 있을 것이다. 태권도 행동철학의 중심이라 할 수 있는 '수련의 기쁨(joy of discipline)' 프로그램 세미나는 전번에 이어 두 번째다. 이번에도 좋은 성과가 있을 것으로 여겨진다.

출발하기에 전에 15개 연방에서 새롭게 간판을 내건 태권도장들은 간판을 바꾸고 나서 수련생들이 늘어났다는 연락을 해 왔다. 그리고 이번 세미나에 참석하고 싶다는 말도 덧붙였다.

이번 세미나에서 러시아 교육부 차관인 드네프로브 박사와 러시아 의회 교육분과 위원장인 스호린 회장이 참석하기로 되어 있다. 그는 러시아 준 리 태권도재단을 러시아 교육기관 산하에 등록시켜 주겠다는 약속을 하였다.

모스크바 도모데도보공항이 가까워지자 일행은 모두 상기된 표정들이다. 그들을 바라보는 이준구 사범의 얼굴에도 붉은빛이 번진다.

무도의 게임

　1994년 9월 파리에서 열리는 국제올림픽위원회 총회를 앞두고 세계태권도연맹과 한국올림픽위원회는 혼신의 힘을 쏟고 있었다. 태권도 올림픽 정식종목 채택 여부가 그 총회에서 결정되기 때문이었다.

　정부는 외교적인 노력을 기울였고 재계에서도 여러 인맥을 통해 노력하고 있었다. 미국태권도협회에서도 이행웅 회장과 이준구 사범이 중심이 되어 분주히 움직이고 있었다. 그것을 안 캐나다의 최홍희는 사사건건 비난하며 방해하는 일을 서슴지 않았다.

　그의 이런 행동은 태권도를 88년 서울올림픽에서 시범종목으로 채택하느냐 여부를 앞두고 있을 때부터 노골적으로 드러났다. 태권도의 올림픽경기 종목 채택에 대한 그의 반대는 집요하리만

큼 계속되었다. 그가 내세운 명분은 무도를 경기화해서는 안 된다
는 것이었다.

60년대 중반 대한태권도협회를 중심으로 태권도 경기화가 제
기되었을 때부터 최홍희는 반대의사를 보여 왔다. 그러던 것이 88
년도 하계올림픽이 서울에서 개최되기로 결정됨에 따라, 태권도
를 올림픽 시범종목으로 채택하는 일에 대한체육회와 세계태권도
연맹(WTF)이 총력을 기울이고 있었다.

미국태권도협회에서도 그 일을 돕기 위해서 적극적인 노력을
기울였다. 이행웅 회장과 이준구 부회장은 미국에서 자신들이 할
수 있는 것을 다하기 위해 애를 쓰고 있었다. 그 사실을 알고 있는
캐나다의 최홍희 회장이 정우진 태권도 사범을 보내서 뜻을 전해
왔다.

"태권도 경기화는 대한태권도협회의 사이비 태권도가 추진하
는 일이라 절대 동의할 수 없으니 미국태권도협회에서도 반대해
달라."

정우진 사범은 자신의 뜻을 밝히지 않은 채 최홍희 회장의 뜻이
란 것만 밝히고 돌아갔다. 정우진이 왔다 가고 며칠 뒤에 최홍희
가 다시 미국태권도협회에 전화를 했다. 이행운 회장이 다른 행사
에 참석하고 있었기 때문에 이준구 부회장이 전화를 받았다.

최홍희 회장은 미국태권도협회 회원 중에는 자신이 회장으로

있는 국제태권연맹에 회원으로 가입한 사범들이 십여 명이나 있다며, 이것을 빌미로 미국태권도협회 회장단이 일방적으로 태권도를 올림픽 시범종목으로 채택하는 일에 앞장서지 말 것을 요청했다.

"태권도 경기화는 세계태권도협회가 사이비 태권도를 내세워 저속한 시합을 장려하려는 의도로 추진되는 것이잖아. 그것을 어떻게 해서라도 막아야 되는데 미국태권도협회에서 그것을 도와준다는 것이 말이 되는 거야? 당장 중단하도록 해."

최홍희의 말은 직설적이고 훈계 투의 말이었다.

"태권도의 올림픽 시범종목 채택은 전 태권도인들이 적극 도와야 하는 일인데 반대해야 한다는 것이 이해되지 않습니다."

이준구도 말이 점잖게 나오지는 않았다.

"내가 태권도 경기화를 반대해 왔다는 것을 알면서도 이 사범이 어떻게 그런 말을 할 수 있어? 지금 대한체육회의 태권도는 가짜야. 일본 가라테의 아류란 것도 이 사범이 알잖아? 내가 만든 진짜 태권도를 두고 어떻게 자기들 것을 올림픽 시범종목으로 채택한다는 말이야?"

그의 말이 거칠어졌다. 이원국 관장을 비롯한 초기의 선구자들이 최초로 무도관을 설립하여, 우리의 전통 무예를 바탕으로 오늘의 반듯한 태권도를 발전시켜온 것을 모독하는 말 같아서 이준구는 속이 끓어올랐다. 하지만 대선배이고 해서 꾹 참았다.

"나는 태권도를 무도라고 생각하고 있어. 내가 만든 태권도는 단순히 상대를 이기는 것에 목적을 둔 스포츠가 아닌 이기는 그 자체에 목적을 두고 있기 때문이야. 스포츠와 무도가 엄연히 다르다는 것은 내가 세계무도연맹에 가입하고 있는 것만 봐도 알 수 있잖아."

"최 선생님의 말은 이해가 되지 않습니다. 태권도를 경기화한 다고 무도의 형식이 파괴되는 것도 아니고, 무도의 정신이 훼손되는 것도 아닌데 그렇게 말씀하는 것을 이해할 수 없습니다."

"태권도의 경기화는 태권도 기술의 3대 요소인 형세와 대련, 격파 중에서 대련만으로 승부를 결정하게 되므로 불합리하다고 내가 말해 왔잖아. 그리고 시합을 할 때 착용하는 보호 장구가 기술을 완전히 발휘하게 할 수 없게 한다는 것은 바보 아니면 다 알잖아. 그런데 이 사범이 아직 모른다는 말이야?"

그의 언성이 높아졌다. 말에 불쾌한 감정이 가득 실려 있음을 느낄 수 있었다.

"최 선생님의 말이 무슨 뜻인지는 알겠지만, 세 가지 요소 중에서 대련을 중심으로 해서 경기를 한다는 것이 문제 될 것은 전혀 없다고 봅니다. 아이스 스케이팅 경기의 종목이 세분화되어 있는 것처럼 품새를 중심으로 하는 세부 종목을 추가해서 만들 수도 있는 것 아닙니까?"

"아니, 알 만한 사람이 어떻게 그런 말을 한단 말인가?"

"선생님, 바꾸어 생각해 보십시오. 태권도를 경기화한다는 것이나, 태권도를 시범종목으로 채택한다는 것은 무도를 스포츠화하는 것이 아닙니다. 무도를 게임화한다는 것이 아니고, 무도의 게임입니다. 무도의 게임화라는 것은 무도를 변형시키는 뜻이 내포되어 있지만, 무도의 게임이란 것은 원형의 변형을 내포하는 말이 아닙니다. 무도의 변형이 아니라 무도를 더 적극화하는 것을 말합니다. 그러니 자꾸 그렇게 반대하지 마시고 도리어 도와주셔야 합니다."

이준구는 평소 자신의 생각인 무도의 게임(Game of Martial Arts)에 대해 참착하게 말했다.

"이 사범이 미국 대통령 체육 고문인가 뭔가를 한다더니, 사람이 어떻게 그렇게 변했어. 실망이 커."

최홍희는 인사말도 없이 화난 음성으로 전화를 끊었다. 이준구 사범도 기분이 좋지 않아서 잠시 창밖을 보고 서 있었다. 최홍희 회장이 태권도계의 대선배로서 하는 행동이 이해되지 않고 실망스럽기가 이를 데 없었다.

온갖 혜택을 다 누리며 좋은 자리에 있었던 사람이, 자신에게 좋은 자리를 계속해서 주지 않는다고 나라를 버리고 나와서 반국가적인 행동이나 해대고 있는 짓거리가 꼴사납게 여겨졌다. 자신이 살던 나라에서 무슨 대단한 핍박이라도 받은 것 같은 코스프레를 하며 다른 나라로 망명하고, 온갖 욕설을 해대는 것으로도 부족해서 나라에서 하는 일에 사사건건 헐뜯고 있는 행동이 이해되지 않았다.

그 무렵 이준구 사범은 레이건 대통령의 체육 고문에 이어 아시아정책 고문까지 추가로 위촉받아 일하고 있을 때였다.

레이건 대통령의 체육 고문을 역임하면서 미국인들의 생활체육 활성화와 학교체육에 대한 여러 가지 건의를 하고 헌신적인 활동을 한 것이 대통령의 신임을 받아서 다시 아시아정책 고문을 위촉받은 것이었다.

"좋은 자리에 있을 때 조국을 도울 수 있는 일을 많이 해요."

이행웅 회장은 자주 그런 말을 했다. 그때마다 이준구는 웃음으로 대답을 대신했지만 자신의 속마음을 꿰뚫어 보는 말로 들렸다. 조국을 위해서라면 어떤 일이라도 해야겠다는 것은 그의 한결같은 마음이었기 때문이다.

70년대 중반 카터 정부가 미군 철수를 시작하려 하자, 한국정부가 한국군 현대화를 위한 군사원조 예산을 미국의회에서 승인받기 위해서, 사업가인 박동선을 통해 반한파 의원들에게 로비한 사건이 문제가 되었다. 이른바 이 코리아게이트가 터졌을 때 한국은 최악의 위기 국면이었다. 그때 이준구 사범에게서 태권도를 배운 상·하원의 의원들이 한국에 대해서 우호적인 입장을 취해 주었던 것은 이준구 사범과 태권도에 대한 존경심이 크게 작용한 결과였다는 것은 아는 사람은 다 아는 일이었다.

아시아정책 고문의 자리는 한국을 포함한 일본과 중국, 그리고 동남아 국가에 대한 정책을 건의할 수 있는 대단한 자리였다. 이 직책을 맡고 있는 동안 조국에 도움이 되는 어떤 일이든 해야 한다고 그는 생각하고 있었다.

서울올림픽에서 태권도를 시범종목에 포함시키는 과제에 어떻게든 도움이 되도록 노력해야겠다는 생각을 한시도 잊은 적이 없었다. 주최국이란 이점을 이용하여 한국올림픽위원회와 세계태권도연맹에서 엄청난 노력을 기울이고 있었지만 각국 IOC위원들을 설득하고 그들의 지지를 받아내는 것이 난제였다. 한국정부와 외교관, 재계의 재벌총수들까지 발 벗고 나서서 노력하고 있는 것을 보면서 이준구가 느낀 감동은 컸다.

다행히 미국태권도협회 이행웅 회장이 솔선수범해서 적극적으로 노력하고 있어서 마음이 든든했다. 이행웅 회장을 도우면서 뉴욕의 조시학 사범, 캘리포니아 나종학사범, 멤피스 이강희 사범들에게도 수시로 연락하며 보조를 맞추어 나갔다. 한편으로는 태권도 홍보를 위해서 UN본부에서 세계 각국 대표를 초청하여 태권도 연무시범을 보이는 행사를 주최하기도 했다.

그러나 문제는 역시 최홍희의 국제태권도연맹이었다. 미국에서 도장을 열고 있는 일부 사범들 중에서 모호한 자세를 취하는 사람들이 더러 있었다. 캐나다의 최홍희와 연결된 사람들이었다.

그들은 최홍희 권유에 의해 국제태권도연맹에 가입한 사범들이었다. 그들은 속으로는 태권도가 올림픽 시범종목이 되는 것을 바라면서도, 최홍희와의 관계 때문에 자신들의 뜻을 밖으로 드러내는 것을 꺼리고 있거나 이쪽도 저쪽도 아닌 모호한 태도를 취하고 있었다.

이행웅 회장은 그들을 설득하기 시작했다.

"태권도 올림픽 시범종목이 된다는 것은 태권도가 스포츠화되는 것은 절대 아니다. 스포츠란 말로써 마치 태권도란 무도가 스포츠로 변화되는 것처럼 말하는 것은 어불성설이다. 원래부터 있는 대련을 경기종목으로 한다는 것이다. 그리고 백 보를 양보해서 태권도란 무예가 스포츠처럼 활용된다고 그 자체가 변하는 것이 아니지 않느냐? 왜 자꾸 스포츠화란 말로써 마치 본질이 변화되는 것처럼 말하는지 모르겠다. 중국의 태극권은 오래된 무도이지만 남녀노소가 생활 체조처럼 공원이나 집에서 즐기고 있지 않느냐. 그것을 보고 태극권의 체조화라고 말하는 사람은 아무도 없지 않느냐."

이행웅 회장은 사안의 본질을 바르게 알아야 한다는 것을 만나는 사람마다 강변했다. 이 회장의 주장은 이준구의 무도의 게임이란 것과 다르지 않은 말이었다. 본질을 바르게 이해하고 태도를 바꾼 사범들이 늘어났다.

태권도의 올림픽 시범종목 채택을 위해 이준구 사범과 미국태권도협회에서 적극적인 노력을 하고 있다는 것을 의회에서 태권도 수련을 하는 의원들이 알게 되었다. 그들은 스스로 자신들도 힘을 보태겠다고 적극적인 자세로 나섰다. 미국태권도협회나 이준구 사범으로서는 백만대군을 얻은 것과 같았다. 그 중심에 킹그리치 의원과 밀턴 영 의원이 있었다.

그들은 알게 모르게 그들이 알고 있는 각국의 외교관과 인맥을 통해 노력을 기울여 주었다. 킹그리치 의원 같은 경우는 자신의 협조를 절대적으로 필요로 하는 라틴 아메리카의 아이티와 파나마, 온두라스, 도미니카 대사에게 전화를 해서 협조를 당부하기도 했다.

한국 정부와 김운용 세계태권도연맹 회장도 혼신의 노력을 기울이고 있었으나 쉬운 일은 아니었다.

처음 논의가 시작될 때부터 일이 순조로운 것은 아니었다. 캐나다로 망명해 그곳에 간판을 내건 국제태권도연맹(ITF) 최홍희의 견제가 심했다. 하지만 서울에 본부를 둔 세계태권도연맹(WTF)은 토너먼트 룰을 표준화하고 세계 수준의 대회를 조직하기 위해 큰 노력을 기울였다. 서울에서 열린 제2회 세계태권도선수권대회를 성공적으로 개최했다. 그리고 국제올림픽위원회와 유대를 맺고, 1975년 10월 국제스포츠연맹(GAISF)에 가입하는 데 성공했다. 그것이 올림픽으로 가는 시발점이 되었다.

몇 해 동안의 어려운 과정을 거쳐 와서 이제 서울 올림픽에서 시범종목으로 채택하는 과제를 남겨주고 있었다. 그것이 바로 국제올림픽위원회(IOC)의 승인을 받아내는 일이었다.

가장 큰 장애는 북한과 외교를 맺고 있는 동유럽 국가와 아프리카 여러 나라들이었다. 북한의 방해 공작이 심했다. 이 어려운 상황을 극복하게 해 준 것이 한국정부의 꾸준한 외교적 노력과 재계의 지원, 그리고 미국태권도협회와 이준구와 같은 외부의 노력이었다.

마침내 IOC 총회는 태권도를 서울 올림픽에 시범종목으로 지정함으로써 태권도는 세계에 우뚝 서는 위업을 달성하게 되었다.

서울올림픽에서 태권도 시범종목은 잘 준비된 프로그램대로 차질 없이 진행되었고, 세계 언론의 집중 조명을 받았다. 국제올림픽위원회에서도 매우 만족스런 평가를 내렸다. 이런 결과가 태권도의 올림픽 정식종목 지정에 대한 논의로 이어져서, 이제 마지막 단계인 프랑스 파리 총회를 앞두고 있었다.

프랑스 파리에서 열린 제103회 IOC 총회에서 태권도 올림픽 정식종목 채택을 앞두고 최홍희 측의 반대 공세는 극에 달했다.

"세계태권도연맹이 내세우는 태권도는 가라테 동작을 모방한 가짜다. 그래서 올림픽 정식종목이 되어서는 안 된다."

최홍희 측은 종전에 했던 말을 똑같이 반복하며 맹렬하게 반대 공세를 펼쳤다. 그러나 대한태권도협회와 세계태권도연맹은 의연하게 대처하며 일을 추진해 나갔다.

아칸소 주지사 시절 그에게서 태권도를 배웠던 클린턴이 미국 대통령에 당선되어 큰 힘은 얻은 이행웅 회장은 적극적으로 나섰고, 이준구 사범도 미국의회 의원들을 통해 할 수 있는 노력을 다했다. 때마침 그 무렵 전미태권도대회가 워싱턴 소만호텔에서 개최되었는데, 이준구 사범이 머리 위에 물컵을 올려놓은 채 앞차기로 1인치 두께의 송판 2장을 격파하는 시범을 보였고, 미국의회 톰 포레이(Tom Foley)하원의장이 옆차기와 앞차기로 송판격파 시범을 보였는데 언론의 집중 조명을 받음으로써 각국 외교관들에게 적지 않은 영향을 미쳤다.

마침내 1994년 9월 4일 파리에서 국제올림픽위원회 총회가 열리고 안은 통과되었다.

"태권도를 2000년 시드니 올림픽부터 정식종목으로 채택한다."

국제올림픽위원회 주안 안토니오 사마란치 위원장의 발표가 전 세계에 타전되었다.

그날 미국태권도협회는 축제 분위기였다.

아집과 망상

　최홍희는 세계태권도연맹(WTF)의 도약적인 발전에 놀라서 자신이 이끄는 국제태권도연맹(ITF)을 세계태권도연맹과 통합할 의사를 내비치기도 했다. 그러나 그것은 그의 본심을 감추기 위한 겉치레에 지나지 않는 말이었다. 통합은 이루어질 수가 없었다.

　그의 아집과 자가당착은 날이 갈수록 심해졌다. 그로 인해 국제태권도연맹 사무총장을 맡고 있던 아들 최중화와 연맹의 진로를 놓고 의견의 차이가 생겼다. 부자간에 서로 비방하고 물어뜯는 꼴사나운 모습이 펼쳐졌다. 그의 부인조차 아들을 싸늘한 눈으로 바라보며 남보다 못한 사람 취급을 하는 사이가 되었다.

　국제태권도연맹 진로 문제에 이어 세력 구도를 둘러싸고도 아들과 다툼이 일어났다. 최홍희는 자신과 뜻을 달리하는 아들을 미위하기 시작했다. 차기 총재직을 두고 내분이 일어나면서 갈등은 더 고조되었다.

"내가 힘써 이렇게 만들어 놓은 국제연맹을 어찌 남에게 물려 줄 수 있겠는가? 내 아니면 누가 할 사람이 있단 말인가?"

최홍희는 영구집권의 의도를 드러냈다.

"이제 물러나셔야 합니다. 연세로 보나 주변 사정으로 보나 연 맹 총재직을 더 맡으시는 것은 적절치 않을 것 같습니다."

아들은 간곡하게 만류했다.

"나를 더 하라고는 못 할망정 그따위 말을 하다니, 못된 놈!"

최홍희는 불같이 화를 내며 아들을 집 밖으로 내쫓았다. 그러고 는 자신의 뜻을 관철시키기 위해 2001년 1월 오스트리아 비엔나 에서 국제태권도연맹 특별총회를 열었다.

회의는 그의 각본대로 진행되었다.

2003년 7월까지 예정된 최홍희의 총재 임기를 2007년 7월까지 4년 연장하는 안을 상정시키고 자신의 뜻대로 통과시켰다. 불만 이 있는 사람도 있었지만 아무도 입을 열지 않았다. 그러자 최중 화와 그 측근들이 반발했다.

최홍희는 얼굴이 벌겋게 되어 말을 더듬으며 아들 최중화가 맡 고 있는 사무총장직을 박탈하는 안을 직권으로 상정했다. 최중화 측의 반발이 심했지만 눈치를 보던 다른 회원국 대표들은 그의 뜻 에 동의해 주었다.

"최중화 사무총장은 무도인으로서 도덕 윤리적인 본분을 망각하고 ITF 규율을 문란하게 하였으므로, 총회에 참가한 회원 전원의 결정에 따라 사무총장직에서 해임하기로 했다."

회의가 끝난 뒤 대변인을 통해 성명서를 발표하기까지 했다.

부자간에 그렇게까지는 하리라고는 생각도 못 했던 최중화의 충격은 컸다. 측근들의 충격도 컸다. 그들은 반격을 하고 나섰다.

"최홍희 총재가 재직하면서 세금을 포탈하고 불법적인 일을 저질렀다."

최중화의 측근들은 문제를 제기하며, 연맹의 주류를 형성해서 독선적인 운영을 하고 있는 최홍희 측에 본격적으로 반기를 들기 시작했다.

일의 발단은 캐나다에 망명해 있던 최홍희가 1980년 10월 북한에 들어감으로써 비롯되었다. 북한 고위인사들과 환하게 웃으며 사진을 찍고, 대동강 을밀대를 배경으로 태권도를 지도하고 있는 최홍희의 사진이 언론에 크게 보도 되었다.

"조국에 찾아와서 민족의 무술인 태권도를 가르치게 되어 자랑스럽고 기쁘다."

그의 말이 기사에 큰 글자로 실려 있었다. 그는 매우 당당하고 밝은 표정이었다. 대한태권도협회는 말할 것 없고 같은 북미지역에 있는 미국태권도협회에도 충격적인 소식이었다. 그가 북한에 들어간 것이 마치 어린아이가 가느다란 나뭇가지에 올라 서 있는 것처럼 위태롭게 보였기 때문이다. 당시 북한이란 나라가 테러와 요인납치 등을 일삼고 있는 불량국가였기 때문이다.

한국정부나 대한태권도협회에서는 그가 이미 살던 나라를 버리고 다른 나라로 망명한 사람이기 때문에 그의 행적에 관여할 일이 아니었지만, 같은 북미지역에 있는 미국태권도협회로서는 반가운 소식이 아니었다. 그를 알고 있는 태권도 사범들 중에는 그가 캐나다로 망명해 간 뒤의 여러 행적으로 볼 때, 이미 예견된 일이었다고 말하는 사람들이 많았다.

그는 국내 요직에서 밀려나고 대한태권도협회의 약진으로 설자리가 없어지자, 마치 정부로부터 정치적 탄압이나 받은 것처럼 말하며 캐나다로 망명했다. 그는 사조직이나 다름없는 국제태권도연맹이라는 이름을 가지고 나가서, 캐나다 토론토에서 그 간판을 내걸었다.

그가 캐나다를 택한 것은 그의 머릿속에 북한이 들어와 있었기 때문이었다. 그를 잘 아는 사람들은 거기엔 노동당 간부로 있는 그의 형 영향이 컸으리라 말하기도 했다. 그때 마침 육군 중장 출신으로 외무부 장관을 지내고 서독대사까지 지낸 최덕신이 성추문 행위로 대사직에서 해임되자, 나라를 배신하고 미국으로 빠져나가서 북한을 들락거리며 친북활동을 하고 있었다. 둘은 평소 친한 사이였으니 서로가 어떤 식으로든 영향을 주고받았으리라고 말하는 사람들이 많았다.

1979년 말, 태권도 시범단을 조직해 북한 방문을 비밀리에 추진했던 것은 이런 연결된 사람들을 통해서였다. 그러나 북한체제를 전혀 모르는 상태에서 어떻게 일을 준비하고 추진해야 될지 막막한 것처럼 행세하며 동유럽에서 활동을 늘려나갔다.

북한의 평화통일 위원장 겸 부주석이었던 김정일이 체제선전을 위해 해외 인사를 초청하자, 그는 재빨리 그 기회를 이용했다. 그는 태권도 시범단 15명을 조직한 후 캐나다 토론토를 떠나 스톡홀름과 모스크바를 거쳐 1980년 10월 평양에 도착했다.

북한에 첫발을 들여놓은 최홍희는 급속도로 북한과 친해졌다. 북한의 지원을 받으면서 친북활동을 하고 북한에서 태권도 사범 요원을 교육시키기 시작했다. 날이 갈수록 친북성향을 뚜렷이 드러냈다.

최홍희는 북한 지도부와 은밀한 밀약을 맺고 북한의 요구에 따랐다. 북한의 요구대로 아들 최중화를 가족과 함께 평양으로 보내서 제2기 태권도 사범 요원 교육을 시키면서 본격적으로 북한체제에 동승하기 시작했다. 그러나 북한은 1기와 2기생 사범 교육을 하고 나서는 자기들이 자체적으로 교육을 하겠다고 통보했다. 그가 이용당하고 있다는 것이 벌써 드러나기 시작했다.

"북한도 사랑하는 조국, 같은 민족이므로 태권도를 보급하기 위해 어떤 일이든 마다하지 않겠다."

그는 그렇게 말했지만 북한은 이미 그를 정치 선전용으로 이용하고 있었다. 그는 그것을 알면서도 스스로 북한에 빠져 있었다.

"북한이 동유럽 공산권 국가에 태권도를 보급하도록 후한 지원을 해주고 그들을 국제태권도연맹에 가입시키도록 적극적으로 도와주는 것은, 결국 북한이 그 연맹의 주도권을 뺏으려는 의도일지 모릅니다."

아들 최종화가 여러 차례나 조심스럽게 말했다.

"그걸 말이라고 하느냐? 위대한 지도자가 지원하는 신성한 일을 감히 모독하려 드느냐."

그는 아들을 보고 버럭 화를 내며 즐겨 마시던 찻잔을 바닥에 내동댕이쳤다. 찻잔이 산산조각 나서 그 파편이 최종화의 얼굴에까지 날아갔다.

아들뿐만 아니었다. 그의 친북한 활동은 국제태권도연맹 내에서도 반발이 심했다. 무도가 정치의 영향을 받아서는 안 된다고 강변하던 사람이 도리어 북한 정치의 검은 흑막 속에 빠져들어 있는 그를 보고, 국제태권도연맹 산하의 사범들은 하나둘씩 그의 곁을 떠나기 시작했다.

군 시절부터 그의 분신처럼 행동했던 남태희까지 그의 활동에 불만을 품고 등을 돌렸고, 그의 수족 같았던 조카사위 한차교마저 그와 연락을 끊었다.

마침내 국제태권도연맹 김종찬 사무총장과 최창근 심사위원장이 서울 코리아나 호텔에서 기자회견을 열고 그를 성토했다.

"최홍희 씨는 최근 북한을 방문하여, 김일성과 김정일을 찬양하는 등 반국가적 행위를 하고 있어 국제태권도연맹 전 요원의 총의로 그를 추방키로 했다."

그들은 강도 높게 그를 비난하며 세계태권도연맹과 통합하겠다고 밝혔다.

최홍희는 그를 따르던 사범들과도 갈등을 야기하고, 자신이 이끄는 단체의 분열뿐만 아니라 전 태권도계의 분열의 단초가 되는 행동을 하면서도 전혀 아랑곳하지 않았다.

북한은 이미 미인계를 동원하여 북한에 찾아오는 친북인사들을 확실히 자신들의 사람으로 묶어 두려고 꽃뱀공작을 은밀히 펼치고 있었다. 그래서 한번 북한에 갔다 온 사람들은 그 늪에서 벗어나지 못하고 있는 경우가 많았다. 그만 예외라고 말할 수는 없었다. 그에게는 북한이 꿀이 흐르는 천국처럼 느껴졌는지도 모른다.

그가 동유럽 국가와 북한에 보급한 태권도는 일본 가라테를 일부 모방하여 새로 만들어 자신의 아호를 붙인 창헌류라는 것이었다. 개인의 태권도라 할 수 있는 것이었다. 그것을 두고 자신이 태권도 창시자라는 허황된 말을 하고 다녔다.

그는 태권도가 올림픽 시범종목으로 채택될 때나, 정식 종목으로 채택될 때도 가열하게 반대했다. 그는 틈만 나면 무도가 스포츠가 되어서는 안 된다며 사사건건 비난하고 나섰다.

"한국에서 하는 태권도는 나의 태권도와 다르다. 남한이 주도하는 태권도는 실전성이 떨어진다. 내가 하는 태권도가 진짜다."

그는 가는 곳마다 이 말을 하고 다녔다. 이 말은 한국 전통무도의 원류를 살려 태권도를 발전시켜 온 선구자들과 전 태권도인들에 대한 모독적인 언사였다. 그러나 그는 자신이 만든 품새가 최고라는 망상에 빠져서 벗어나지 못하고 있었다.

통합을 말하면서 분열적 말과 행동을 일삼았다. 세계태권도연맹이 하는 일을 끊임없이 물어뜯고 방해하는 일을 서슴지 않았다. 북한은 그를 주인공으로 하는 다큐영화를 만들어 남한 정부를 비난하며, 자신들의 체제선전에 이용하고 있었다.

그를 도와 친북활동을 하던 최덕신은 결국 월북하여 남한을 입에 담을 수 없는 말로 비난하고 북한 정치의 나팔수가 되었고, 무소불위의 권력을 행사하며 막대한 부정 자금을 가지고 대만을 거쳐 미국으로 건너가서, 한국 정부의 심장에 비수를 들이대던 김형욱도 암살되는 일이 그 무렵에 일어났다.

그는 그것을 보고 무엇을 느꼈을까. 그들은 다들 북한 출신으로 군에서부터 호형호제하던 친밀한 사이였고 해외에 나간 경위도 거의 판박이였다. 국가의 고위직에서 권력의 꿀맛을 빨던 사람들의 국가 배신은 각각 그 방법은 달랐지만 그 길은 같아 보였다.

최홍희는 자신이 하는 일이 다 옳다는 믿음의 늪에 빠져 있었다. 어떠한 말도 귀에 들리지 않았다. 2001년 오스트리아 빈에서 총회 이후 그는 병을 얻어 북한에서 수술을 받고 치료를 북한에 의존했다. 치료를 받으러 북한에 들락거리던 그가 병이 심해진 상태에서 캐나다로 돌아왔을 때, 아들 최중화는 토론트 공항에 마중을 나갔다. 그는 비장한 마음으로 아버지에게 자신의 진심을 보여주고 싶었다. 그는 아버지가 걸어오는 앞으로 나가 로비 바닥에 무릎을 꿇고 용서해 달라고 빌었다.

"아버지, 저의 잘못과 불효를 용서해 주십시오."

최중화는 오열하며 용서를 빌었다. 그는 아버지와 화해하고 싶었다. 그래서 그의 아버지가 국제연맹 후계자로 지명해 주기를 바랐다.

"그래, 너는 나의 아들이다."

아버지 최홍희의 말은 짤막했다. 그래서 화해는 이루어졌고 아들은 머리를 바닥에 처박으며 감격의 눈물을 흘렸다. 그러나 그 화해는 표면적인 것에 지나지 않았다. 그는 아들의 마음을 알면서도 냉랭히 그 애원을 받아들이지 않았다. 그는 일 개월이 안 되어 다시 평양으로 들어갔다.

"국제태권도연맹 후계자의 자리를 장웅 동지에게 넘긴다."

당시 북한 대표 IOC위원이던 장웅을 후계자로 지명하고 향연 83세로 그해 6월에 평양에서 사망했다. 그리고 북한 당국에 의해 영웅이란 칭호를 들으며 애국열사릉에 묻혔다.

"그가 애국열사릉에 묻히는 조건으로 장웅을 후계자로 지명했을 것이다."

많은 사람들은 그렇게 말했다. 언론에서도 그렇게 분석했다. 그러나 그것은 그들만이 아는 비밀이었고 그의 죽음 뒤에 영원한 수수께끼로 남겨졌다.

그 후 국제태권도연맹은 장웅 계열과 최중화 계열, 베트남 출신 캐나다인 트란콴 계열로 나뉘어졌다. 그들은 각각 적통을 주장하며 자기들대로 간판을 내걸어 한 이름으로 세 단체가 존립하는 꼴이 되었다.

한때 한국 대통령 암살단까지 조직했다는 소문이 나돌았던 최중화는 전향하여, 한국을 떠난 지 34년 만인 2008년 9월에 서울에 돌아왔다. 그는 여러 인사를 만나고 자신의 지난 행적을 사과하면서 기자회견을 열었다.

"장웅 계열의 국제태권도연맹은 북한 노동당 통일선전부 전위 조직으로 북한이 태권도를 정치적으로 이용하고 있다."

그는 매우 격앙된 음성으로 말했다.

"북한의 태권도는 정치공작의 노리개에 지나지 않는다."

그는 사적인 자리에서도 장웅이 맡은 북한 연맹을 맹렬히 비난하며, 북한에 들어가서 북한 사범을 양성하면서 그가 보고 느꼈던 것을 사실대로 실토했다.

하지만 최홍희의 부인과 두 딸은 장웅을 정식 계승자로 인정하고 그를 지지하는 입장에 서 있었다. 강한 주먹으로 이름이 나 있던 황수일 사범도 장웅을 지지한 입장에 서 있었다.

"그의 태권도는 개인의 태권도다. 민족 전통의 무술 태권도를 사유화하려는 망상에 사로잡힌 사람이었다."

그를 아는 많은 사람들은 그렇게 말했다.

"그에 대한 평가는 사람마다 다르겠지만, 그가 국기國伎 태권도를 두 개의 형태로 분열시킨 것만은 분명하다. 국토가 분단된 아픔을 겪고 있는 현실에 태권도마저 남북으로 분단시켜 북한 태권도의 발판을 열어준 결과가 되고 말았다."

이준구 사범은 그를 생각할 때마다 치미는 분노를 참을 수 없었다.

길은 영원하다

2003년 6월 28일은 한인 이민 100주년을 기념하는 날이었다.

1903년 제물포항에서 얇은 무명 바지저고리에 초라한 몰골로 화물선에 실려 짐짝처럼 바닥에 뒹굴리며 도착했던 곳이 낯선 땅 하와이였다. 노예처럼 그곳 수수밭에서 하루 15시간 넘게 노동에 시달리며 삶의 뿌리를 내리기 시작했던 한인들의 첫 미국 이민이 100주년이 되었다.

그렇게 시작해서 미개척지 미국에서 이룬 한인 이민자들의 성취는 눈부실 정도로 놀라웠다. 세계 어느 민족, 어느 나라 사람도 보여 주지 못했던 기적적인 성취를 한국 이민자들은 보여주었다. 그 100년 동안 그들이 미국의 발전에 기여한 공로와 헌신, 그리고 그들의 성취를 기념하기 위해서 한인 이민 100주년 기념행사가 마련되었다.

워싱턴D·C 주최로 한 달 전부터 행사가 기획되고 준비되었다. 거리 곳곳에 화려한 기념탑이 세워지고 애드벌룬이 띄워졌다.

워싱턴시 의회와 시청은 이날을 기념하기 위해서 어느 행사보다도 그들의 할 수 있는 노력을 다했다. 윌리엄스 시장은 미리 성명서를 발표하고 이날을 '준 리의 날(Jhoon Rhee's Day)'로 선포한다고 밝혔다.

"한국인의 미국 이주는 우리 아메리카와 그분들의 삶에 새로운 역사를 열었습니다. 그분들이 이 땅에 와서 나라에 기여하고 스스로 뜻을 이룬 것은 어떤 수식이나 찬사로도 표현하기 어렵습니다. 오늘은 그 빛나는 이민 일백 주년을 기념한 날입니다. 미국에 와서 눈부신 성취와 상상할 수 없을 정도의 기여를 해온 준 리 마스터를 한인 이민 백년사에서 대표적인 인물로 선정하여, 그것을 기념하기 위해서 준 리의 날로 선포합니다."

시장은 신문 방송의 기자들 앞에서 발표문을 읽었다. 한인 이민 100년사에서 가장 빛나는 공헌을 한 준 리에게 감사와 존경을 표하기 위해서라고 했다.

링컨 기념관에서 국회의사당까지 이어지는 워싱턴 광장에는 아침부터 사람들이 몰려들기 시작했다. 기념행사를 참관하기 위해서였다. 행사는 축하공연에서 절정을 이루었다. 코미디언 밥 호프가 사회를 보고 머라이어 캐리와 마돈나가 출연하여 자신들의 노래를 부르고, 바로 이곳 버지니아 출신 존 덴버의 '내 고향, 그 길로 나 데려다 줘(Take Me Home, Country Roads)'를 함께 부르며 춤을 출 때 사람들은 열광했다. 공연은 화려했고 몰려든 수만 명의 사람들은 목이 터지도록 환호했다.

월리엄스 워싱턴 시장은 무대에 올라 한인들의 성취를 축하하고 경의를 표했다. 수천 개의 풍선이 하늘에 솟아오르고 축포가 터졌다. 성대하고 찬란했다.

이준구(준 리)에게 주어지는 연이은 영광이었다. 4년 전 1999년, 20세기를 마감하는 그해 '프로페셔널 마샬 아츠 매거진(Professional Martial Arts Magazine)'에서 '라이프타임 어취브먼트 어워즈(Lifetime Achievement Awards)'을 수상하고, 그해 12월에 다시 미국정부에서 선정하는 '올해의 이민상' 8명 중에 한 명으로 선정되어 상을 받았다. 그리고 1년 뒤인 21세기 첫해인 2000년, 미국정부는 '미국 역사상 가장 성공한 이민 203인' 중에 한 명으로 준 리를 선정했다. 아인슈타인, 그레험 벨 등과 함께 이준구가 선정되었다.

그때도 미국 전역에 퍼져 있는 제자들이 몰려와서 축하를 해주었다. 도미니카와 캘리포니아, 펜실베이니아에서 태권도장을 열고 있는 제자 사범들까지 몰려와서 축하 행사에 동참해 주었다. 그때 밥 리빙스톤 의원은 자신의 일보다 더 감격하고 기뻐했다. 킹그리치 하원의장은 축하의 표시로 준 리의 조국, 한국을 방문하겠다고 했다.

그는 그 4년 전에도 한국에 동행해 주었다.

"외환위기의 어려움을 겪고 있던 한국정부에 도움을 주는 일을 하고 싶다."

그때 그는 그렇게 말했다. 그리고 청와대로 가서 김영삼 대통령을 만났을 때도 이준구를 그의 태권도 스승이라고 자랑스럽게 말했다.

"준 리 그랜드 마스터는 한국이 미국에 준 가장 훌륭한 선물입니다."

다부진 체격에 늘 남자다운 당당한 멋을 풍겼던 그는 환하게 웃으면서 말했다. 그는 10년 이상을 수련하여 가장 먼저 2단에 승단한 블랙벨트의 제자이자 친구였다.

"준 리 그랜드 마스터 같은 분이 몇 명만 더 있으면 한국 외환위기를 극복할 수 있을 것입니다. 내가 그의 제자이니 그의 조국을 도와야지요."

그 말은 조크에 가까운 말이었으나 그렇다고 농담만은 아닌 것 같았다. 대통령도 그 말에 크게 웃었지만 그가 한 말은 뜻깊은 말이었다. 코리아게이트로 한국외교가 최악의 위기에 처했을 때 성심을 다해 한국을 도와준 사람이었기에 그의 말이 의미 깊게 들렸는지도 모른다.

그는 오늘도 이 행사에 동참해 주었다. 그의 의리와 신의는 놀랍다. 태권도 기술 2단이 아니라 정신 2단이 된 듯하다.

하늘로 솟은 축하의 애드벌룬을 쳐다보는 이준구의 눈에 지난 세월이 주마등처럼 스쳐간다.

1962년 워싱턴에 태권도장을 처음 열었을 때 문명자 특파원이 "대미 기술수출 1호"라는 기사를 조국에 전했고, 황재경 목사가 미국의 소리방송으로 전 세계 교포들에게 알려 주었던 것이 장장 40년의 세월이 지났다.

이제 러시아와 우크라이나, 카자흐스탄 등 옛 소련 연방국가에 그가 다시 교육해서 태권도 도장 간판을 내건 곳이 85개소나 된다. 그들의 태권도장에 후원을 해주고 승단심사가 있을 때는 그곳으로 날아간다. 그것은 그의 이익을 위한 것이 아니다. 태권도의 길을, 미개척지에다 새로운 태권도의 나무를 심어 주기 위해서다. 마치 그가 40년 전에 빈손으로 태권도 도장을 처음 열었던 것처럼 그곳에 새로운 나무를 심기 위해서다.

"태권도는 나의 길이었고 나의 철학이며 삶 자체였다. 나는 오직 그 길을 걸어왔을 뿐이다. 경제적 이익이나 명성은 그 길에 따라왔을 뿐이다. 적어도 나는 위선적이지 않았다. 이기적이지도 기만적이지도 않았다.

내가 미국의회에서 의원들을 가르치게 된 것은 하늘의 뜻이었는지도 모른다. 내가 어떤 다른 것을 의도하거나, 이익이나 명성을 얻기 위해서 기획한 것이 아니었다. 나는 거저 내가 할 수 있는 일을 하고 싶었는데 그것이 35년의 세월이 되었고, 그곳에서 태권도와 그 정신을 배우고 간 의원들만 4백여 명이 되었다."

그는 제자들에게 자주 그렇게 말했다.

미국이란 사회에서 국회의원 한 사람의 힘과 사회적 책무, 그리고 그들이 맡은 일은 일반인의 상상을 초월한다. 한 사람 한 사람이 세계를 움직이는 사람이다. 그곳에서 그는 그런 힘을 가진 의원들과 친구처럼 어울리고, 그들은 그를 깍듯이 스승으로 모셨다.

그러나 그는 한 번도 자신의 이익을 위해서 그들의 힘을 이용하려 하지 않았다. 그것은 그의 개인의 인격이기도 하였지만, 태권도의 정신이 그를 그렇게 이끌었기 때문이다.

오늘도 수많은 의원들이 바쁜 일정을 제쳐두고 이곳에 와서 그를 축하해 주었다. 그들 한 사람 한 사람의 얼굴, 수없이 반복해서 치던 그 박수 소리가 무엇을 뜻하는 것인지를 그는 어렴풋이나마 알 수 있었다. 그것은 믿음이었을 것이다. 그들은 보았을지 모른다. 어리석을 정도로 자신의 것을 챙기지 않는 이 작은 체구의 그에게서 진실함이란 것이 무엇인가를 알고 그를 믿었기 때문일 것이다. 태권도 동작 하나하나를 정성을 다해 가르치고, 그가 가진 것을 주려고만 했던 그 마음을 알았기 때문일 거라고 그는 생각했다.

홍콩의 유명배우 견자단도 그랬었다. 어느 날 그가 찾아왔을 때 했던 말이다.

"내가 젊어서 미국에 있을 때 나를 나쁜 길로 빠지지 않게 해 준 것은 태권도입니다. 태권도가 발차기 기술뿐만 아니라, 무엇보다도 예절과 인생에서 명심해야 할 법도를 가르쳐 주었습니다. 예의와 인내를 강조하며 무술가 이전에 사람이 되는 길을 먼저 가르쳤던 그 정신이 나를 인간으로 만들었습니다. 그래서 내 아들에게 가르친 첫 번째 무술이 태권도입니다."

쿵푸 영화로 출세한 그가 쿵푸를 제쳐두고 이 말을 했다는 것은 놀라운 고백이었다. 그는 태권도에 내재된 정신, 세상을 도리로서 가르친다는 재세이화在世理化의 정신, 겸양과 절제의 정신, 예의와 인격 형성을 가르치는 것이 태권도의 정신이란 것을 몸으로 깨닫고 한 말이었을 것이다.

이준구에게 와서 그러한 태권도의 덕목을 배우고 감복했던 거명할 수도 없을 정도로 수많은 사람들, 아까운 나이에 가버린 브루스 리, 무하마드 알리, 척 노리스, 영화배우 아놀드 슈워제너그도 다 그러했다. 세계 최고의 명성과 콧대를 자랑하던 그 사람들도 그에게 와서 태권도의 기술을 배우고 그 정신에 감복하여 돌아갔다. 그의 아들을 태권도 도장에 보내 2년 동안이나 교육받게 했던 워싱턴 주재 소련대사 빅터 컴프레크도브도 태권도 교육에 대해서 얼마나 고마워했던가를 생각하면 지금도 이준구는 가슴이 뜨거워진다.

충청남도 아산군 염티면 산양리 작은 마을에서 태어나 지구 반

바퀴 저쪽의 워싱턴에 이르기까지 앞만 보고 달려왔던 길, 곧고 바른길, 그것이 그가 왔던 길이고 또 가야 할 길이라는 것을 그는 알고 있다.

어려서부터 심장판막증이 있어 몸이 허약했던 것이 어머니는 오매불망 걱정이었다. 그가 약관의 나이에 이곳 미국으로 건너올 때도 그것을 매우 걱정하였다. 그러나 그것도 다 하늘이 준 운명으로 생각하며 그는 꿋꿋이 걸어왔다. 체구가 작은 것에 대해서도 실망하거니 아쉽게 생각하지 않았다.

어쩌면 그 모자람을 채우기 위해서 그는 더 열심히 노력하며, 개척해 가야 할 길을 더 중요하게 생각했는지도 모른다. 허약하면 허약한 대로, 작으면 작은 대로 다 하늘의 뜻일 거라고 여겼다. 그의 모든 것이, 그의 목숨조차도 하늘에 있을 것이라고 믿었기에 어떤 순간에도 주저하지 않았다.

이익을 먼저 생각하고 일을 하지 않았다. 일을 하다 보니 하고자 하는 목적을 달성하고 이익도 생기게 되었다. 어린 시절 서당에 갔다 오면 할아버지는 그에게 무언실행을 가르쳤다. 그것이 바로 태권도의 정신과 일치되는 가르침이었다. 그는 그 가르침을 지표로 삼아 살아왔다. 좌면우고하지 않았다. 다만 말없이 행동하였을 뿐이다.

이제 축제의 분위기는 더 절정으로 치닫고 있다. 미국에서의 축제는 불꽃놀이가 절정의 시간이다. 해가 지면서 도시는 더 아름다워졌다. 바둑판처럼 잘 정비된 거리에 불이 켜지고 고색창연한 건물들은 화려한 밤 옷으로 갈아입는다. 포토맥강변 배이슨 호숫가에서 먼저 폭죽이 솟아오른다.

이제 집으로 돌아가는 시간이다. 차를 몰아 집으로 돌아가는 길에서 보는 불꽃은 더 아름답다. 그 화려한 불꽃들이 오늘 그에게 보내는 축하라는 것을 그는 잘 안다. 그 축하의 불꽃만큼 그의 마음속에는 지나온 길들이 아득히 뒤돌아 보인다.

오늘 저렇게 아름답게 솟아오르는 불꽃은 누군가가 나에게 보내는 축하의 인사이기도 하겠지만, 그것은 나에게 보내는 축하라기보다는 나의 조국, 나의 동포들에게 보내는 찬사일 것이다. 무에서 유를 만들어왔던 위대한 동포들, 그분들에게 나는 무슨 말로 감사해야 할까?

아직은 더 가야 할 길이 있겠지만 이 밤에 저 휘황하게 쏟아지는 파이어워크의 섬광 속에서도 내가 가야 할 길은 뜻을 잃지 않을 것이다. 나에게 길의 의미를 가르치고, 그 어떠한 순간에도 삶의 준엄한 태도를 가르쳤던 무도의 정신과 그 길은 영원할 것이다.

이 도시의 상징, 저 포토맥강은 얼마나 유유하고 말없이 흐르는가. 지나간 역사의 상처와 영광을 몸에 안고도, 이 땅을 찾아온 한낱 이방인이었던 나에게 새날의 희망을 가져다주었던 저 강, 그리고 이 나라에 나는 감사하지 않을 수 없다.

전무에서 오늘을 이루어준 이 나라에서 나의 길은 태권도의 길이었다. 나에게 등불과 같았던 태권도, 나를 있게 해주고 그 태권도를 있게 해준 나의 조국에 내가 바칠 수 있는 헌사는 없다. 천금의 말로도 내가 바칠 수 있는 헌사는 없다.

나의 길은 지나온 시간이고, 또 가야 할 시간이다. 비록 이 세상에서 나의 시간이 끝난다 하더라도, 내가 걸어온 그 길은 지나간 시간 속에서 영원할 것이기에 나는 돌아서서 그 길에 나만의 박수를 보낸다.

태권이 품은 뜻은 무극無極의 길이다. 끝이 없는 길이다. 그러기에 그 길은 저 강물같이 미래의 시간 속으로 유유하게 흘러갈 것이다.

아, 오늘 밤 포토맥 강변, 한인 이민 100년의 자랑스러운 역사를 안은 저 강변에 솟아오른 불꽃들이 내 마음의 폭주처럼 찬란하구나. 아 아름다운 밤이여.

하늘을 쳐다보는 이준구의 눈에 이슬이 맺힌다.

2022 무예소설문학상 대상 수상작

태권, 그 무극(無極)의 길

초판 인쇄 2022년 12월 20일
초판 발행 2022년 12월 23일

저 자 이충호
발행인 김호운
편집주간 김성달
사무국장 이월성
편집국장 이현신
발행처 사단법인 한국소설가협회
등 록 제313－2001－271호(2001. 12. 13)

주 소 04175 서울 마포구 마포대로 12, 한신빌딩 302호
전 화 02) 703－9837, 팩 스 02) 703－7055
전자우편 novel2010@naver.com
한국소설가협회홈페이지 http://www.k－novel.kr
인 쇄 유진보라
총 판 한국출판협동조합 02) 716－5616

ISBN Ⅰ 979－11－7032－095－1*03810
정가 15,000원

사단법인 한국소설가협회는 소설가로만 구성된 국내 유일의 단체입니다.